KB115973

100편의 소설

100편의 마음

『흙의 누』에서 『광장』까지

기획

한국근대문학관

한국근대문학관은 인천광역시와 인천문화재단이 인천의 원도심인 개항장에 있는 창고 건물을 리모델링하여 만든 공간으로 2013년 9월 개관했다. 인천문화재단이 직영하는 전국 유일의 공공 종합문학관이다. 1890년대 근대계몽기부터 1948년에 이르기까지 우리 근대문학의 역사적 흐름을 상설전시를 통해 만나볼 수 있다. 한국근대문학관은 상설전시 외에 문학과 인문학을 바탕으로 한 다양한 기획전시 및 교육프로그램과 인천 및 한국근현대문학 자료의 체계적 수집·보존 업무도 수행하고 있다.

근대서지학회

근대서지학회는 근대기 인쇄 및 출판에 관심 있는 수집가와 연구자들이 모여 2009년 7월 1일에 창립하였다. 이듬해 봄부터 학회지『근대서지』(통권25호), 단행본『근대서지총서』(총12책)를 내고 있으며, 매년 가을에는 학술대회를 개최하고 있다(총 12회). 전경수(서울대 명예교수) 초대회장에 이어 오영식(근대서지연구소장)이 현재 회장을 맡고 있다.

100편의 소설, 100편의 마음

『혈의누』에서『광장』까지

초판인쇄 | 2022년 11월 15일
초판발행 | 2022년 11월 30일
기획 | 한국근대문학관 · 근대서지학회
총괄 | 오영식 · 함태영
원고 | 유춘동 · 이경림 · 이화진 · 함태영
교정 | 이세인 · 이연서
펴낸이 | 박성모
펴낸곳 | 소명출판
출판등록 | 제1998-000017호
주소 | 서울시 서초구 사임당로14길 15 서광빌딩 2층
전화 | 02-585-7840
팩스 | 02-585-7848
전자우편 | somyungbooks@daum.net
홈페이지 | www.somyong.co.kr

값 75,000원

ⓒ 한국근대문학관 · 근대서지학회, 2022

ISBN 979-11-5905-737-3 03810

잘못된 책은 구입처에서 바꾸어드립니다.
이 책은 저작권법의 보호를 받는 저작물이므로 어떠한 형태와 매체로든 무단 전재와 복제를 금하며,
이 책의 전부 또는 일부를 이용하려면 반드시 사전에 저작권자와 소명출판의 동의를 받아야 합니다.

03810

ISBN 979-11-5905-737-3

100편의 소설
100편의 마음

『혈의누』에서 『광장』까지

한국근대문학관 · 근대서지학회 기획

한국근대문학관 기획전시 〈100편의 소설, 100편의 마음〉의 문을 엽니다. 이번 전시는 근대서지학회와 함께했습니다. 뜻깊은 전시를 함께 만들어주신 근대서지학회와 오영식 회장님께 감사드립니다.

코로나19를 버텨온 지난 2년간, 모두의 삶에 많은 변화가 있었습니다. 코로나 대응 관람 문화가 생겼고 코로나 관련 용어들에도 익숙해졌습니다. 그러나 각자의 힘겨운 나날 속에서, 타인과 공감하고 타인의 힘겨움을 상상해보는 일과도 '거리두기'해 버리지는 않았나 돌이켜보게 됩니다.

이번 기획전시에서는 한국 근대소설 명작들의 초출·초판본을 소개합니다. 『혈의누』1906에서 『광장』1960까지, 우리의 가슴을 울렸던 명작들의 첫 등장을 만나보실 수 있습니다. '첫'이라는 관형사를 보면 무엇이 연상되시는지요? 설렘, 그리고 미래에 대한 무한한 가능성 같은 것들이 떠오릅니다. 동시에 첫 키스의 설렘은 두려움을 동반하기도 하고, 무한한 가능성은 미래에 대한 불안함과 한 쌍이기도 하지요. 초출·초판본에서는 설렘과 불안을 동반한 '시작'을 읽어낼 수 있습니다. 그 시작이 어떻게 대단해졌는지 알기에 더욱 즐거이 감상할 수 있지요.

막 시작되어 무한한 가능성이 담긴 소설들이 시대의 명작으로 일컬어지게 된 것은 결국 독자들의 마음이 모인 결과일 것입니다. 소설은 삶의 희로애락과 다양한 삶을 담아내며, 그렇기에 흔히 시대와 현실을 비추는 거울이라 비유합니다. 작가가 소설에 표현한 민족의 계몽과 문명개화에의, 자유로운 사랑과 연애에의, 노동자·농민의 권익 추구에의, 식민치하·전쟁 후 현실을 고뇌하는 마음들은 그 거울에 많은 독자들이 스스로의 마음을 비춰보았기에 확장된 의미를 가질 수 있었습니다.

이번 전시가 여러분의 마음에 가닿기를 바랍니다. 거울과 거울이 마주 비추었을 때 무한의 상을 만들어내는 것처럼, 소설이 오늘날 코로나와 함께하는 우리 삶에도 무한의 의미를 만들어낼 수 있다고 믿습니다. 소설을 읽는 일은 타인과 공감하고 타인의 힘겨움을 상상해보는 일을 돋워내기 때문입니다.

내년은 한국근대문학관의 10주년이기도 합니다. 한국의 근대가 시작된 곳, 인천에서 한국근대문학관은 이번 전시를 통해 초심 — 다시 시작하는 마음을 담았습니다. 작품들을 살펴보시면서 명작의 첫 모습이 주는 감동을 느껴보시기 바랍니다. 우리 문학관의 기획전시를 위해 귀중한 자료를 협조해주시고 도움을 주신 각 기관과 단체, 개인들께 깊은 감사의 말씀을 전합니다.

2022년 11월

이종구(인천문화재단 대표이사)

　　115년 역사의 한국소설을 정리하는 〈100편의 소설, 100편의 마음〉 전시회 개최를 진심으로 축하드립니다. 한국근대문학관에서 근대서지학회에 소중한 기회를 주셔서 아름다운 전시회를 함께 마련하게 된 것을 영광으로 생각하며 아름다운 인연으로 맺어질 것을 확신합니다.

　　근대서지학회는 지난해 『오뇌의 무도』 출간 100주년을 기념하여 〈한국시집 100년展〉을 열어 시문학 백 년을 정리한 바 있습니다. 그 전시에 힘입어 금년에는 '한국소설 100년'을 정리하는 전시회를 마련해보자는 데에 한국근대문학관 함태영 운영팀장과 뜻을 함께하였습니다. 다만 『혈의누』^{초판 1907}나 『무정』^{초판 1918}으로 보아 '소설 100년'보다는 '소설 100選'으로 하기로 뜻을 모았습니다. 더불어 어느 한두 곳의 소장 유물을 고집하지 않고 주변의 도움을 최대한 반영하여 충실한 전시를 마련하기로 하였습니다.

　　시집과 비교할 때 소설책의 역사는 한마디로 '흑역사'라고 할 수 있습니다. 『혈의누』 초판은 현재 소장처가 없으며, 『무정』 초판은 몇 해 전 고려대학교 도서관에 기증된 것이 유일합니다. 그뿐만 아니라 소설책들은 시집에 비해서 장르 특성상 좋은 상태로 보존되기 힘든 것이 사실입니다. 이런 사정들을 감안하면 오늘의 전시회를 마련하는 것이 보통 일은 아니었을 것입니다.

　　오늘날 전 세계가 '한류'라고 통칭되는 대한민국의 문화에 열광하고 있습니다. 다양하게 주목받고 있는 여러 층위의 한류문화 속에는 연면히 이어온 우리의 '이야기'가 담겨 있습니다. 때마침 이번 전시가 민족의 명절인 추석을 앞두고 시작된다고 합니다. 한가위를 맞아 조상의 뜻을 기리고, 전시회를 찾아 우리 소설에 담긴 이야기와 그 이야기가 담고 있는 마음마음들을 느껴보는 좋은 시간 나누시기를 기대합니다.

〈100편의 소설, 100편의 마음〉 전시회 준비에 애쓰신 관계자 여러분께 깊이 감사드립니다.

오영식(근대서지학회 회장)

일러두기

- 이번 도록에 실린 사진·자료는 전시와 일치하지 않으며 도록은 전시내용을 보다 잘 이해할 수 있도록 자료를 추가하여 구성하였습니다.

- 목차는 단행본의 경우 표제작 혹은 대표작의 첫 발표연도를 기준으로 하였습니다. 예)『만세전』→ 1922년

- 목차의 특별코너(앤솔로지)는 초판 발행연도를 기준으로 하였습니다.

- 단편소설과 개별 글은 「 」, 단행본과 장편은 『 』로 표기했습니다.

- 신문·노래·시나리오·드라마 대본·영화 그리고 그 밖의 항목 가운데 특별 표기가 필요하다고 판단되는 것은 모두 〈 〉로 나타내었습니다.

- 작품 이름은 모두 현대 표기법으로 고쳤습니다. 예)「산양개」→「사냥개」

- 외부 필자의 견해는 인천문화재단의 견해와 다를 수 있습니다.

'작은 이야기'라는 뜻을 가진 '소설小說'에는 그 명칭과 달리 크고 작은 분량 속에 다양한 이야기가 담겨 있습니다. 한국의 근대가 시작된 19세기 말 20세기 초 이래 소설은 한국인의 다양한 인생과 그 질곡, 삶의 희로애락을 담아 내왔습니다. 소설을 시대를 통찰하고 현실을 반영하는 거울이라 하는 이유는 여기에 있습니다. 한국의 근현대소설 속에는 민족의 계몽과 문명개화를 부르짖는 외침과 남녀의 내밀한 사랑과 연애의 고백과 속삭임, 부당한 처우에 맞서 싸우는 노동자·농민의 함성, 식민치하 및 한국전쟁 후 현실에 대한 여러 고뇌 등이 들어 있습니다. 한국인들은 조선의 멸망과 식민지, 동족상잔의 비극 한국전쟁 등 격동의 역사를 이러한 소설들을 읽으며 견뎌왔던 것입니다. 이번 전시에서는 『혈의누』1906부터 『광장』1960까지 우리 심금을 울린 명작 100편을 소개합니다. 약 두 세대에 걸친 100편의 소설을 통해 어떤 작품에 어떤 마음을 담았나를 음미해보시고 문학과 소설의 힘과 매력을 만끽해보시기 바랍니다.

목차

1906~1910
새로운
新소설이
등장하다

1906

1908

1907

1909

15

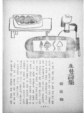

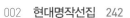

| 해제 |

100편의 소설, 그리고 새로운 이정표

『100편의 소설, 100편의 마음―『혈의누』에서 『광장』까지』에 부쳐 | 임헌영 ── 298

소설책 115년 지상 전시회

목록과 장정 이야기를 중심으로 | 오영식 ── 302

한국 근대소설의 도정

『혈의누』에서 『광장』까지 | 정종현 ── 332

1906~1910

새로운 新소설이
등장하다

19세기 말 20세기 초 출발하는 근대소설은, 시기가 시기인 만큼 풍전등화의 위기에 빠진 나라를 구하고 민족을 계몽하는 역사적 과제 수행을 목표로 하며 등장합니다. 이 시기의 대표적 소설 양식은 '신소설'과 '역사전기물'입니다. '신소설'과 '역사전기물'은 한국 근대소설의 첫 장을 장식하는 새로운 소설이지만 이전 시기와 완전히 다르다고는 할 수 없습니다. 이들은 고전소설과 전통의 '전傳' 양식을 계승하고 활용하면서 근대적 문명개화와 자주독립국가 건설을 주 내용으로 했기 때문입니다. 이인직의 『혈의누』와 안국선의 『금수회의록』[1908], 이해조의 『구마검』[1908]은 대표적 신소설입니다. 이 작품들은 고전소설과 달리 사건이 시간의 흐름을 따르지 않거나 인물의 심리 묘사가 나타나고 언문일치에 가까운 문장을 사용함으로써 새로운 모습을 보여줍니다. 『서사건국지』[1907]와 『피득대제』[1907], 『애국부인전』[1907], 『을지문덕』[1908]은 대표적 역사전기물입니다. 국내외 민족의 영웅과 국난 극복 사례를 보여줌으로써 자주독립과 애국심 고취를 강조했습니다.

001

혈의누

이인직(1862~1916)

〈만세보〉, 1906.10.10
연재 마지막 회, 근대서지학회 소장

이인직이 1906년 7월 22일부터 10월 10일까지 천도교 신문 〈만세보〉에 연재한 작품으로, 최초의 신소설로 평가된다. 외세의 전쟁터로 전락한 대한제국의 풍전등화 같은 운명을 배경으로, 청일전쟁 중 부모를 잃은 소녀 옥련이 일본과 미국에서 유학하며 겪는 우여곡절과 고난을 줄거리로 한다. 이인직은 이 소설에서 대한제국이 우매한 탓에 국가적 위기가 초래되었다고 암시하고, 일본군의 도움을 받아 유학길에 오르는 옥련을 통해 계몽의 중요성을 강조했다. 그런 까닭에 이 소설의 친일성을 비판하는 목소리도 높지만 한편으로『혈의누』는 한국소설사를 여는 가장 중요한 작품 중 하나이자 한국 근현대문학사상 신문 연재소설을 단행본으로 발간한 최초의 사례이다. 현재 우리가 알고 있는『혈의누』는 상편에 해당한다. 하편은 옥련이 미국에서 돌아오는 내용인데 연재를 하다 말았다. 1910년 한일합방과 함께 발매금지 도서로 지정되어 금서 처분을 받는다. 이에 이인직은 내용을 대폭 고쳐『모란봉』이라는 제목으로 1912년 다시 발표한다. 현재 남아 있는 단행본은 모두 1908년 나온 재판본이다.

〈만세보〉에 실린 「혈의누」

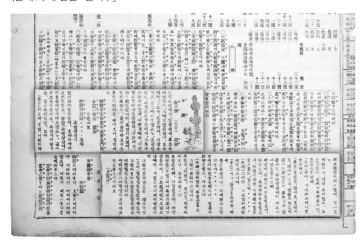

『혈의누』 단행본 표지 및 판권. 현담문고 제공

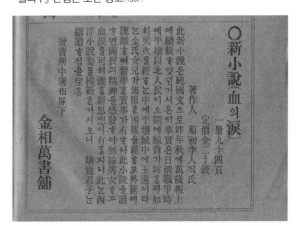

『혈의누』 단행본 초판 광고(1907)

002

금수회의록

안국선(1878~1926)

『금수회의록』
황성서적업조합, 1908

1908년 황성서적업조합에서 출판된 안국선의 신소설이다. '금수회의록'이란 제목처럼 이 작품에는 까마귀, 여우, 개구리, 파리, 원앙 등 다양한 동물들이 등장해 금수만도 못한 인간을 신랄하게 성토하는 회의를 연다. 인간의 표리부동과 부도덕, 흉포, 성적 문란함 등에 대해 비판하는 동물들의 발언을 듣다 보면 독자는 어느새 금수보다 못한 자신을 돌이켜 보게 된다. 이 작품은 그동안 안국선의 창작으로 알려져 있었으나 최근 일본 작가 사토 구라타로의 『금수회의 인류공격』을 부분적으로 번안한 것임이 밝혀져 큰 화제가 되었다. 이 작품은 발해 이듬해인 1909년 반포된 출판법에 의해 최초로 판매 금지된 책이다. 또한 책 발매 후 두 달 만에 서점에 있는 책들이 경찰에 의해 압수되었는데, 책이 압수가 된 것도 이 작품이 처음이다. 당국의 탄압을 받긴 했지만 발매 석 달 만에 재판을 찍을 정도로 많이 팔린 책이다.

목차

서언

판권

『금수회의록』 압수 및 저자인 안국선 체포 관련 기사

〈대한매일신보〉(1908.7.18)　〈대한매일신보〉(1908.7.19)　〈공립신보〉(1908.8.19)

003

구마검

이해조(1869~1927)

『구마검』
대한서림, 1908
한국학중앙연구원 제공

표지화
관재 이도영

1908년 4월 25일부터 7월 23일까지 〈제국신문〉에 연재된 이해조의 신소설이다. 제목은 '귀신을 쫓아내는 칼'이란 뜻으로, '귀신'은 당시 민간에 전해 내려오던 각종 '미신'을 가리킨다. 제목 그대로 미신타파와 그 정당성을 강조한 작품이다. 함진해의 셋째 부인 최 씨는 미신에 빠져 아들을 잃고 무당 금방울의 농간으로 가산을 탕진한다. 신교육을 받고 판사가 된 함진해의 양아들 종표는 금방울 일당의 간계를 폭로하고 법의 심판에 넘겨 처단한다. 근대문학을 대표하는 문학평론가 임화는 이 작품을 가리켜 『자유종』 다음 가는 작품이라 고평한 바 있다. 이 작품은 연재 직후 대한서림에서 단행본으로 출판되었으며, 1917년 이문당에서 판형을 바꿔 다시 출판되었을 정도로 꾸준한 인기가 있었다.

본문 및 판권(대한서림. 1908). 근대서지학회 제공

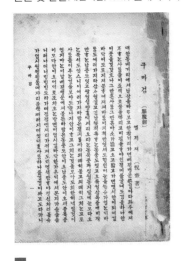 

본문 및 판권(이문당. 1917). 개인 소장

004

서사건국지

『서사건국지』
대한매일신보사, 1907(국한문본). 근대서지학회 소장
박문서관, 1907(한글본). 개인 소장

애국계몽기의 지식인 박은식이 번역한 전기문학 작품이다. 이 작품은 1907년 〈대한매일신보〉에서 10회에 걸쳐 연재된 뒤 같은 해 '정치소설'이라는 표제 아래 대한매일신보사에서 출판되었다. 중세 유럽 오스트리아의 압제에 맞서 일어난 스위스 영웅 빌헬름 텔의 일대기이다. 번역 원본은 1804년 바이마르 궁정극장에서 공연된 실러의 희곡 〈빌헬름 텔〉로 이를 중국의 정철관이 1902년 소설 형식으로 개작한 것을 다시 한국어로 번역한 것이다. 오스트리아의 압제로 고통받던 백성들이 영웅 빌헬름 텔의 활약에 힘입어 독립을 쟁취한다는 줄거리는 당시 대한제국의 독자들에게 시사하는 바가 컸다. 외국의 사례이긴 하지만 독립의식을 고취하는 내용 때문에 이 책은 일제의 강제 합병 후 금서 목록에 오르게 된다. 을사늑약 후 사실상 국권을 일제에 빼앗긴 상태에서 외국의 사례를 통해 민족의식과 애국심, 독립정신을 주입하고자 한 이 작품은 국한문본과 순한글본 두 종류로 발행되었다. 문체에 따라 독자가 달랐던 당시 현실 상황을 고려한 것인데, 그만큼 당시 국민에 대한 계몽이 시급한 과제였음을 보여준다고 할 수 있다. 제목의 '서사(瑞士)'는 스위스의 중국어 발음을 음차한 것이다.

■
국한문본 서문 및 판권

■
한글본 서문 및 판권

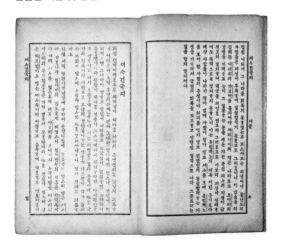

피득대제

『피득대제』
광학서포, 1908
근대서지학회 소장

표지화
이마무라 운레이(今村雲嶺)

김연창이 일본에서 간행된 일본어판 『피득대제』의 전기를 1908년 한글로 번역한 책이다. 『피득대제』는 러시아 황제 표트르 대제(1682~1725)의 전기로, 1900년에 일본인 사학자 사토 노부야스(佐藤信安, 1874~1964)가 저술한 것이다. 국한문체로 작성된 이 책은 전체 분량은 82쪽으로, 내용은 표트르 대제의 삶과 행적을 전체 9장, '제1장 서언, 제2장 피득의 탄생, 제3장 피득의 유년시대, 제4장 피득의 장년시대, 제5장 피득의 외국 만유, 제6장 피득의 내치개혁, 제7장 피득의 외교 급 침략, 제8장 피득의 만년, 제9장 피득의 인물'로 구분하여 자세히 기술하고 있다. 표트르 대제는 나라를 부국강병으로 이끈, 제정 러시아 역사상 가장 뛰어난 군주로 평가받고 있다. 이 책이 국내에 간행된 시점은 민족의식을 고취하여 독립을 추구했던 애국계몽기였다. 이 책은 서양의 위인을 국내에 소개함으로써 당대 사람들에게 애국심과 독립의식을 일으킬 목적으로 번역한 것이다.

서언

판권

35

006

애국부인전

『애국부인전』
광학서포, 1907
국립중앙도서관 제공

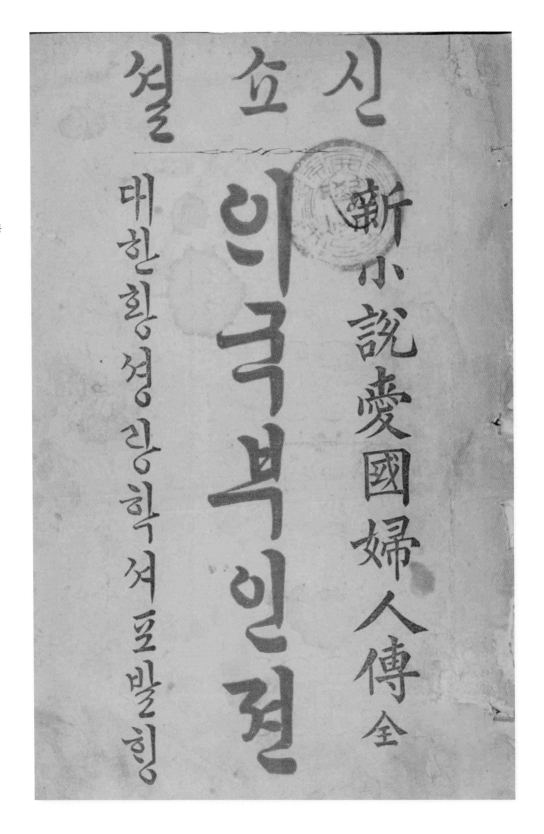

新小說 愛國婦人傳 全

신쇼셜 이국부인젼

대한황셩광학셔포발행

장지연이 역술한 역사전기소설로, 1907년 광학서포에서 발행되었다. 유럽의 백년전쟁 당시 프랑스를 구한 잔다르크의 일생에 대한 이야기이다. 외세 침략에 맞서 나라를 위해 힘써 싸우는 주인공의 영웅적인 모습을 보여주어 국민들의 애국심을 고취하려는 작품이다. 이 작품은 총 10회로 구성되어 있으며, 각 회를 '화설', '차설' 등으로 시작하여 장회소설(章回小說)의 형식을 취하고 있다. 한문현토체의 국한문으로 된 것이 일반적이었던 당시 역사전기물 중 드물게 순 한글로 된 역사전기소설이다. 문제가 순 한글인 만큼 한글 독자, 즉 일반 대중과 부녀자층을 독자로 삼아 간행된 작품이라고 할 수 있다. 주인공 잔 다르크는 작품 속에서 '약안 아이격'으로 나온다. 번역 혹은 번안작이라는 시각도 있으나 아직까지 이렇다 할 증거는 발견되지 않았다.

내지화(잔다르크)

본문

판권

■

007

을지문덕

신채호⁽1880~1936⁾

■

『을지문덕』
광학서포, 1908

1908년 광학서포에서 출판된 신채호의 전기소설이다. 원제목은 '대동사천재 제일 대위인 을지문덕'으로 살수대첩으로 유명한 고구려 영양왕 때의 장군 을지문덕의 생애에 대한 내용을 담고 있다. 살수대첩의 승리 등 전쟁 영웅의 모습이 크게 부각되어 있지만, 글쓰기와 인격 면에서도 두루 훌륭했다는 점도 놓치지 않고 있다. 이 작품은 국한문체로 되어 있어 오늘날 독자들이 읽기는 쉽지 않다. 소설의 기본이라고 할 수 있는 허구적 상상력이 최소화되어 있으며 각종 역사책을 근거로 주인공의 생애를 기술하고 있는 점은 문학 작품이라기보다는 역사책에 가깝다는 인상을 준다. 저자도 서문에서 여러 역사책을 자세히 찾아 이 작품을 썼음을 밝히고 있다. 저자는 우리 민족의 역사에서 을지문덕이 으뜸 인물이며 워싱턴이나 비스마르크에 필적할 만한 인물이라고 을지문덕을 고평하고 있다. 이는 을사늑약 후 반식민지 상태에 빠진 현실에서 을지문덕과 같은 외세를 물리친 영웅이 나오기를 바라는 마음을 보여준 것이며, 이것이 이 책을 낸 이유라 할 수 있다. 변영만이 이 작품의 교열을 담당했는데, 시 「논개」로 유명한 변영로가 동생이다.

내지화〈을지문덕〉

서문

판권

008

걸리버유람기

십전총서

『걸리버유람기』
신문관. 1909
근대서지학회 소장

최남선이 설립한 신문관에서 '십전총서(十錢叢書)'의 제1권으로 기획하여 출간한 책이다. 아일랜드 출신의 작가 조너선 스위프트가 1726년 쓴 『걸리버 여행기*Gulliver's Travels*』중의 일부를 한글로 번역한 것이다. 스위프트의 원작품은 전체 4부로, 제1부는 작은 사람들의 나라(릴리퍼트 기행), 제2부는 큰 사람들의 나라(브로브딩내그 기행), 제3부는 하늘을 나는 사람들의 나라들(라퓨타, 발니바르비, 럭낵, 글럽덥그립, 일본 등의 나라 기행), 제4부는 말들과 인간 노예의 나라(후이넘 기행)로 되어 있다. 신문관에서 낸 이 책은 원본의 제1부와 제2부의 일부만을 선택하여 번역한 것이다. 이 책은 전체 54쪽, 총 2부로 되어 있다. 표제는 '껄늬버유람긔(葛利寶遊覽記)', 내용은 제1부에서는 '알사람 나라 구경 걸리버 유람기 상권 소인국 표착(漂着) 관광록', 제2부에서는 '왕사람 나라 구경 걸리버 여행기 하권 거인국 표류 관광록'으로 구분하여 내용을 수록해 놓았다. 이 책은 십전총서 제1권으로 한국 문고본 출판의 효시가 되는 책이다. 책의 정가는 10전으로 매우 저렴했으며, '가장 적은 돈과 힘으로 가장 요긴한 지식과 고상한 취미와 강건한 가르침'을 소년들에게 주기 위해 이 총서를 발행한 것이다.

예언(서문)

본문

판권

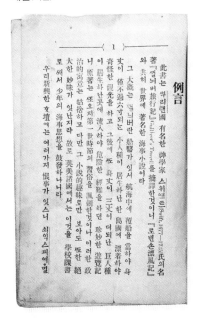

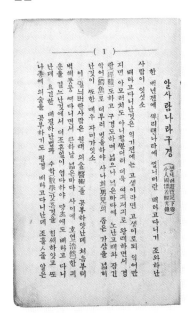

1910~1919

근대소설이
출발하다

1910년대는 나라가 일제 식민지가 되면서 '무단통치'라 칭해지는 가혹한 일제 통치가 시행됐던 시기였습니다. 이 시기 문학에서는 신교육과 자유연애, 풍속개량 등 비정치적 내용의 작품들이 주를 이루게 됩니다. 자주독립과 애국심을 강조했던 역사전기물은 발행 금지되고 신소설들도 통속화되면서 소설사의 흐름에서 퇴장합니다. 신소설이 퇴장한 자리는 일본과 서구의 소설을 번안한 통속 작품들과『춘향전』을 개작한『옥중화』¹⁹¹² 같은 고전소설들이 메꾸게 됩니다. 이수일과 심순애 이야기로 잘 알려진『장한몽』¹⁹¹³과 몽테 크리스토 백작의 복수담을 옮긴『해왕성』¹⁹¹⁶이 이때 유행한 대표적 번안 통속소설입니다. 한편 근대적 신교육을 받고 근대적 문학 개념과 작품을 접한 청년들이 등장해 민족이나 계몽과 같은 집단의 이념이 아닌 개인으로서의 '나'와 '나'의 생각과 감정을 소설에 담아내기 시작합니다. 이를 통해 소설은 개인의 내면과 일상을 사실적으로 그린 이야기라는 근대적 인식이 자리잡게 되고 이것이 향후 한국 근현대소설사의 중심축이 됩니다.『무정』¹⁹¹⁷은 이러한 1910년대를 대표하는 작품입니다.

009

추월색

최찬식(1881~1951)

『추월색』
회동서관, 1921
개인 소장

최찬식의 신소설로, 1921년 회동서관에서 출판되었다. 이 시종의 외동딸 정임과 김 승지의 외아들 영창은 어려서부터 정혼한 사이다. 그러나 김 승지가 평안도 초산 군수로 부임한 후, 민란이 발생하여 김 승지 일가의 행방이 묘연해진다. 정임이 열다섯 살이 되자 이 시종 내외는 다른 혼처를 정해 딸을 혼인시키려 한다. 정혼자를 저버린 부모의 처사에 반발한 정임은 홀로 일본 유학길에 나선다. 귀국을 앞둔 어느 날 정임은 도쿄 우에노 공원에 산책을 나갔다가 강한영에게 겁탈을 당할 뻔 하지만 영국 유학을 마치고 돌아온 김영창에 의해 구출된다. 마침내 다시 만난 두 사람은 함께 귀국하여 신식 결혼식을 올리고 만주로 신혼여행을 떠난다. 죽은 줄 알았던 김 승지 부부와 그곳에서 우연히 다시 재회하게 되면서 헤어졌던 가족이 상봉하게 된다. 이 작품은 우리 근대소설사에서 최고 베스트셀러 중 하나일 정도로 독자들의 엄청난 인기를 끈 작품이다. 1921년 현재 16판을 찍었으며 1930년대 중후반에도 이태준과 채만식, 이효석 등이 자신들의 작품 속에서 『추월색』의 매력을 언급했을 정도로 명성을 누렸다. 이 작품은 일본인들이 발행한 〈조선일일신문〉 한글판에 연재되었다고 알려져 있으나 확인된 바는 없다.

본문

판권

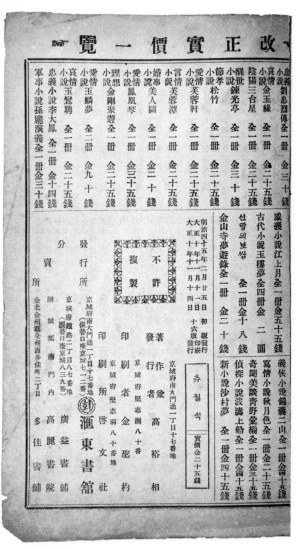

010

장한몽

조중환(1884~1947)

상
회동서관, 1925

중
조선도서주식회사, 1930

하
조선도서주식회사, 1921

소설가이자 희곡 작가인 일재 조중환이 1913년 〈매일신보〉에 연재한 장편소설이다. 한국 최초로 사랑을 둘러싼 근대적 삼각관계가 나타난 작품이기도 하다. 『장한몽』은 일본소설 『금색야차』를 번안한 소설인데, 이 『금색야차』 역시 버사 M. 클레이가 쓴 미국 대중소설 『Weaker than a Woman』을 번안한 것이라고 한다. 이 작품은 '이수일과 심순애' 이야기로 더 잘 알려져 있다. 대동가의 이수일과 심순애의 이별 장면이 특히 유명하다. 『장한몽』은 그때까지 보기 드물었던 장편 분량이어서 단행본을 상중하 3책으로 나누어 발행했다. 신문 연재와 동시에 연극으로 상연되면서 막대한 인기를 누렸고 이후 가요, 영화 등으로 계속해서 리메이크되었다. 『장한몽』의 대성공 이후 '사랑이냐 돈이냐'를 중심에 둔 삼각관계 설정이 대유행하게 되었다. 『상록수』의 작가 심훈은 만 24세에 영화 〈장한몽〉(1926)에서 이수일을 연기하며 영화배우로 데뷔하기도 했다. 한국소설사상 최고의 베스트셀러이다.

상권 본문

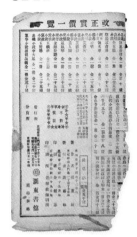

상권 판권

중권 판권

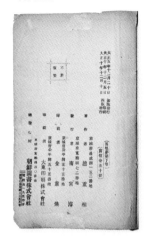

하권 판권

시나리오 〈장한몽〉(신상옥 감독. 신필림. 1969)

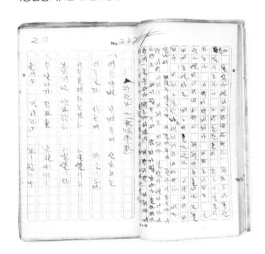

〈장한몽가〉(필사. 일제강점기)

시나리오 〈장한몽〉(김화랑 · 김진섭 감독. 동성영화공사. 1964). 근대서지학회 소장

번안소설 『장한몽』의 영화화를 위해 집필된 시나리오이다. 오자키 고요(尾崎紅葉)의 『곤지키야샤(金色夜叉)』를 번안한 소설 『장한몽』은 여러 차례 영화화되었다. 〈장한몽〉이 낡은 신파의 대명사가 된 1960년대에도 〈이수일과 심순애〉(1965), 〈장한몽〉(1969)이 제작되었다. 1962년 서울 만리동에 세워져 '만리동 촬영소'라는 이름으로 불리기도 했던 동성영화공사는 1960년대 초반 안양촬영소와 함께 한국에서 가장 큰 규모의 촬영소였다. 동성영화공사는 영화 〈장한몽〉을 기획했지만 제작하지는 않은 것으로 보인다. 연출을 맡기로 한 김화랑과 김진섭은 동성영화공사에서 〈장한몽〉 대신 〈연락선은 떠난다〉(1964)를 공동 연출했다.

011

해왕성

이상협(1893~1957)

『해왕성』 상
회동서관, 1925
근대서지학회 소장

1916년 2월 10일부터 1917년 3월 31일까지 〈매일신보〉에 268회 연재된 이상협의 장편소설이다. 프랑스의 알렉상드르 뒤마의 『몽테 크리스토 백작』(1844)이 원작인데, 『해왕성』은 일본의 언론인이자 대중소설작가 구로이와 루이코가 번안한 『암굴왕』(1901)을 지명과 장소를 바꿔 우리말로 옮긴 것이다. 동료의 모함으로 14년 동안 억울하게 옥살이를 한 주인공이 극적으로 감옥을 탈출하여 통쾌한 복수를 한다는 내용이다. 1800년대를 배경으로 한 원작을 20세기 초반 제국주의에 침략당한 동아시아의 근대사로 바꾸어 재해석함으로써 독특하고 파격적인 문학적 상상력을 선보였다. 1920년 초판 발행 이래 1925년 회동서관, 1934년 박문서관에서 발행될 정도로 꾸준한 인기가 있었던 작품이다.

상권 본문

상권 판권

하권 속표지

하권 판권

012

옥중화

이해조(1869~1927)

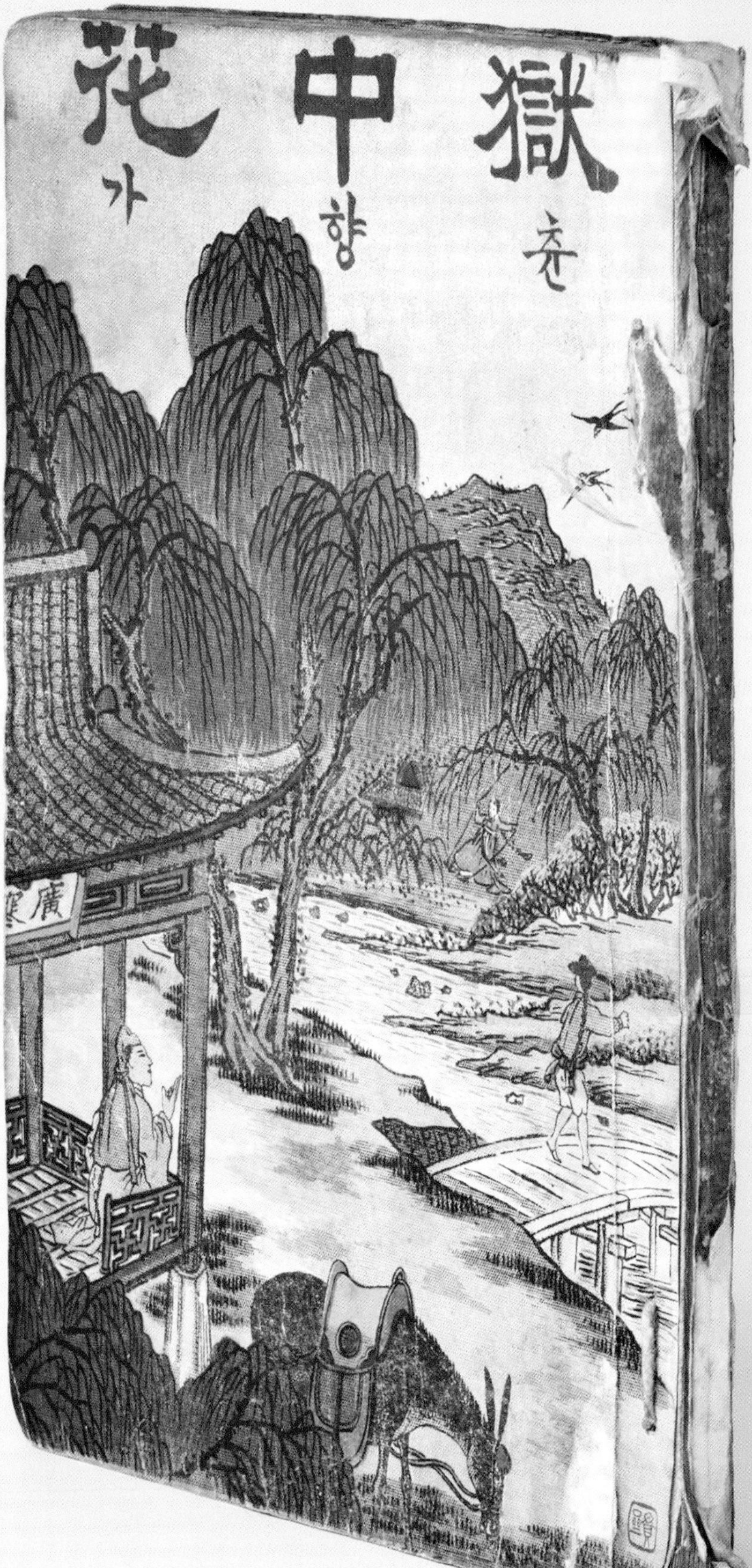

『옥중화』
보급서관, 1913
개인 소장

표지화
관재 이도영

이해조가 고전소설 『춘향전』을 개작하여 만든 작품이다. 〈매일신보〉에 1912년 1월 1일부터 3월 16일까지 연재했던 것을 1912년 8월 17일에 박문서관과 1912년 8월 27일에 보급서관에서 단행본으로 각각 출간했다. 『옥중화』는 판소리 명창이었던 박기홍의 〈춘향가〉 창본(唱本)에 기반을 두어 개작한 것으로 알려져 있다. 제목을 '옥중화'라고 붙인 의도는 '춘향전'처럼 주인공의 이름보다는 춘향이 성취한 삶과 행적에 주목하여 독자들의 관심을 끌기 위해서다. 『옥중화』는 일반적으로 알려진 『춘향전』과 결말 부분에서 크게 차이가 난다. 『옥중화』에서는 춘향의 어머니인 월매가 어사 이몽룡에게 요청하여 변학도를 용서해준다. 『옥중화』는 일제강점기에 100만 부 이상이 팔렸던 당대 최고의 베스트셀러였다. 1912년 8월 『옥중화』 초판이 박문서관과 보급서관에서 발행된 뒤로, 1913년(재판), 1913년(증정 3간), 1913년(정정4간), 1915년(5판), 1914년(6판) 간행되었다. 이 자료는 1913년에 보급서관에서 간행된 재판이다.

본문

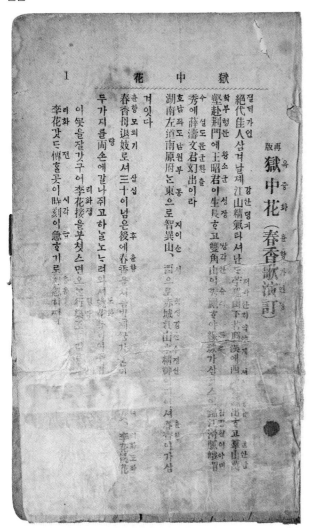

판권

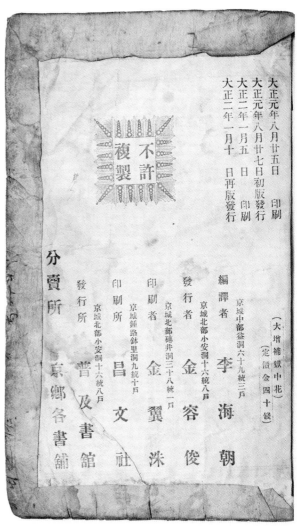

013

심청전

육전소설

신문관, 1913
근대서지학회 소장

최남선이 설립한 신문관에서 '육전소설(六錢小說)'의 하나로 기획하여 출간한 책이다. 다양하게 읽혔던 『심청전』 중에서 경판 방각본(서울지역에서 출간되어 읽혔던 방각본) 『심청전』을 각색한 작품이다. 『심청전』은 작자 미상의 고소설로, 작품의 출간 지역과 내용을 기준으로 세책본, 경판 방각본, 완판 방각본, 구활자본 계열로 구분된다. 이중에서 신문관에서 간행한 『심청전』은 경판 방각본을 가져다가 문장을 부분적으로 손질하고 내용을 적절히 첨가하여 간행한 것이다. 이 책은 전체 48쪽이고, 표지에는 '심청전, 륙전쇼설 서울 신문관 발힝'이라고 쓰여 있으며, 한 페이지 10~11행 정도 분량이다. 심청의 아버지인 심 봉사의 이름은 '심현', 그의 처는 '정씨'로 되어 있고 원래 경판 방각본과는 달리 뺑덕어미가 등장한다는 점이 이 작품의 특징이다. 『심청전』은 일제강점기 『옥중화』만큼이나 당대 대중들에게 많이 팔렸던 당대 최고의 베스트셀러의 하나였다. 현재 5판 이상 찍어낸 것으로 확인되고 있다. 판형은 B6 크기로 소형이고 6전으로 저렴해 책의 접근성을 획기적으로 높였다고 할 수 있다. 신문관의 첫 번째 총서 기획이었던 십전총서가 2종을 발행하고 그친 데 비해 육전소설은 모두 총 8종 10책을 발행했다.

육전소설 설명 및 본문

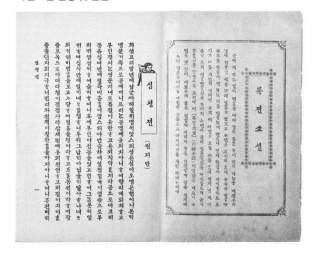

판권 및 광고

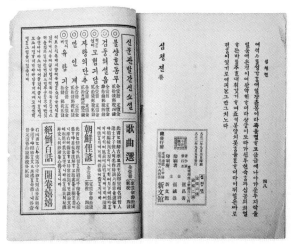

014

공진회

안국선(1878~1926)

『공진회』
안국선. 1915

안국선이 1915년 8월 직접 출판한 단편소설집으로 총독부에서 개최한 '시정 5주년 기념 조선물산공진회'에 때를 맞춰 발간되었다. 『공진회』는 「기생」, 「인력거꾼」, 「시골노인 이야기」 총 세 편의 단편으로 구성되어 있는데, 처음에는 「탐정순사」와 「외국인의 화(話)」까지 총 다섯 편이었으나 검열로 인해 삭제되어 지금의 구성이 되었다. 동학운동부터 제1차 세계대전까지 1890년~1910년대를 다루며 당대의 사회상을 배경으로 활용해 사실감을 높였고, 온갖 우여곡절을 극복하며 마침내 사랑을 성취해내는 애정소설적 내용을 통해 소설의 교훈성과 오락성을 획득하고 있다. 이와 같이 근대적 소설관을 보여주고 있는 『공진회』는 한국 최초의 근대 단편소설집이라는 문학사적 의의를 가지고 있지만, 총독정치를 찬양하는 내용이라는 점에서 결정적 한계를 갖고 있는 작품집이기도 하다.

서문

목차

후기(이 책 본 사람에게 주는 글)

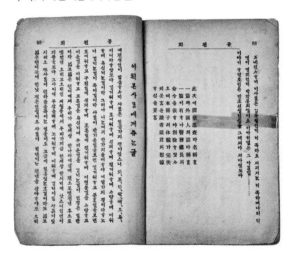

판권. 국립중앙도서관 제공

015

무정

이광수(1892~1950)

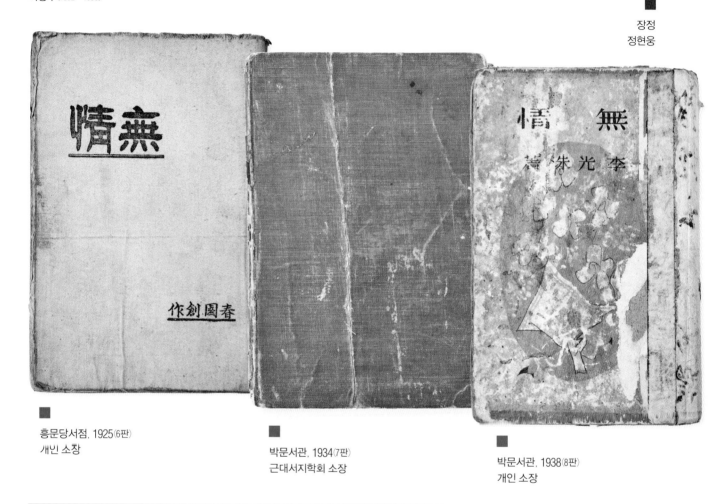

장정
정현웅

흥문당서점. 1925(6판)
개인 소장

박문서관. 1934(7판)
근대서지학회 소장

박문서관. 1938(8판)
개인 소장

춘원 이광수가 1917년 1월 1일부터 6월 14일까지 〈매일신보〉에 총 126회 연재한 장편소설이다. 내용과 형식 모두에서 신소설류와 번안소설을 넘어서는, 우리나라 최초의 근대 창작 장편소설로 평가되는 작품이다. 이형식과 김선형, 박영채 등 당대 청년들의 사랑과 이상, 갈등 등을 다루어 발표 당시 청년들의 열렬한 환영을 받았다. 조혼금지와 자유연애, 문명개화, 신교육 등 새로운 비전과 도덕을 제시했으며, 섬세한 심리묘사와 보다 진전된 구어체의 구사는 더욱 완성된 근대소설의 모습을 보여줌으로써 우리 문학사의 기념비적 작품으로 손꼽힌다. 이 작품은 대중독자는 물론 지식인 독자까지 열광한 소설로, 1924년 어느 광고에서는 그때까지 '만 부 이상 팔린' 유일한 조선소설이라고 한다. 당시 가난한 일본 유학생이었던 작가는 처음엔 원고료가 한 달 5원이었는데 『무정』의 인기에 힘입어 일약 10원으로 뛰었다고 회고한 바 있다. 연재 이듬해인 1918년 단행본 초판이 발행되었고 1938년까지 모두 8판을 찍었다. 『흙』도 1938년 8판을 찍었는데 한 작가가 2편의 8판 작을 가진 작가는 춘원이 유일하다. 명실공히 한국 근대문학을 대표하는 스테디셀러라 할 수 있다. 1939년과 1962년 두 차례 영화화된 바 있으며, 그동안 행방이 묘연했던 1962년 영화 필름이 외국에서 발견되어 2017년 일반에 공개되었다.

본문(6판)　　　　6판 판권　　　　7판 판권　　　　8판 판권

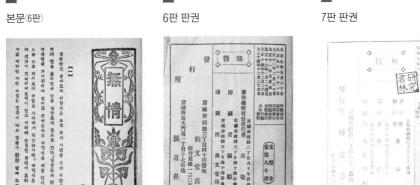
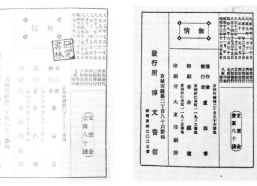

시나리오 〈무정〉(이강천 감독, 신상옥 제작, 신필림, 1962), 근대서지학회 소장

1962년에 제작된 영화 〈무정〉의 시나리오로, 영화배우이자 가수 전영록의 아버지로 유명했던 황해가 소장한 대본으로 추정된다. 신필림의 〈무정〉은 박기채 감독이 연출한 〈무정〉(1939)에 이어서 두 번째로 영화화된 것이다. 시나리오를 집필한 김강윤은 광주학생운동을 영화화한 〈이름 없는 별들〉(1959)로 연출 데뷔를 하기도 했으나, 1960년대에는 시나리오 작가로 활발하게 활동했다. 최은희, 이상규, 김승호, 이예춘, 허장강 등 신필림 전속 배우들이 출연한 〈무정〉은 이강천 감독의 연출로 완성되어 "자유연애를 구가한 춘원 이광수 불멸의 명편"이라는 광고 문구와 함께 1962년 12월 29일 명보극장에서 개봉되었다.

016

의심의 소녀

김명순(1896~1951)

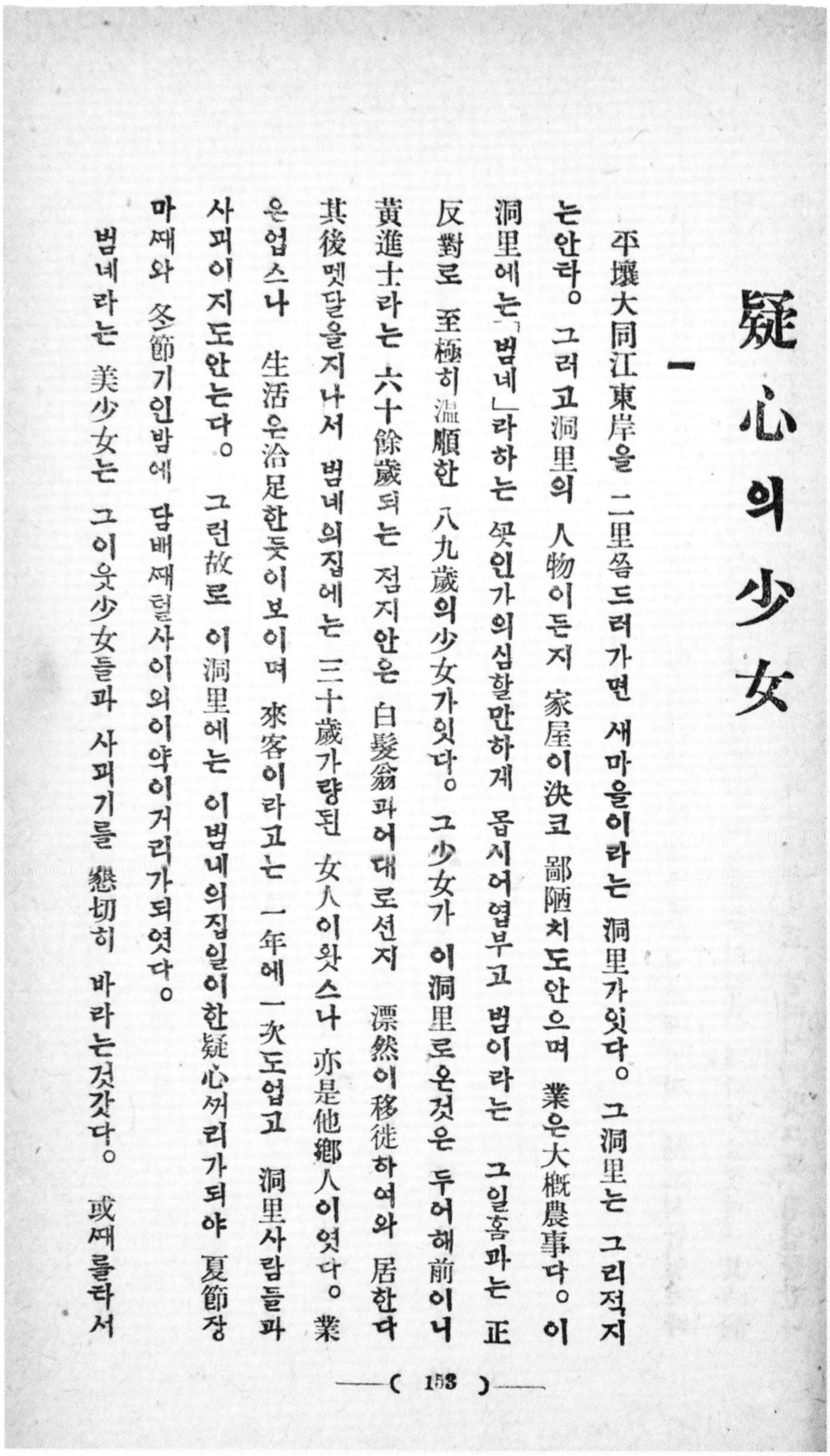

『생명의 과실』
한성도서주식회사, 1925
근대서지학회 소장

疑心의 少女

一

平壤大同江東岸을 二里쯤드러가면 새마을이라는 洞里가잇다。그 洞里는 그리적지

는안타。그러고 洞里의 人物이든지 家屋이 決코 鄙陋치도안으며 業은大槪農事다。이

洞里에는「범네」라하는 곳인가의심할만하게 몹시어염부고 범이라는 그일홈파는 正

反對로 至極히溫順한 八九歲의少女가잇다。그少女가 이洞里로온것은 두어해前이니

黃進士라는 六十餘歲되는 점지안은 白髮翁과어대로선지 漂然이移徙하여와 居한다

其後멧달을지나서 범네의집에는 三十歲가량된 女人이왓스나 亦是他鄕人이엿다。業

운업스나 生活은洽足한듯이보이며 來客이라고는 一年에一次도업고 洞里사람들과

사괴이지도안는다。그런故로 이洞里에는 이범네의집일이한疑心써리가되야 夏節장

마째와 冬節기인밤에 담배째럴사이의이약이거리가되엿다。

범네라는 美少女는 그이웃少女들파 사괴기를 懇切히 바라는것갓다。或째를라서

—(153)—

1917년 11월 잡지『청춘』에 발표된 김명순의 단편소설로 작가의 문단 데뷔작이다. 이 작품은『청춘』현상공모 입선작으로 당시 심사위원은 춘원 이광수였다. 이 작품은 방탕한 남편 때문에 고통스러운 결혼 생활을 하다 자살한 여인과 그의 딸의 삶을 그린 소설이다. 작가 김명순은 최초의 문학 동인지『창조』의 유일한 여성 동인이었으며,〈매일신보〉기자로 활동하는 등 전 생애를 통해 여성의 사회적 입지를 넓히고자 치열하게 산 인물이다. 이 작품은 1925년 발행된 작가의 유일한 작품집『생명의 과실』에 수록되었다. 이 책은 김명순의 그때까지의 문학을 집대성한 작품집으로 시 24편, 감상 4편, 소설 2편 등 총 30편의 글이 실려 있으며 우리 근대문학사에서 여성 문인이 낸 최초의 작품집이다.

■
『생명의 과실』표지 및 머리말

■
목차 및 판권

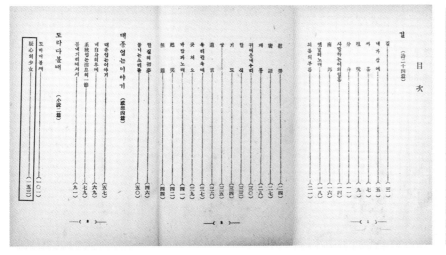

017

경희

나혜석(1896~1948)

『여자계』 2호, 1918.3
연세대 학술문화처 도서관 제공

경희 (小說)

晶月

一

「아이구 무슨장마가 그러케심혀요」

하며 담비를붓치는 婆々혼마님은 오릭간만에오신 사돈마님일다.

「그리게말을부치지요 심한장마에 아희들이 病이나아니낫슴니가 그동안 한인도한번도못보니서요」

하며 마조안저 담비를붓치는 머리가희굿々々혼 이마에주름살이 두어줄보이는 마님은 이李鐵原宅 主人마님일다.

「아이구별말슴을다ᄒᆞᆺ십니다 나역그릿서요 아희들은 홍실하나 업디엇지 슈일전보러 빗가압호다고ᄒᆞ더니 오날은이러나다니는거 슬보고왓서요」

「어지간이날이더워야지요, 조곰잘못ᄒᆞ면 벙나기가 그리」

「인저낫스니까요 무음이노여요 그런되 익기가 일본셔와셔 얼마나반가우셔요」

소돈마님은 이젓든거슬 깜작놀나성각ᄒᆞ는듯시 말을혼다,

「먼듸다가보니고 늘무음이노이지안타가 그리도 일년에한번식이라도오니까 긴안이ᄃᆞ든々ᄒᆞ요」

主人마님 김부인은 담비딕를 짓허리에다락々々치며

「그럿타말슴이요 아들이라도무음이아니노일쎡인되 쎡녀를 그러혼 먼듸다보니시고 그럿치안켓슴니가 그러혼

내 별벙은아니낫낫나보아요 제말은 아모고싱도아니된다ᄒᆞ나 어미 마음은 아모라도낫치보아야지 그 좀주리고 고싱이되엿겟서요 그리

...때에서 닉럿다. 다시 한아머지네ᄌᆞᆼ을 되엿다. 나는, 뜨거운사람의키스를하엿다.

나는釜山서 묵어갈녀고, 京城가는車를타고 ᄯᅥ나가는친구들을作別하고나왓다. 姊妹들은 電報를놋는다ᄒᆞ며, 아마 무어시 잘못되야 退맛는모양이다. 그만해도 장하고긔특하다. 奔走히 써되리고 가신다. 그만큼 作別하엿다.

雜誌일노 書信을通하기爲하야 K氏의番地를 적고
누이님宅에서 나와 기다리든下人에게 가방을들니고絶影島로 건너갓다. 누이님은 반가히뵈엿다. 그러느, 해마다 웃는얼골노
반기든 죽한○○는 업다. ᄯᅡ난의집에를간다. 섭々ᄒᆞ기 限이업
다. 그는 時代의犧牲者가되어 몹쓴迤數에울고사는 可憐혼朝鮮女性
의하나이다. 불상한마음이 새삼스럽게나는同時에 「無數혼그의同類되
는이들을 엇지하야 救濟하나」 걱정이 가슴에가득해진다. 이것이果
然 現今朝鮮의큰社會問題여! 離婚問題─버림을當혼婦人의慘狀─이것
을엇더케解決하랴나뇨? 議者諸位여! 覺醒한女子여 엇지하려나뇨?
오라간안에 신설노로 過혼料理에 맛잇게 저녁을먹엇스나、門밧
케나서々 釜山港口를 이리저리 바라보니 이상하게 心難해진다.
이것이 말할수업는 悲哀로다。

──一九一七、七、一三──

△新刊紹介

■主日學校研究(第一號)

朝鮮예수教育界에 처음 生긴 兒童教育雜誌인듸、神戸關西學院에서 多
年 斯道를 研究하신 韓錫源氏가 主幹하야 第一號를 今年一月에
發行하엿더라. 體裁도 整頓하고 内容이 充實하야 兒童教育에 從
事하시는 이는 배울바만킷고、쏘혼 家庭에서도 參考할만하기에 이
에 推薦하노라. (定價一册十錢 一年一圓三十四錢 發行所京城敦義洞
八主日學校研究社)

五十九

나혜석이 1918년 3월 『여자계』 2호에 발표한 단편소설이다. 서양화가이자 소설가, 여성해방론자인 나혜석의 작품은 여성으로서의 체험을 바탕으로 여성 주인공의 내면을 형성하는 것이 특징인데, 「경희」 또한 일본 유학 중에 귀국한 '경희'를 주인공으로 삼아 조선의 현실에서 신여성의 이상을 실현하는 과정에서 겪게 되는 사건들과 고뇌를 묘사하고 있다. 또한 인물과 사건, 배경 등이 긴밀하게 협응하고 있어 조선의 현실을 자각하고 그려내는 과정에 억지스러움이 없이 독자들을 설득하는 데 성공하고 있다. 주인공 '경희'를 통해 근대적 주체를 찾아가는 여정을 보여주고 있지만 그에만 함몰되지 않으며, 현실과의 갈등 앞에서 타협하고자 하는 고민까지 모두 내보여 이상과 현실 사이에서 뛰어난 균형감각을 보여준다. 작가 자신의 이야기가 반영된 이 작품은 문장의 측면에서도 진보된 언문일치체를 구사하는 한국 근대소설사에서 빛나는 수작이다.

『여자계』 2호(1918년 3월) 표지 및 목차, 판권

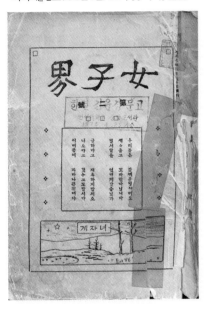
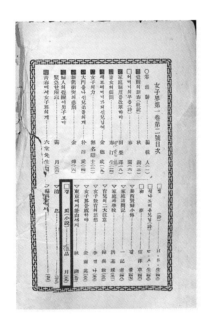

1919~1925

조선의 현실을 자각하고
사실대로 그리다

3·1운동 후 일제는 한글 신문과 잡지의 발행 등을 포함한 언론과 출판 및 사상에 제한적으로 자유를 허락해 식민지 현실을 사실적으로 바라보고 변혁을 꿈꾸게 하는 여러 사상들이 유입됩니다. 또한 『창조』, 『백조』, 『폐허』, 『개벽』 등의 잡지와 〈조선일보〉, 〈동아일보〉 등의 매체들이 창간되어 작품 발표를 위한 지면이 확보됩니다. 3·1운동을 겪으며 우리 소설은 식민지배라는 불합리하고 가혹한 현실을 발견합니다. 일제가 통치하는 암담한 현실, 빈궁에 허덕이는 민중의 삶이 비로소 소설에 담기기 시작합니다. 김동인과 현진건, 염상섭, 나도향, 최서해 등이 이 시기를 대표하는 소설가들이며, 이들을 통해 초보적으로나마 문단이 형성되기 시작합니다. 김동인은 과거시제와 과거형 종결어미, 3인칭 대명사 등을 문장에 사용하여 근대소설의 기틀을 놓았으며, 현진건은 힘겹게 살아가는 지식인과 노동자·농민의 궁핍한 삶을 치밀하게 묘사해 냈습니다. 나도향은 주종관계나 가난의 문제를 묘사하고 이를 극복하려는 의지를 보여준 작가입니다. 최서해는 자신의 빈궁 체험을 기반으로 가난 속에 허덕이는 사람들의 삶을 사실적으로 그렸습니다. 염상섭은 3·1운동 실패 이후 지식인의 비애와 환멸을 그렸으며 나아가 일제의 식민지배로 인해 마치 무덤 속과 같이 암울하게 변한 조선의 현실을 냉정하고 객관적으로 그렸습니다.

018

목숨

김동인(1900~1951)

『목숨』
창조사, 1923

한국 근대 단편소설을 대표하는 작가 김동인이 1923년 발간한 작품집이다. 김동인은 도쿄 유학 시절인 1919년 한국 최초의 문학 동인지 『창조』를 창간하고, 단편소설 「약한 자의 슬픔」을 발표하며 문단에 나왔다. 3인칭 대명사, 과거형 종결어미 등 다양한 소설 기법을 과감하게 실험하면서 한국 단편소설의 초석을 다진 작가로 평가받고 있다. 『목숨』에는 총 5편의 단편이 수록되어 있는데, 이 소설들은 그가 주장한 예술을 위한 예술이라는 예술지상주의 표어에 어울리는 정교한 구성과 혁신적 문체가 돋보이는 작품들이다. 표제작 「목숨」은 1921년 『창조』 8호에 발표된 작품으로, 죽음의 공포에 휩싸인 M이 악마 같은 삶에 대한 집착을 자각하는 내용이다. 특히 '지옥' 같은 병원과 죽음에 대한 그로테스크한 묘사가 돋보인다. 또한 이 책에는 작가의 대표작 「배따라기」가 실려 있다. 「목숨」과 같은 액자식 구성이지만 오해로 빚어진 비극의 전말을 매우 섬세하게 구성했으며 서정적인 분위기까지 풍기는 작품으로 한국 근대 단편소설사를 대표하는 상징적 작품이다. 이 책의 속표지에는 '시어넘 창작집 제1집'으로 되어 있어 작가의 첫 번째 작품집임을 표시하고 있다. 판권면에 이 책을 낸 창조사의 주소지가 평양으로 되어 있는데, 김동인의 자택으로 판단된다.

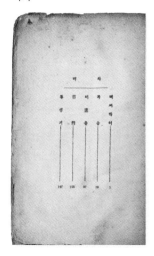

목차

「배따라기」 본문

판권

019

감자

김동인(1900~1951)

『감자』
한성도서주식회사, 1935
근대서지학회 소장

김동인의 단편소설로 잡지 『조선문단』 1925년 1월호에 발표되었다. 「감자」는 가난한 농자 출신 여성 '복녀'가 환경에 의해 타락해 가며 비극적 결말을 맞기까지의 일대기를 그린 작품이다. 가난과 탐욕이 일그러뜨리는 빈민의 삶, 목숨까지도 흥정의 대상이 되는 냉정한 세태 등이 극적으로 그려져 있는 작품으로 김동인 하면 떠오르는 대표작이다. 이 작품은 1968년과 1987년 두 차례 영화화되었다. 1968년작의 감독은 「무진기행」의 저자 김승옥이었고 윤정희가 복녀 역을 맡았다. 1987년작은 변장호가 감독, 강수연이 복녀 역을 맡아 열연을 펼쳤다. 이 작품은 1935년 한성도서주식회사에서 출판된 동명의 작품집에 수록되었다. 이 책에는 표제작 「감자」를 비롯해 모두 8편의 단편이 실려 있다. 『감자』에는 자연주의적 사실주의 계열로 분류할 수 있는 작품이 다수로, 1920년대 불우하고 가난하게 살아가는 사람들의 모습을 제재로 한다. 이 책의 장정을 한 사람은 밝혀지지 않았는데, 책의 앞뒤 표지에 울퉁불퉁한 엠보싱 처리가 되어 있어 매우 고급스러운 느낌을 준다.

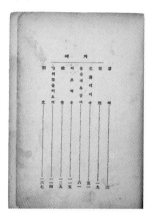

목차

「감자」 본문

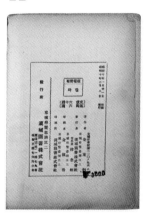

판권

020

타락자

현진건(1900~1943)

『타락자』
조선도서주식회사, 1922
근대서지학회 소장

현진건이 '빙허생'이라는 필명으로 1922년 1월부터 4월까지 『개벽』 19~22호에 연재한 단편소설이다. 일본에서 유학을 하다가 오촌 당숙이 죽어 당숙모의 외아들로 입후된 '나'가 주인공으로 등장한다. 공부를 포기하고 자포자기한 '나'는 기생 '춘심'과 사랑에 빠져 기방에 자주 출입하게 되고, 임신한 아내는 그 모습을 지켜보며 병을 얻는다. 그러던 중 '춘심'은 늙은 아버지를 위해 부자에게 시집을 가고, '나'는 상심하여 돌아오지만 '춘심'에 대한 사랑은 식지 않는다. 작가가 젊은 시절에 겪은 일을 재현한 작품으로 알려져 있으며, 13장에 걸친 긴 사연임에도 사실성이 돋보이는 표현이 많아 실감이 난다는 평가를 받고 있다. 이 작품이 실린 『타락자』는 1922년 발행된 현진건의 첫 번째 작품집으로 그의 초기 대표작인 「빈처」, 「술 권하는 사회」 등 총 세 작품이 실려 있다.

목차

「빈처」 본문

판권

021

표본실의 청개구리

염상섭(1897~1963)

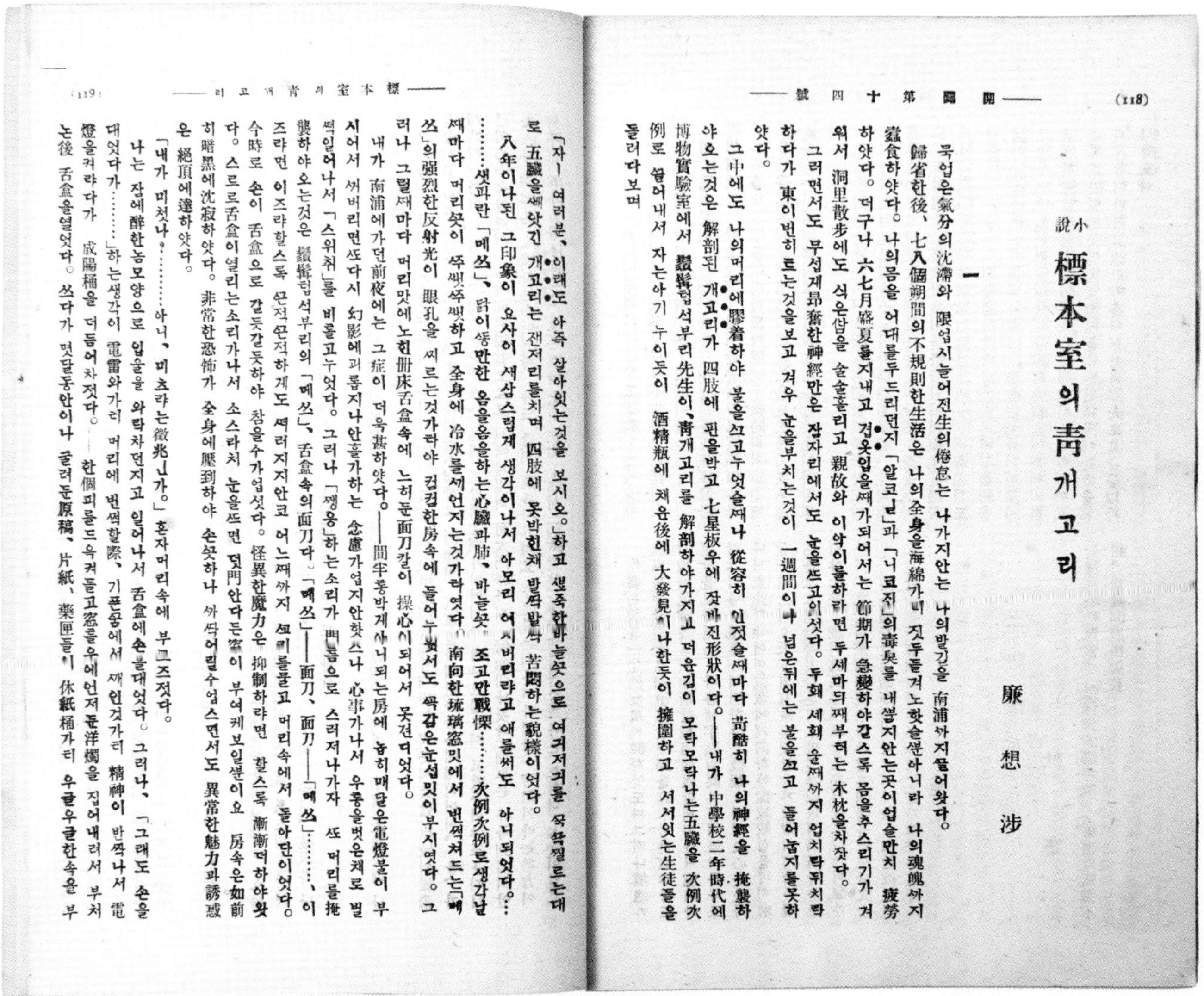

小說 標本室의 靑개고리

廉想涉

一

묵업은氣分의沈滯와 限업시늘어진生의倦怠는 나가지안는 나의발길을 南浦까지끌어왓다。歸省한後、七八個朔間의不規則한生活은 나의全身을海綿가티 짓두들겨노핫슬뿐아니라 나의魂魄까지 蠶食하얏다。나의몸을 어대를두드리던지 「알코-ㄹ」과 「니코진」의毒臭를 내뿜지안는곳이업슬만치 疲勞하얏다。더구나 六七月盛夏를지내고 겹옷입을때가되어서는 節期가 急變하야갈스록 몸을추스리기가 겨워서 洞里散步에도 식은땀을 술술흘리고 親故와 이약이를하랴면 두세마듸째부터는 木枕을차젓다。

그러면서도 무섭게昻奮한神經만은 잠자리에서도 눈을뜨고이섯다。두홰 세홰 울때까지 업치락뒤치락하다가 東이번히트는것을보고 겨우 눈을부치는것이 一週間이나 넘은뒤에는 불을쓰고 들어눕지를못하얏다。

그中에도 나의머리에膠着하야 불을쓰고누엇슬때나 從容히 안젓슬때마다 苛酷히 나의神經을 掩襲하야오는것은 解剖된 개고리가 四肢에 핀을박고 七星板우에 잣바진形狀이다。——내가 中學校二年時代에 博物實驗室에서 鬚髥텁석부리先生이、靑개고리를 解剖하야가지고 더운김이 모락모락나는五臟을 次例次例로 끌어내서 자는아기 누이듯이 酒精甁에 채운後에 大發見이나한듯이 擁圍하고 서서잇는生徒들을 돌려다보며

「자― 여러분、이래도 아죽 살아잇는것을 보시오。」하고 뾰죽한바늘쯧으로 여긔저긔를 쿡쿡찔르는대로 五臟을쌔앗긴 개고리는 잰저리를치며 四肢에 못박힌채 발딱발딱 苦悶하는貌樣이엇다。

八年이나된 그印象이 요사이 새삼스럽게 생각이나서 아모리 어시버리랴고 애를써도 아니되엇다。……새파란 「메쓰」、닭이쏭만한 옴을옴을하는心臟과肺、바늘쯧 조고만戰慄…… 次例次例로생각날때마다 머리쯧이 쭈뼛쭈뼛하고 全身에 冷水를세언지는것가타엿다。南向한琉璃窓밋에서 번쩍처드는「메쓰」의强烈한反射光이 眼孔을 찌르는것가타야 컴컴한房속에 들어누엇서도 썩갑은눈섭밋이부시엿다。그러나 그럴때마다 머리맛에노힌冊床舌盒속에 느허둔面刀칼이 操心이되어서 못견듸엇다。

내가 南浦에가던前夜에는 그症이 더욱甚하얏다。——間半통밧게아니되는房에 놉히매달은電燈불이 부시어서 써버리면또다시 幻影에괴롭지나안흘가하는 念慮가업지안햇스나 心事가나서 우통을벗은채로 벌떡일어나서 「스위취」를 비틀고누엇다。그러나 「쌩웅」하는소리가 門틈으로 스러저나가자 또 머리를掩襲하야오는것은 鬚髥텁석부리의 「메쓰」、舌盒속의面刀다。「메쓰」——面刀、面刀——「메쓰」……、이즈랴면 이즈랴할스록 뚜렷뚜렷하게도 써러지지안코 어느때까지 꼬리를물고 머리속에서 돌아단이엇다。수時로 손이 舌盒으로 갈듯갈듯하야 참을수가업섯다。怪異한魔力은 抑制하랴면 할스록 漸漸더하야왓다。스르르舌盒이열리는소리가나서 소스라처 눈을뜨면 덧門안다든窓이 부여케보일뿐이요 房속은如前히暗黑에沈寂하얏다。非常한恐怖가 全身에壓到하야 손쯧하나 까딱어릴수업스면서도 異常한魅力과誘惑은 絶頂에達하얏다。

「내가 미첫나?……아니、미츠랴는徵兆ㄴ가。」혼자머리속에 부르즈젓다。

나는 잠에醉한놈모양으로 입술을 와락차던지고 일어나서 舌盒에손을대엇다。그러나、「그래도 손을 대엇다가……」하는생각이 電雷와가티 머리에 번쩍할際、기픈꿈에서 깨인것가티 精神이 반짝나서 電燈을켜랴다가 成陽桶을 더듬어차젓다。—— 한個피를드윽켜들고窓틀우에언저둔洋燭을 집어내려서 부처논後 舌盒을열엇다。쓰다가 몃달동안이나 굴려둔原稿、片紙、藥匣들이 休紙桶가티 우글우글한속을 부

『개벽』, 1921.8
근대서지학회 소장

1921년 8월부터 10월까지 잡지 『개벽』에 연재된 염상섭의 단편소설이자 데뷔작으로, 우리 근대소설사 최초의 자연주의 작품이라는 평을 받는다. 신경쇠약에 걸린 주인공이 평안도 남포에서 정신 이상 증세가 있는 김창억이란 인물을 만나는 이야기이다. 주인공과 과대망상증 환자인 김창억을 통해 3·1운동 실패 후 청년층에 만연했던 패배의식과 울분을 읽어낼 수 있다. 3·1운동은 직접적인 언급 대신, 김창억의 과대망상증을 통해 은유적으로 드러나 있다. 염상섭은 판에 박혀 해부당하는 개구리처럼 권태로운 삶을 사는 주인공과 김창억이라는 인물을 통해 현실의 중압에 눌린 식민지 청년의 고뇌를 담아내었다. 김동인은 이 작품의 주인공을 가리켜 '새로운 햄릿'이라 칭한 바 있다. 이 작품이 실린 『개벽』의 홍보 문구가 인상적인데 다음과 같다. "문단의 재인(才人) 염상섭군! 도회 문명의 복잡한 공기를 싫어하고 세도인심(世道人心)의 부경(浮輕)한 것을 피하여 표연히 신문기자의 직을 사(辭)하고 산 좋고 물 맑은 향촌에 몸을 숨겨 미래 국민의 인격을 지도하면서 고요히 우주를 보며 한가히 인생을 설파한 것이다."

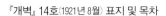

『개벽』 14호(1921년 8월) 표지 및 목차

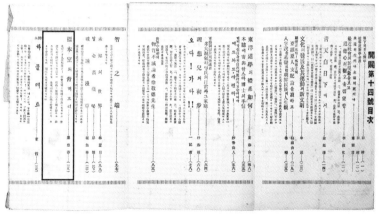

판권

022

물레방아

나도향(1902~1926)

물 레 방 아

稻 香

덜컹 덜컹 흐르는 물에 들엇다가 다시 쏘다 쳐흘으는물이 육중한물레방아를 번쩍쳐들엇다가 쿵 하고 확속으로 써던 질쳐 머슬머슬 흐르는 콧소리는 하연게가루나 케케안즌 방아간속에서 첫슬스럽게 들려나온다.

쌀 쌀 쌀 구슬이 되엿다가 가루가되고 때줄기가치 색씨엿다 다시 퐁퐁 쏘다커 백룡이 되어 용소슴처흘으는물이 커쪽산모둥이 십리나두고 돌고 다시 이쪽 들복관에 이 방원(芳源) 되이가 사는동리 압기슬 시처지나가는데 그우에 물레방아 하나가 노여잇다.

물레방아에서 들려다보면 동북간으로 큰도막마을이 잇스니 이마을에 가장 부자요 가장세력이잇는사람으로 일홈을 신치규(申治圭)라고 불으는 이 방원이라는사람은 그집의 막실(幕室)사리를하여가며 그의딸을 경작하야 자긔안해와

두사람이 그날그날을 지내간다.

엇더한가을밤 유난히 밝은달이 고요하게 이촌을 한켜씩 비초일쎄 그물레방아간엽 엇더한녀자하나와 엇던남자하나가 서서 이야기를하는소리가들리엇다.

그녀자는 방원의안해로 지금 나히가 스물두살 한참 청졍의 타는가슴으로 가장 행복스러운녀자이오 그 남자는 오십이 반이 넘어 인생으로서 살아올길을 다살고서 거의거의 쇠멸의구령이를향하야가는늙은이다.

그의말소리는 마치 그녀자를달래는것가치 "얘 내말이 조곰도 글을것이업지? 싀붑 할멈에게도 다려슬 터이지만은 너생각해보아라 네가 허락만하면 언제든지 네가 말막식구석을먼치못할것이어니 하여 사람이란 젊어서 호강해보지못하면 평생 온 천만에 모두 빗비업슬

"개말야 떠맘이업늬? 붓그러워서그러니 그러케붓그러워할을은안인데"

"응? 왜 떠맘이업늬?"

하고 게집의손을 잡으며 "손도 이러케 임분줄은 여래지못낫구나 참 분길갓다 이러케 얌전히생긴녀가 방원가튼천한늠의게집이 되어 일 평생을 그리는것이 닛가 너도아다십히 내가 너를 작난삼아 그러는것도안이겟고 후사(後嗣) 새칭한얼굴이 마루쏙쏙하고 새까만눈섭과 기다란눈섭은 컴우를 뜨는가장자리의 무서웁게 흐리락보드락 후리후리 리한키에 획버러진엉둥이가 아모말이업시서서 짐짓 북그런운레를지우며 미흡적(理財的)의우슴을 그우승이 얼마나 낙즘승가튼신치규의 만족을사 게됫스면 도리엿다. 네가 떳떳빈살엇야 언제든지 막실구석을면치못할것이어니 하여 사람이란 젊어서 호강해보지못하면 평생

히와서 "그럼 그것이 무엇이오 뷔가 나가라는데 케가 나가지안코백일출갓아닉!" "그러치만 넘어 과하지안을것이 무엇? 귀현생각을 들칼라 어서드러가자" "먼커드러가세요"

잡지 『조선문단』 1925년 9월호에 발표된 나도향의 단편소설이다. 이 작품은 마을에서 가장 힘 있는 세력가 신치규와 그의 땅을 경작하는 이방원 부부 사이에 벌어진 비극을 다룬 작품이다. 나도향은 궁핍한 일상과 탐욕으로 일그러진 하층민의 삶을 생생한 필치로 그려냈다. 가난과 물질에 대한 욕심, 인간의 성적 본능 등이 사실적으로 형상화된, 나도향의 후기 작품을 대표하는 수작이다.

『조선문단』 11호(1925년 9월) 표지 및 목차

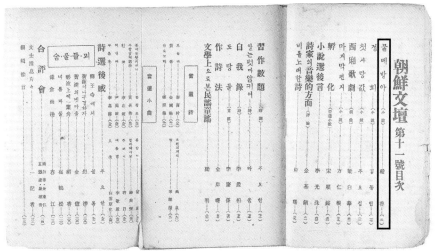

향일초

홍난파(1898~1941)

『향일초』
박문서관, 1923

〈옥수수 하모니카〉, 〈고향의 봄〉과 같은 동요와 〈봉선화〉 등의 가곡을 작곡한 것으로 널리 알려진 난파 홍영후의 소설집이다. 이 책에는 표제작 「향일초」를 비롯한 5편의 단편이 실려 있다. 「향일초」와 「사랑하는 벗에게」는 파국을 향해 치닫는 연애소설이다. 「물거품」은 불운한 방랑 화가의 이야기를 다루었고, 「살아가는 법」은 매우 짧은 작품으로 인생의 의미와 사회 문제를 주제로 하는 토론체 소설이다. 「회개」는 절도와 살인이라는 자극적 소재를 취한 작품이다. 홍난파는 1920년대 초판 번역과 창작 양면에서 뛰어난 역량을 보여준 문학자였지만, 1924년 음악에 전념하게 되면서 그가 문학을 했다는 사실은 잘 알려지지 않았다. 『향일초』는 1923년 나온 작가의 두 번째 작품집이다. 이 책에는 작가의 네 번째 창작집 제목까지 소개되어 있으나 실제 출판된 것은 이 책이 유일하다. 근대문학이 본격적으로 태동할 무렵 지식인이 창작한 대중소설이라는 점에서 그 의미를 찾을 수 있다.

목차

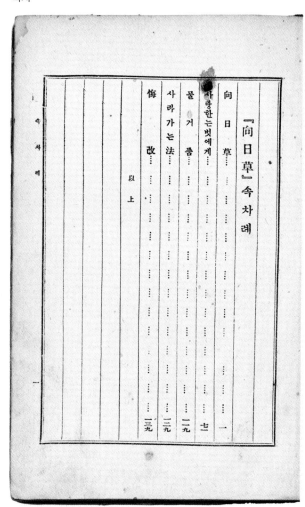

판권

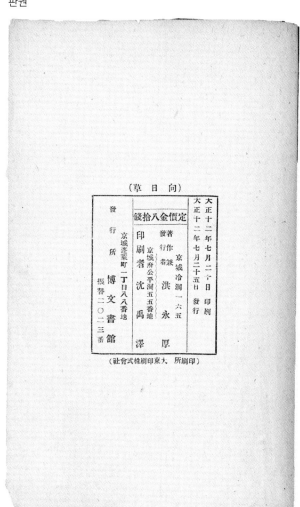

024

만세전

염상섭(1897~1963)

고려공사, 1924

수선사, 1948

염상섭의 중편소설이다. 1922년 7월부터 9월까지 「묘지」라는 제목으로 잡지 『신생활』에 연재되던 중 잡지의 폐간으로 중단되었다가 1924년 4월부터 지면을 옮겨 〈시대일보〉에서 현재의 제목으로 다시 연재되었다. '묘지'나 '만세 전(前)'이라는 제목은 모두 3·1운동 이전의 조선 사회를 가리킨다. 일본 유학생 이인화가 부인이 위독하다는 소식을 듣고 도쿄에서 서울로 오는 과정에서 식민지 조선의 비참한 현실을 담담하고도 냉정하게 관찰하는 내용이다. 한일 강제병합 후 일본인이 치부를 위해 조선에서 벌이는 행태, 조선인이 식민지인으로서 겪는 굴욕, 그 와중에 자기 욕심 채우기에 급급한 사람들의 모습 등, 식민지가 된 후 크게 달라진 조선의 현실을 사실적으로 형상화했을 뿐만 아니라 주인공 이인화가 그러한 현실이 결국 자신의 문제임을 자각한다는 점에서 우리 근대문학을 대표하는 기념비적 작품이다. 1924년 고려공사에서 이 작품의 단행본 초판이 발행되었고, 해방 후인 1948년 수선사에서 두 번째 판본이 간행되었다. 염상섭은 독립 후 이 작품을 개작했는데, 재판에서 주인공 이인화는 보다 민족주의적인 인물로 등장한다.

「서문을 대신하여」 및 판권(고려공사, 1924)

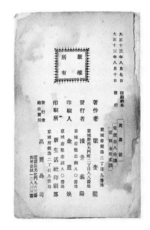

속표지 및 판권(수선사, 1948)

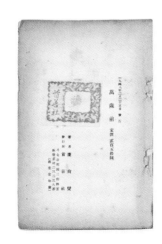

1925~1935

리얼리즘과
모더니즘으로 만개하다

1920년대 중반부터는 일제에 대한 민족의 저항이 더 강해지고 조직화되었는데, 문학적으로는 1925년 조선 프롤레타리아 예술가 동맹카프, KAPF이라는 조직의 결성으로 표면화되었습니다. 카프는 진보적 문학 이념을 토대로 문학 운동을 조직적으로 펼친 최초의 단체로 민중이 식민지배와 자본주의의 폐해로부터 벗어나게 하는 데에 문학의 역할이 있다고 보았습니다. 초기에는 주로 개인의 극단적 반항을 다루거나 비참한 민중의 현실을 묘사했지만, 점차 민중을 현실 변혁의 주체로 형상화하는 데까지 나아갔습니다. 박영희의 「사냥개」1925와 조명희의 「낙동강」1927은 카프를 대표하는 소설들입니다. 카프의 이러한 목적과 활동은 당대 현실을 총체적으로 묘사한 빼어난 리얼리즘 소설들이 발표되는 중요한 밑거름이 되었습니다. 이기영, 강경애, 한설야, 채만식 등은 다양한 방법으로 훌륭한 리얼리즘 작품을 발표한 작가들입니다. 한편 식민지 자본주의라는 왜곡된 형태이긴 하지만 1930년대에 들어 자본주의와 서울과 인천 등 근대 도시가 발달하면서 이를 반영한 모더니즘 문학도 큰 흐름을 형성했습니다. 모더니즘 문학은 카프처럼 문학의 사회적 기능보다는 서술 기법 등 문학 자체가 가진 다양한 형식 실험에 집중하면서 자본주의와 도시로 대표되는 근대문명의 부정적 측면에 주목했습니다. 이태준과 박태원, 이상, 이효석, 최명익 등이 대표적인 모더니즘 소설가입니다. 이들의 작품 속에는 식민지 자본주의가 야기한 황금만능주의의 문제들과 그로 인한 소외, 근대문명 속 식민지 지식인으로서의 무력감 등이 잘 나타나 있습니다.

025

탈출기

최서해(1901~1932)

『조선문단』. 1925.3
현담문고 제공

脱 出 記 （小說）

崔 曙 海

一

김군! 수삼차 편지는 반갑게 밧엇다。 그러나 나는 한번도 회답지 못하엿다。 무론 군의 충정에는 나도 감사를 들이지만 그 충정을 나는 밧을수업다。

—박군! 나는 군의 탈가(脫家)를 찬성할수업다。 음험한 이역에 늙은 어머니와 어린처자를 버리고 나선 군의 행동을 나는 찬성할수업다。

박군! 돌아가라。 어서 집으로 돌아가라。 군의 부모와 처자가 이역로두에서 방황하는것을 나는 눈압헤 보는듯십다。

그네들의 의지할곳은 오직 군의 품밧게 업다。 군은 그네들을 구하여야 할것이다。 군은 군의 가뎡(家庭)에서 동량(棟樑)이다。 동량이 업는 집이 어디잇스랴? 조고마한 고통으로 집을 버리고 나선다는것이 의지가 굿다는 박군으로서는 너머도 박약한 소위이다。

군은 ××단에 몸을 던저서 ×선에 섯다는 말을 일전 황군게서 듯기는 하엿스나 그러타하여도 나는 그것을 시인할수업다。 가족을 못살리는 힘으로 사회를 건지랴。

박군! 나는 군이 돌아가기를 충정으로 바란다。 군의 가족이 사람들 발아래서 짓밟히는 것을 생각할때! 군은 이러한 말을 편지마다 쓰엇지。 나는 군의 뜻을 잘알엇다。 내 사랑하는 나의 가족을위 하야 동정하여주는 군에게 내엇지 감사치안으랴? 정다운벗의 충고에 나는 늘 울엇다。 그러나 그 충고를 들을수업다。 둣지안는것이 군에게는 고통이 될는지 분로가 될는지? 나에게 잇서々는 행복일는 지도 알수업는세닭이다。

1925년 3월 잡지 『조선문단』에 발표된 서해 최학송의 단편소설이다. 최서해 자신의 경험이 녹아든 작품으로 신경향파의 대표적인 작품이다. 주인공이 궁핍에 못 이겨 간도로 이주한 이후에도 가난을 극복하지 못한 채 힘겹게 살아가는 과정을 묘사하였다. 주인공의 결단과 실천을 보여준다는 점에서, 궁핍한 참상을 그리는 데 그쳤던 기존 소설 경향과 다르다는 평가를 받았다. 함경북도에서 소작인의 아들로 태어난 최서해는 극심한 가난에서 탈출하기 위해 간도로 이주했지만, 나무를 훔쳐 팔거나 막노동이나 잡일을 전전하는 등 가난에서 벗어날 수 없었다. 작가의 대표작 「탈출기」는 바로 이 간도에서의 체험을 그린 작품이다.

■
『조선문단』 6호(1925년 3월) 표지. 현담문고 제공

■
『현대조선문학전집 단편집』 하(조광사, 1946) 표지 및 목차, 본문. 개인 소장

026

사냥개

박영희(1901~미상)

『개벽』, 1925.4

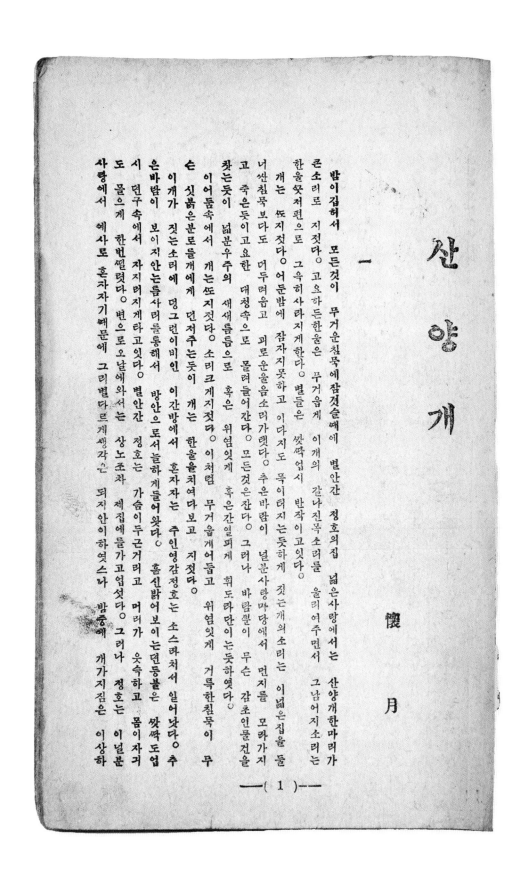

박영희가 1925년 4월 잡지『개벽』에 발표한 단편소설이다. 부유하면서도 인색한 주인공 정호가 부를 지키려고 불안 속에서 전전긍긍하다가 자신을 보호하려고 사들인 사냥개에게 물려 죽는다는 풍자적인 내용의 작품이다. 여기서 사냥개는 주인에게 복종하나 그에 걸맞는 대우를 받지 못하는 무산계급을, 주인공 정호는 유산 계급을 의미한다고 볼 수 있다. 서사 구조가 습작 수준이며 계급의식을 생경하게 드러내는 등 작품성은 떨어지나 우리 문학사에서 계급 갈등을 처음으로 표현한 작품이면서 동시에 한국 근대소설사에서 신경향파를 여는 소설이라는 점에서 중요하다. 여기서 신경향파 문학이란 당대 낭만주의와 자연주의를 비판하면서 빈곤계층을 주인공으로 등장시키며 그들의 처한 현실과 현실에 대한 저항의식을 그려낸 문학을 가리킨다. 박영희는 자신의 소설과 평론들을 모은『소설·평론집』(1930) 서문에서「사냥개」,「전투」,「지옥순례」등의 소설을 가리켜 '신경향파적 경향작품'이라 칭한 바 있다.

『개벽』58호(1925년 4월) 표지 및 목차, 판권

 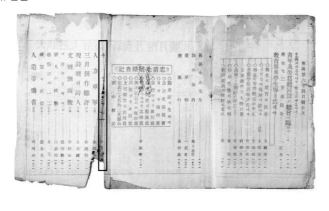 

『소설·평론집』(민중서원. 1931) 표지 및 목차, 판권

027

낙동강

조명희(1894~1938)

『낙동강』
건설출판사, 1946

잡지 『조선지광』 1927년 7월호에 발표된 포석 조명희의 단편소설이다. 사회운동가 박성운이 고향에 돌아와 농민들과 연대해 강변 갈대밭에 관한 권리를 지키기 위해 싸우다 비극적 결말을 맞기까지의 과정을 그렸다. 이 작품은 관념으로 빠지기 쉬운 신경향파 소설의 수준을 한 단계 끌어올린 작품으로 평가받으며 카프의 방향 전환을 이끌어낸 문제작이자 1920년대를 대표하는 작품의 하나이다. 이 작품은 발표 이듬해인 1928년 백악사에서 단행본 『낙동강』으로 출판되었는데 모두 다섯 작품이 실려 있다. 포석 조명희는 최서해와 함께 가난한 민중의 삶을 사회주의적 비전 안에서 조명한, 신경향파를 대표하는 작가이다. 이 소설집에 등장하는 인물들은 신문기자, 거지, 농민 등 직업과 사회적 지위는 다양하지만 공통적으로 가난하고 힘겨운 삶을 이어간다는 점에서 신경향파 문학의 특징을 잘 보여준다. 재판은 1946년 건설출판사에서 발행되었다. 이 책 끝에는 카프 서기장을 지낸 시인이자 평론가 임화의 중간사가 실려 있다. 그는 「낙동강」이 '자연발생적 문학으로부터 목적의식적 문학으로의 방향 전환이 논의될 시기에 문제의 대상이 되었던 작품'이며, '우리 문학사의 한 '모뉴먼트'임은 변하지 않는 사실'이라 평했다. 포석이 빨리 돌아오기를 바라며 중간사가 마무리되는데 임화는 조명희가 1938년 사망한 사실을 모르고 글을 쓴 듯하다.

목차

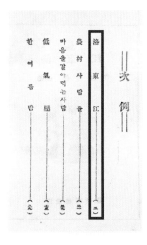

「낙동강」 본문

판권

표지 및 판권(백악사, 1928). 개인 소장

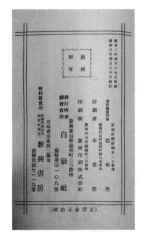

028

복수

유진오(1906~1987)

復讐

俞鎭午

讐　　復

A라는남자가잇다。그는머리를길게하고　면도칼도안대고　신강가피의급선봉으로활동하는점은시인이다。쓰이곳에B라는녀자가잇다。그는신진녀류음악가의샛별이엇다。아니　Y보다도더석은〜한맛이잇다。B는녀무뭇다윤리상만을쫏다가내々가랭이가찌저진Y라는녀자에게비슷한곳이잇섯다。B는곰고괘활하고건장한노래부르는새엿다。

한데　이A도B를사랑하엿다。원래A는「쉬희르네르」돌알랭은쎼놋코숭배하는개인주의자엿다──라고하는이보다도　간단하게요새々세물써서극단의리기주의자연다。그는B를사랑하게된뒤로부터행복의바다를헤이는듯하엿다。대체　모든일이너무도귀마음대로만되여나가기째문이다。애초부터가난한집에태여나엇드면　두번생각할여지도업서서그는렬々한사회운동가가되여슬것이나。하나이왕그는부자집맛아들로태여낫다。A는그의「주의」로브터야모리연역하야도사회운동에나설리유는하나도발견치못하엿다。

그리고보니　A에게남은길은오하나밧께업섯다。그것우A보담압선여러「천재」들의흉내를내여가장령리하게한세상을지나는것이엇다。즉　붓옷으로는불긴갓치사회개조를부르지즈면서　내용으로는수심만의재산을안고　졂엇슬째에질탕인생의환락을마시다가　한사신이나넘어놀기음업서지거든　어대로표박의길이나나설가록죄의생활이라고하고　안르래도졂엇슬째에죄를론릴만지면지오면지숙박의길에서지나내가지더큰사랑을갓고더풍부한경력을갓게될것을그는미멋다。그렷게만하면쾌락은쾌락대로행하고　명예는명예대로어들것갓첫다。

──(164)──

讐　　復

한데　A는B를괴맥히게사랑하엿다。B는마치주문이나해운듯이B째문에푸르그람대로실현되는것을다시업시깃버하엿다。A는항락운고만두고라도　원래성질이졂은처녀에게B째문에피는옷의그리움을보내는A에게　이이상의단술이잇스랴。A는고만　원고지도　펜도　양국소설도다집어치우고　날마다밤마다으로　음악회로　카페로내일의련애의흰키쌜을쯔첫다。그들은　시가(市街)의잡담을설러흘으는쓰프라노를스크린을막나옷을　레코드를　찬미하면서아울러서로속삭이어엿다。

「나는당신을사랑합니다！」
「당신울나는사랑하지요！」

하여간　이러케해　A와B의련애는약혼에쌔지나르렷다。

　　　　　　　×

「당신은　내　생명입니다」

컴々한속에눈을부시는팽선이쌩처　스완손의두발이　멋빡개의쌀간심장을　스크린우에짓밟을째　A는숨이맥히는듯이B의귀에이말을느엇다。봄에피는옷의그리음을보내는A는고만두고라도　생젼샛々한말이나아야지。

사실외에「나는당신을사랑하오！」하는말은　처음에는A나B의은갈혼신경을울으켜　내々자극하기에충분하엿다。하나　갓혼자극을　갓혼신경에　반복해하면　차々로애당레一순의사말의에　생젼샛々한말이생각이나아야지。그들의신경은벌서「나는당신을사랑합니다」〜하게자극하기에충분하엿다。당신을나는사랑하지요！〜에서는아모쾌감을엇지못하도록둔하게되엿다。더강렬한더독한자극이닐으켜　내々자극에힘을널는다는것은심리학적리에서는아모쾌감을엇지못하엿다。B는그것을압흐게늣긴것이다。A도물론늣것다。늣기기는늣것지만　엇덕케해야리리기에절々대로필요하엿다。

──(165)──

유진오가 잡지 『조선지광』 1927년 4월호에 발표한 단편소설이다. 경성제국대학 법문학부 예과를 졸업한 작가는 같은 문우회를 조직, 『문우』지를 발간하고 1927년부터 소설을 발표하며 프롤레타리아 문학의 동반자 작가로 활동했다. 이 소설은 A라는 신감각파의 선봉으로 활동하는 젊은 시인과 B라는 신진음악가로 주목받는 여성의 사랑 이야기로 구성되어 있다. A는 B를 사랑하지만, B는 A에게 질려 다른 사람을 사랑하게 된다. 이에 A는 B에게 복수를 결심하고 그 실행 방법을 모색하지만 그것이 불가능하다는 것을 깨닫고 B와의 약혼반지를 꺼내어 집착을 거두고 복수를 포기한다. 이 작품은 주인공이 부잣집 아들이고 제목과 달리 복수의 실행은 없지만, 프로문학에 동조하는 동반자적 경향의 싹을 볼 수 있는 유진오의 초창기 경향-동반자적 성격을 보여주는 소설이라 할 수 있다.

『조선지광』 66호(1927년 4월) 표지 및 목차

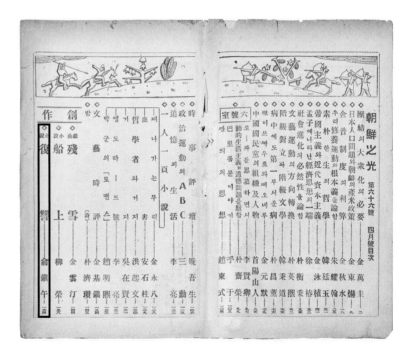

029

고향

이기영(1895~1984)

상
한성도서주식회사, 1936(초판)

하
한성도서주식회사, 1939(4판)

1933년 11월 15일부터 1934년 9월 21일까지 〈조선일보〉에 연재된 이기영의 장편소설이다. 『고향』은 일본에 유학을 갔다가 진보적 이념에 눈을 뜬 김희준이라는 지식인의 귀향에서 시작된다. 김희준이 지식인이라는 허울을 벗고 농사를 짓고 살아가면서 실제 농민의 한 사람으로 정착하는 과정을 그렸다. 이 작품이 리얼리즘 소설로서 얻은 성과는 당시 농촌의 현실과 농민의 삶을 이상화하지 않고 사실적이고 자연스럽게 묘사하고 있다는 점이다. 『고향』은 농촌의 문제를 지주와 소작인 사이의 갈등이라는 구조적인 측면에서 접근함으로써 계몽적인 한계를 뛰어넘음과 함께 1930년대 한국 근대소설사에 있어 최대 성과로 평가되는 작품이다. 작가도 단행본 서문에서 자신의 작품에 겸손을 표했지만 이 작품에 대해서는 '그 중 나은 편이니 부족하나마 내 자신에게 있어서도 다소간 애착'을 갖는 작품이라 자평한 바 있다. 이기영은 1933년 고향의 절에 내려가 약 40여 일 만에 초고를 다 썼다고 한다. 검열을 견디며 신문에 연재하는 도중 '신건설사 사건'에 휘말려 체포되는 지경에 이르자 팔봉 김기진에게 대신 써 연재를 이어달라고 부탁하고 감옥에 들어갔다고 한다. 김기진은 『고향』 후반부를 자신이 집필했으며 단행본 출판 때에도 이기영이 이를 고치지 않았다고 회고한 바 있다. 이처럼 우여곡절을 겪은 『고향』은 1936년 단행본 발간 당시 춘원 이광수의 『흙』 판매고의 2배를 뛰어넘었으며, 하드커버에 케이스까지 있는 호화 양장본인 탓에 가격이 상당했으나 1939년 현재 6판(상편), 4판(하편)을 찍었을 정도로 베스트셀러 작품이 되었다.

저자 사진

서문(자서)

저자 약전

상권 본문

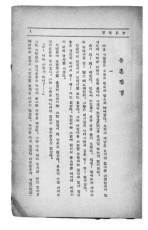

상권 판권

하권 판권

연재 1회〈조선일보〉1933.11.15〉

030

인간문제

강경애(1907~1943)

『인간문제』
연변인민출판사, 1979
한상언 소장

〈동아일보〉 1934년 8월 1일부터 12월 22일까지 120회에 걸쳐 연재된 강경애의 장편소설이다. '첫째'와 '선비'라는 두 인물을 통해 1930년대 소작농민이 삶의 터전인 농촌에서 도망쳐 나와 도시의 노동자가 되고 나아가 노동운동에 투신해가는 과정을 사실적으로 그린 작품이다. 특히 선비라는 여성 주인공을 내세워 식민지 시대 여성의 고통스러운 삶을 잘 형상화했다는 평가를 받았다. 대학 교육을 받은 진보적 지식인 신철이 현실에 굴복해 노동운동으로부터 떠나는 반면, 노동자인 주인공들은 죽음을 앞두고도 노동운동가의 삶을 포기하지 않는다. 농민이 노동자가 될 수밖에 없는 현실, 노동자가 처한 가혹한 노동환경 등 1930년대 식민지 민중의 삶을 생생하게 담아냈다. 이 작품은 작가 생전에는 단행본 출판이 이루어지지 못했다. 신문 연재 후 『삼천리』에 출판 광고가 실리지만 검열 등의 이유로 출간되지는 못하고 1949년 남편에 의해 북한의 노동신문사에서 단행본이 나왔다. 이 자료는 1949년 북한에서 나온 것을 저본으로 1979년 연변에서 출판된 재판본이다.

판권 및 작자의 말

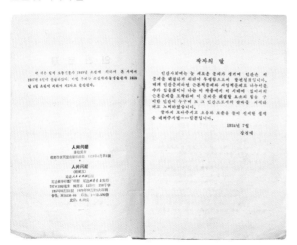

본문

031

황혼

한설야(1900~1976)

『황혼』
영창서관, 1940
근대서지학회 제공

〈조선일보〉 1936년 2월 5일부터 10월 28일까지 연재된 한설야의 장편소설로, 1934년 카프 검거 사건으로 옥고를 치른 한설야가 출옥 후 집필했다. 이 작품에서는 스스로 노동자가 되기로 결심하는 주인공 여순과 결국 자신의 이익을 좇게 되는 일본 유학생 출신 김경재의 삶이 대비된다. 이 대비를 통해 지식인이 어떻게 자기의 의지와 상관없이 현실의 압력 속에서 무기력하게 몰락하는지, 그리고 여순이 어떻게 신분 상승의 환상을 깨고 노동자로 변화하는지가 잘 드러난다. 『황혼』은 식민지 자본주의 사회에서 노동자의 편에 서는 것이 한 인간으로서 당당하게 사는 길임을 보여준다. 지식인이면서도 현실과 타협하여 지배 계층에 비굴한 태도를 보이는 김경재를 통해 식민지 현실에서 올바르게 산다는 것이 무엇인지를 독자에게 묻는다. 강경애의 『인간문제』와 함께 한국 근대 노동소설을 대표하는 작품으로 꼽힌다. 이 작품은 1940년 영창서관에서 단행본으로 출판되었고 1948년 같은 출판사에서 재판이 발행되었다. 1955년 북한에서 개작본이 출판되었는데 초판에 비해 계급의식이 보다 뚜렷하게 나타나 있다.

판권

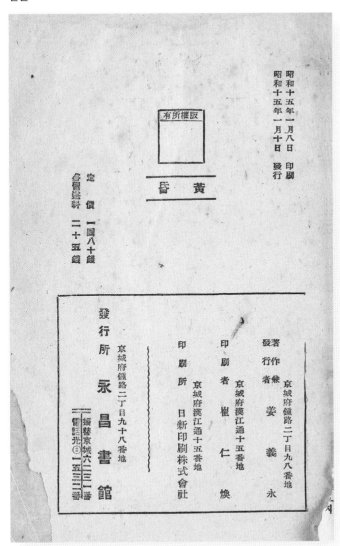

032

삼대

염상섭(1897~1963)

상
을유문화사, 1947
개인 소장

하
을유문화사, 1948
개인 소장

장정
길진섭

1931년 1월 1일부터 9월 17일까지 〈조선일보〉에 연재된 염상섭의 장편소설이다. 『삼대』는 손자 조덕기를 중심으로 할아버지 조의관, 아버지 조상훈의 삼대의 삶을 통해 식민지 중산층의 흥망성쇠와 그에 대한 의식의 변천과정, 세대 간의 갈등 등을 사실적으로 그려냈다. 그러나 이 작품에는 암울한 현실을 타개할 수 있는 새로운 방법이나 전망이 제시되어 있지 않다. 부정적인 모습으로 가득 차 있지만 새로운 세계로 바뀔 가능성은 막혀 있는 현실이, 염상섭이 바라보고 그려낸 1930년대 식민지 조선이었다. 이 작품은 해방 후인 1947~1948년 을유문화사에서 상하 2책으로 출판되었다. 연재가 끝난 후 바로 단행본 출판을 준비했으나 내용이 불온하다는 이유로 실현되지 못했다.

상권 속표지

하권 속표지

상권 목차

상권 판권

하권 판권

033

탁류

채만식⟨1902∼1950⟩

박문서관, 1941
근대서지학회 제공

장정
정현웅

상
민중서관, 1949
근대서지학회 소장

하
민중서관, 1949
근대서지학회 소장

채만식이 1937년 10월 12일부터 1938년 5월 17일까지 〈조선일보〉에 연재한 장편소설이다. 군산 미두장을 배경으로 정 주사의 맏딸 '초봉'이라는 한 여인의 수난사를 통해 일제강점기에 만연했던 수탈과 기만, 애욕과 갈등 등 식민지 자본주의 사회의 세태와 하층민의 삶을 빼어나게 그려냈다. 딱지 본류의 통속적 줄거리라고 볼 수도 있지만, 채만식은 이 작품을 통해 왜곡된 식민지 자본주의가 횡행하는 1930년대 세태를 비판적·부정적으로 보여 준다. 1930년대 조선은 한 마디로 더러운 물, 즉 '탁류(濁流)'라는 것이 채만식의 인식이었던 것이다. 이 작품은 1939년 박문서관에서 초판이 발행되 었고, 매우 인기가 있었던 듯 이듬해인 1940년에 재판을 발행한다. 광복 후에도 1949년 민중서관에서 상하 2책(현대조선문학전집 2~3권)으로 또다시 발행되는 등 꾸준한 인기를 모았다.

상권 목차

하권 목차

상권 본문

상권 판권

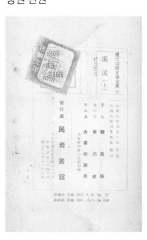

하권 판권

034

태평천하

천하태평춘

채만식(1902~1950)

『삼인장편전집』
명성출판사, 1940

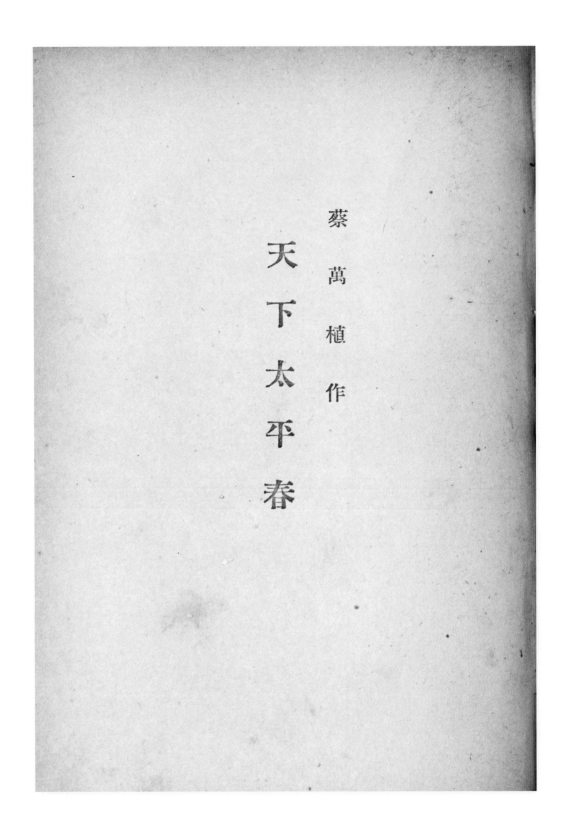

채만식의 장편소설로 잡지 『조광』에 1938년 1월부터 9월까지 『천하태평춘』이란 제목으로 연재·발표되었다. 채만식은 왜곡되고 뒤틀린 식민지 현실을 비판하기 위해 '풍자'라는 우회적 공격 방식을 택한다. 이는 일제의 탄압으로 현실을 정면으로 다룰 수 없는 상황에서 풍자를 통해 부정적인 식민지 현실을 폭로하려는 작가의 전략이다. 채만식의 이러한 풍자의 진경을 보여주는 작품이 『태평천하』이다. 구한말의 혼란을 틈타 부를 쌓은 윤 직원은 자본주의 사회에서 돈의 위력을 믿으면서, 자신의 재산을 지키기 위해 아들을 권력자로 만들고자 한다. 그러나 아들이 기대에 부응하지 못하자 일본에서 유학하고 있는 손자에게 기대를 건다. 하지만 손자마저 윤 직원이 그렇게 미워하던 사회주의와 관련되어 검거됨으로써 윤 직원의 바람은 무참하게 깨지고 만다. 『태평천하』에는 이러한 윤 직원에 대한 풍자가 전라도 방언과 판소리 사설체를 통해 맛깔스럽게 형상화되어 있다. 이 작품은 잡지 연재 후 이광수의 『유랑』, 방인근의 『낙조』와 함께 『삼인장편전집』으로 처음 단행본으로 간행되었다. 이때도 제목은 『천하태평춘』이었다. 『태평천하』가 된 것은 해방 후 1948년 동지사에서 간행된 재판 단행본부터이다.

■

『삼인장편전집』 표지 및 속표지, 목차, 서문(상재를 하면서)

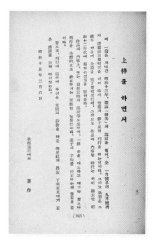

■

『태평천하(천하태평춘)』 본문

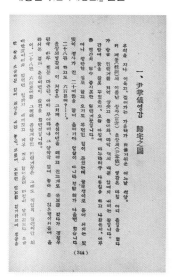

『삼인장편전집』 판권

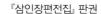

035

달밤

이태준(1904~미상)

『달밤』
한성도서주식회사, 1934

장정
근원 김용준

이태준이 1933년 11월 잡지『중앙』에 발표한 단편소설이다. 성북동으로 이사한 '나'와 못난이 '황수건'의 이야기를 다루고 있다. 황수건은 당시 현실에 적응하지 못하는 바보 같은 인물이다. 하지만 천성적으로 순진한 황수건은 절망하지 않고 세상을 살아간다. 약삭빠른 시류를 따라가지 못해 바보같지만, 오히려 그 바보스러움이 잃어버린 인간의 참된 미덕임을 이태준은 은연중 강조한다. 이태준은 이 작품을 통해 효율성이라는 이름으로 모든 것을 재단하고 그에 맞지 않는 것들을 파괴해버리는 식민지 자본주의의 천박함을 비판한다. 이는 이태준이 식민지 근대와 왜곡된 자본주의가 횡행하는 당시 현실에 저항하는 소설적 방법이라고 할 수 있다. 이 작품은 1934년 한성도서주식회사에서 발행된 단행본의 표제작이기도 하다. 단행본『달밤』에는 총 20편의 단편이 실려 있는데 작가는 이들 중 끝까지 마음에 드는 작품이 없음을 고백한 바 있다. 책의 장정은『근원수필』로 유명한 화가 김용준이 맡았고, 서문은 가곡 〈가고파〉, 〈성불사의 밤〉의 시인 노산 이은상이 썼다.

목차

서문

「달밤」 본문

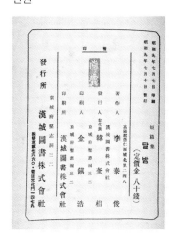

판권

036

소설가 구보씨의 일일

박태원(1909~1986)

『소설가 구보씨의 일일』
문장사, 1938
근대서지학회 소장

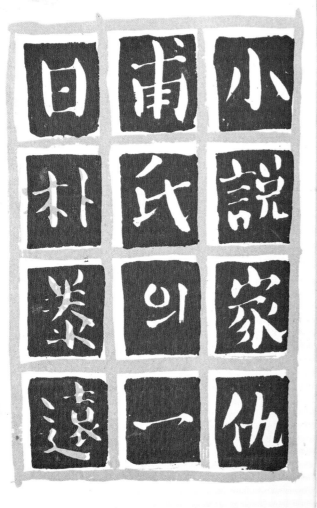

『소설가 구보씨의 일일』 표지 및 케이스

장정
정현웅

박태원이 1934년 8월 1일부터 9월 19일까지 〈조선중앙일보〉에 연재한 중편소설이다. 박태원에게 작가로서의 문명(文名)을 안긴 작품이기도 하다. 작품은 소설가 '구보'가 집을 나섰다가 돌아오기까지의 하루를 재현한다. 구보는 하루 종일 청계천, 종로, 화신백화점, 조선은행, 경성부청(서울시청), 경성역(서울역) 등 식민지 시대에 '경성'이라 불렸던 서울의 이곳저곳을 돌아다니며 사람을 만나는데, 하루 동안 겪은 일과 그때그때 떠오른 생각의 단편들을 시간의 흐름에 따라 기록한 것이 작품의 주요 줄기이다. 전통적인 소설 기법 대신 의식의 흐름이나 몽타주 기법처럼 실험적 기법을 자유자재로 구사한 점이 돋보이는 작품으로, 이상의 「날개」와 함께 한국 모더니즘의 대표적 소설로 평가받고 있다. 제목에 사용된 '구보'라는 이름은 작가 박태원이 사용한 필명 가운데 하나이다. 〈조선중앙일보〉에 연재되었을 때 삽화는 작가의 절친이자 「날개」의 작가인 이상이 '하융'이란 필명으로 그렸다. 이 작품은 1938년 문장사에서 단행본으로 출간되었는데, 표제작 「소설가 구보씨의 일일」을 포함해 총 13작품이 수록되어 있다. 이 책의 장정은 화가 정현웅이 맡았으며, 일본인 '高岩'이라는 사람에게 증정한 작가 서명본이다. 작가의 첫 창작집이기도 한 이 책의 서문에는 춘원 이광수에게 바친다는 내용이 있어 박태원과 이광수의 각별한 관계를 엿볼 수 있다.

작가 서명

목차

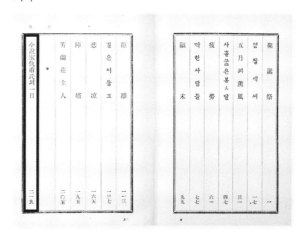

「소설가 구보씨의 일일」 본문

판권

뒤표지

037

천변풍경
박태원(1909~1986)

『천변풍경』
박문서관. 1941
근대서지학회 소장

장정
정현웅

구보 박태원이 1936년 8월부터 10월까지, 1937년 1월부터 9월까지 잡지 『조광』에 연재한 장편소설이다. 이 작품은 연재 당시부터 문단의 큰 주목을 받으며 박태원의 이름을 널리 알린 대표작이 되었다. 2월 초부터 이듬해 1월 말까지, 청계천을 중심으로 경성 사람들의 여러 생활 단면을 생생하게 그렸기 때문에 '세태소설(世態小說)'이라고도 한다. 부의원(府議員)을 노리는 주사부터 야반도주하는 행랑살이 가족, 카페 여급, 이발소와 한약국의 사환 소년, 당구장 심부름꾼, 포목집 주인과 빨래터 여인 등 각계각층을 망라한 인물들이 저마다 복잡다단한 생활을 펼쳐 보인다. 서술자가 객관적으로 풍경을 그리는 데 주력했기 때문에, 읽다 보면 어느새 1930년대 말 청계천변의 광경이 그림처럼 떠오르는 경험을 하게 된다. 이 작품은 잡지에 각각 『천변풍경』과 『속 천변풍경』으로 나뉘어 연재되었으나 1938년 단행본으로 간행될 때 『천변풍경』을 제목으로 했다. 『소설가 구보씨의 일일』과 마찬가지로 정현웅과 춘원 이광수가 각각 삽화와 서문을 담당했다. 춘원은 서문에서 이 작품이 시공간을 초월한 생명을 가진 인류의 문학 작품 중 한 자리를 차지할 것이라는 극찬을 하고 있다.

면화

속표지

목차

이광수 서문

본문

판권

책등

038

날개

이상(1910~1937)

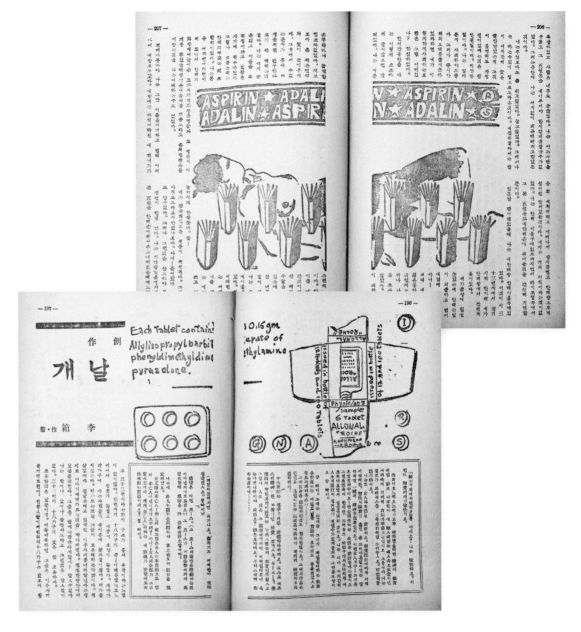

『조광』, 1936.9
근대서지학회 소장

이상이 1936년 9월 잡지 『조광』에 발표한 단편소설이다. "박제가 되어버린 천재를 아시오? 나는 유쾌하오. 이런 때 연애까지가 유쾌하오"라는 유명한 구절이 작품의 첫 문장이다. 흡사 유곽과 같은 경성 종로 33번지에서 술과 몸을 파는 아내와 지식 청년이자 무기력한 남편 '나'의 이야기를 다룬 소설로, 이상의 난해한 다른 작품들에 비하면 비교적 쉽게 읽히는 작품이기도 하다. '나'는 다 큰 성인인데도 아내의 방에서 돋보기로 화장지를 태우거나 화장품 냄새를 맡는 등 마치 백치처럼 생활한다. 그러나 소설의 마지막 부분에서 '나'는 미쓰코시백화점 옥상에 올라가 "날개야 다시 돋아라"라고 외치며 자의식을 드러낸다. 식민지 자본주의가 지배하는 왜곡된 시대 현실을 '나'의 내면에 투영해 지식 청년의 분열되고 해체된 삶의 모습으로 형상화했다고 할 수 있다. 등장인물의 내면 심리를 깊이 있게 포착하고 평면적 구성이 아닌 입체적 구성을 시도했다는 점에서 우리 근대소설사의 기념비적 작품으로 평가받고 있다. 잡지 『조광』 게재본은 삽화까지 작가인 이상이 담당했다.

『조광』 2권 9호(1936년 9월) 표지 및 목차

 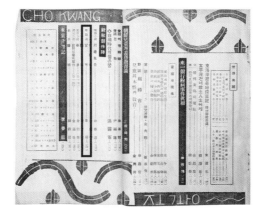

판권

시나리오 〈이상의 봉별기〉(남상진 제작, 보람영화, 1995 〈금홍아 금홍아〉). 근대서지학회 소장

보람영화가 기획하고 유지형이 집필한 〈이상의 봉별기〉는 태흥영화㈜에서 육상효의 각색을 거쳐 김유진 감독의 연출로 완성되었다. 1995년에 개봉된 〈금홍아 금홍아〉가 바로 그 영화이다. 이상의 「봉별기」와 「종생기」를 바탕으로 기생 금홍과 이상의 파격적인 애정 관계를 구성한 영화이다. 1994년 서울연극제에서 연극 〈아! 이상〉으로 남자연기상을 수상했던 김갑수가 이상을, TV드라마에서 발랄한 이미지로 인기를 얻은 배우 이지은이 기생 금홍을 연기했다. 이상의 친우이자 후원자인 화가 구본웅 역으로는 가수 김수철이 출연했다.

시나리오 〈1934 슬픈 이상〉(김동명 감독, 대방영화주식회사). 근대서지학회 소장

작가 이상을 주인공으로 하는 최초의 영화는 박정희 정부의 우수영화보상제도를 배경으로 문예영화가 붐을 이룬 1960년대 후반 최인현 감독이 연출한 〈이상의 날개〉(1968)였다. 소설 「날개」를 바탕으로 이상의 애정 관계와 예술가로서의 고뇌를 그린 영화로, 신성일과 남정임, 문희 등 당대의 스타 배우가 출연했다. 〈1934 슬픈 이상〉 역시 이상과 금홍, 변동림, 구본웅 등 이상과 그 주변 인물이 등장하는 전기 영화로 기획되었는데, 제작이 진행되지는 못했다.

039

메밀꽃 필 무렵

이효석(1907~1942)

『조광』, 1936.10
근대서지학회 소장

이효석이 1936년 10월 『조광』에 발표한 단편소설이다. 변변치 못한 삶을 살아가는 장돌뱅이 허 생원이 조 선달, 동이와 함께 봉평 장에서 대화 장으로 떠나는 하룻밤의 이야기이다. 달이 아름답게 뜬 메밀밭을 지나며 허 생원은 오래 전 있었던 한 처녀와의 하룻밤을 떠들어댄다. 그때 동이가 사생아로 태어난 출생의 비밀을 털어놓는데, 어머니가 여전히 홀로 있음을 밝히며 아버지가 누구인지 궁금해한다. 허 생원은 동이가 왼손잡이임을 보고 무언가 깨달으며 소설은 마무리된다. 암시적인 서술 방식을 통해 이야기의 반전을 극대화하는 동시에 소설의 상당량을 차지하는 묘사가 아름답고 서정적으로 표현되어 있다. 짧은 분량 속에서도 완성도 높은 구성을 보여주는 이 소설은 오랜 세월을 넘어 많은 독자들에게 지금까지 큰 사랑을 받고 있다.

『조광』 2권 10호(1936년 10월) 목차

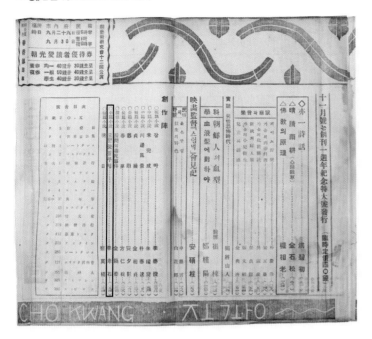

판권

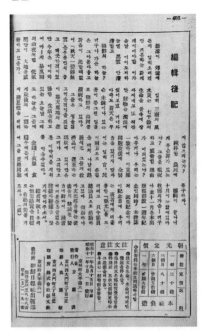

시나리오 〈메밀꽃 필 무렵〉(이성구 감독, 세기상사㈜, 1967). 근대서지학회 소장

근대 단편소설의 백미로 꼽히는 이효석의 원작을 나한봉과 추식이 각색한 시나리오. 세기상사주식회사가 흑백시네마스코프로 제작했다. 영화를 연출한 이성구 감독은 1960년대 후반에 이 영화를 비롯해 황순원의 소설을 원작으로 한 〈일월〉(1967), 강신재 원작의 〈젊은 느티나무〉(1968), 이어령 원작의 〈장군의 수염〉(1968) 등 여러 편의 문예영화를 만들었다. 원작을 영화화하면서 윤공원이라는 인물이 추가되었고, 허 생원과 분이의 사랑이 더욱 비중 있게 그려졌다. 분이를 찾아 헤매는 허 생원의 서사와 분이가 홀로 아이를 키우는 수난의 서사가 교차적으로 전개되는 것도 원작과 다르다. 장돌뱅이들의 로드무비라고도 할 수 있는 영화 〈메밀꽃 필 무렵〉은 과거 농촌의 풍경을 서정적으로 그려내면서 노스탤지어를 불러일으킨다.

040

심문

최명익(1903~1972)

心紋

時速 五十 몇 키로라는 특급 차창 밖에는、다리 섬을 할만한 정거장도 역시 흘러갈 뿐이었다。산、들、강、작은 동리、전신주、패 걸게 평행한 신작로의 행인과 소와 말。그렇게 빨리 흘러 가는 푼수로는、우리가 지나친 공간과 시간 저 편 뒤에 가로 막힌 어떤 장벽이 있다면、그것들은 칸바스 위의 한 텃취、또한 텃취의 「오일」같이 거기 부디쳐서 농후한 한 폭 그림이 될 것이나 아닐까?고 나는 그러한 망상의、그림을 눈 앞에 그리며 흘러 갔다。간혹 맞은 편 흠에、부플 듯이 사람을 가득 실은 열차가 서 있기도 하였다。그러나、무시하고 절꽃절꽃 지나치고마는 이 창 밖의 그것들은、비질 자국 새로운 흠이나 정연히 빛나는 궤도나 다 흘으러진 페허 갈고、방금 뿌메일되고 남은 관성과 정력으로 퍼스톤이 들먹거리는 차체도 페물 갈고、그러한 차체에 빈 틈 없이 나물은 얼굴까지도 어중이 떠중이 뭉친 조람자 같이 보이는 것이고、그 역시 내가 지나친 공간 시간 저 편 뒤에 가로 막힌 칸바스 위에 한 텃취로 붙어 버틸 것 같이 생각되었다。

이런 생각은 무슨 대단하다거나 신기로운 관찰은 물론 아녀요、멀리 또는 오래 고향을 떠나는 걸도 아니라 슬론 착각이랄 것도 없는 것이다。그렇다고 내가 영전니 되었거나、무슨 사업열에 들떴거나 어떤 희망에 팽창하여 호기와 우월감으로 모든 것을 연민시하려 드는 것도 아니당。징말 그도 저도 될 터이 없는 내 위인이요 처지의 생각이라 창연하다기에는 너무 실없고 그렇다고 그리 유쾌하달 것도 없는 이런 망상을 무엇이라 명목을 지을 수 없어、흑시 스피이드가 잔즈러 주는 일종의 「스릴」이라고 생각하면 그럴 듯도 한 것이다。

결코 이 열차의 성능을 못 믿는 것은 아니지만 이렇게 무도(?)하게 돌진 맹진하는 차 안의 앉았거니 하면은 일종의 모험이라는 착각을 느낄 수 있고、그것이 착각인 바에야 안심하고 그런 「스릴」을 향락할 수 있는 것이다。이렇듯 거진 十分의 안전 틀이 보장하는 모험이라 스릴을 향락하는 일 종의 유희다。名手의 바요린 소리가 한껏 길고 높게 치달아 금시에 숨이 넘어 갈 듯 한 것을 들을 때、그 밀로되의 도취와는 달리 「이 순간! 다음 순간!」이렇게、땅하니 疎然感을 아실아실 느껴 보는 것도、일 종의 관능 유희로 그리 경 뒤로 뒤로 달아나는 음악 감상의 하나일 것이다。그처럼 내가 탄 특급의 속력은 「無謀」로 그리 경멸할 수 없는 장벽에 부디처 버러 뒤둔 듯한 열차의 사람들도 한 텃취의 「오일」이 되고 말리라고 망상하는 것은 한 민도 가 본 적이 없는 곳으로 달려가는 이 여행의 스릴로서 내게는 다행일지언정 그리 경멸한 착각만은 아

143 142

『장삼이사』
을유문화사, 1947
개인 소장

장정
길진섭

최명익이 1939년 6월 잡지『문장』에 발표한 단편소설이다. 3년 전에 아내를 잃고 봄에는 딸을 학교 기숙사로 들여보낸 뒤 직업을 갖지 않고 방탕한 생활을 이어가는 '김명일'이란 화가가 주인공이며 1930년대 만주가 배경이다. 주인공이자 작중 화자 김명일과 명일과 한때 연인 관계였던 여옥, 여옥의 첫사랑 현혁은 모두 과거 지식청년이었으나 현재는 모두 고향을 떠나 낯선 곳에서 방탕아, 캬바레 댄서, 마약중독자로 전락해 있다. 최명익은 이 작품을 비롯한 다양한 작품에서 만주사변과 중일전쟁 등 점점 악화되는 현실에 절망하고 무력감으로 좌절하는 인물들의 고뇌와 심리를 그려냈다. 해방 후인 1947년 을유문화사에서 발행된 단행본『장삼이사』에는「심문」을 비롯해 모두 6편의 단편이 실려 있다. 1936년 등단작「비오는 길」부터 1941년작「장삼이사」까지 일제치하에서 발표한 작품들이다. 화가 길진섭이 이 책의 장정을 담당했다.

『장삼이사』표지 및 목차

판권

041

흙

이광수(1892~1950)

『흙』
한성도서주식회사, 1938
개인 소장

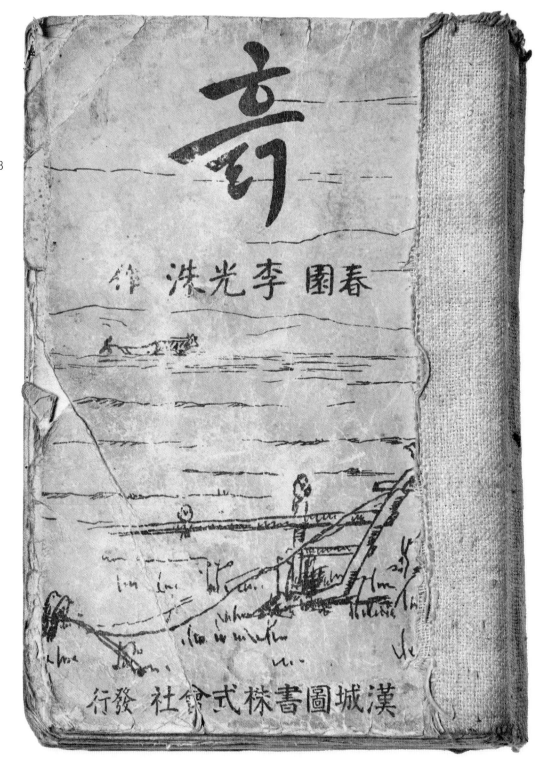

이광수가 1932년 4월 12일부터 1933년 7월 10일까지 〈동아일보〉에 연재한 장편소설로 춘원이 신문사 편집국장으로 재직할 당시 농촌 혁신 운동인 브나로드 운동을 모티프로 집필한 작품이다. 주인공 허숭은 경성 윤 참판 집에 기거하며 보성전문학교 법학과에 다니는 고학생이다. 여름방학 고향 살여울에 내려간 허숭은 야학을 열고, 마을 처녀 유순에게 호감을 느끼지만 윤 참판의 딸 정선과 혼인한다. 하지만 농촌 계몽운동에 공감하지 못하는 아내와의 생활은 순탄치 않다. 이후 아내의 불륜과 자살 시도, 모함으로 인한 유순의 사망과 투옥 등 여러 우여곡절이 이어지지만 결국 운동은 일정한 성과를 이루어낸다. 연재 당시부터 폭발적 반응을 얻었고, 1980년대까지도 베스트셀러 목록에서 내려가지 않았다. 1960년대와 1970년대에 세 차례나 거푸 영화화되었는데, 1960년대 한국영화의 황금기를 이끈 영화배우 김진규는 1960년과 1967년 각각 제작된 영화 〈흙〉에서 모두 주인공 허숭 역을 맡았다. 은막의 스타인 문정숙, 김지미 등이 여주인공 윤정선으로 열연했다. 연재가 마무리된 1933년 단행본 초판이 발행되었고, 5년 후에는 8판을 찍을 정도로 많이 읽혔다.

본문

판권

연재 47회 〈동아일보〉 1933.1.19

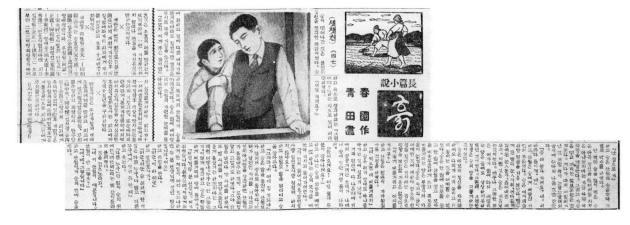

042

봄봄

김유정(1908~1937)

『조광』, 1935.12
근대서지학회 소장

삽화
웅초 김규택

— 323 —

農村小說

봄·봄

金裕貞

金熊超 畫

「장인님! 인젠 저—」

내가 이렇게 뒤통수를 긁고 나허가 찻으니 성예를 시켜줘야 하지 않겠느냐고 하면 그대답이 늘

「이자식아! 성예구뭐구 미처 자라야지—」하고 만다

이 자라야 한다는것은 내가 아니라 장차 내 안해가 될 점순이의 키 말이다。

내가 여기에 와서 돈 한푼 안받고 일하기를 삼년 하고 꼬박이 일곱달동안을 했다。그런데도 미처 못자랐다니까 이키는 언제야 자라는겐지 짜증 영문모른다 일을 좀더 잘해야 한다든지 혹은 밤을 (많이 먹는다 고 노상 걱정이니까) 좀덜 먹어야 한다든지 하면 나도 얼마든지 할말이 많다。허지만 점순이가 안죽 어 리니까 더자라야 한다는 여기에는 어째 볼수없이 고 만 병병하고 만다。

1935년 12월 잡지 『조광』에 발표된 김유정의 단편소설이다. 주인공 '나'는 '점순'과 혼인하기 위해 데릴사위로 들어가 돈 한 푼 안 받고 죽도록 일만 한다. 하루라도 빨리 '점순'과 결혼하고 싶지만, 결혼하면 일을 못 시킬까 봐 걱정하는 장인 '봉필'은 3년이 지나도 혼인을 시켜주지 않는다. 어느 날 '나'가 '점순'의 야릇한 말에 자극받아 태업을 벌이자 '봉필'은 공갈 협박과 구타를 안긴다. 하지만 '나'도 이번에는 지지 않으리라 결심하고 '봉필'의 급소를 잡아 공격하는데, 내 편을 들어줄 줄 알았던 '점순'은 오히려 부친의 편을 든다. 구수한 강원도 춘천 사투리를 사용하여 바보같이 순박한 인물이 겪는 갈등과 사건을 해학적으로 그린, 김유정 문학의 대표작이라 할 수 있다. 『조광』 연재본에는 '점순'을 뒤에서 지긋이 바라보는 주인공 '나'가 삽화로 그려져 있는데, 1960년대 〈한국일보〉에 시사만화를 그린 웅초 김규택의 작품이다.

■
『현대조선문학전집 단편집』 상(조선일보사출판부, 1938) 저자 사진 및 약력, 본문

■
『동백꽃』(세창서관, 1938) 앞뒤표지 및 판권. 개인 소장

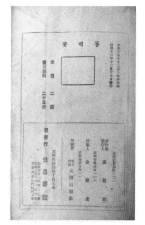

상록수

심훈(1901~1936)

『상록수』
한성도서주식회사, 1936

장정
청전 이상범

심훈이 〈동아일보〉 창간 15주년 특별 공모에 당선되어 1935년 9월 10일부터 이듬해 2월 15일까지 〈동아일보〉에 연재한 장편소설이다. 심훈은 고등 농업학교 학생 '박동혁'과 여자신학교 학생 '채영신'을 주인공으로 삼아 일제의 허구적인 농촌 진흥운동, 강연으로만 진흥을 행하는 이상론, 농촌 현실에 다가가지 않는 관념론 등을 비판하며 민중과 함께 하는 선구적 실천의 필요성을 이 소설을 통해 이야기하고 있다. 당시 청년들의 농촌 계몽운동의 실상을 알려주는 작품으로 지금까지 한국 농촌소설의 대표작으로 논의되고 있는 수작이다. 이 작품은 연재가 종료된 1936년 단행본 초판이 발행되었으며 1940년 6판이 발행되는 등 큰 인기를 얻었다. 6판까지 동일한 출판사에서 동일한 형태의 책으로 출판되었는데, 서문은 벽초 홍명희, 표지화는 청전 이상범, 제목 글씨는 소전 손재형, 표지 안쪽 면지 그림은 청정 이여성, 한글 교열은 이윤재가 담당하는 등 각 분야의 당대 최고 전문가들이 함께 만들어 책 자체가 하나의 예술품으로 손색이 없다. 소설의 인기에 힘입어 1961년과 1978년 영화로도 만들어져 장안의 관객을 불러모았다.

속표지

홍명희 서문

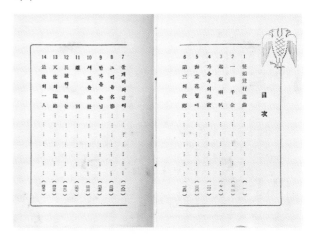

면화(이여성)

목차

본문

판권

044

흙의 노예

이무영(1908~1960)

『흙의 노예』
조선출판사, 1944
근대서지학회 소장

장정
정현웅

본명이 이갑룡인 이무영의 단편소설로 1940년 4월 잡지 『인문평론』에 발표되었다. 이무영은 1926년 등단했으나 별 주목을 받지 못하다 1939년 신문사 기자를 그만두고 경기도 군포로 내려가 농사를 지으며 집필한 농촌소설들이 관심의 대상이 된다. 표제작 「흙의 노예」는 「제1과 제1장」(1939)의 후속편으로, 낙향한 '수택'이 농촌에서 생활하면서 겪는 에피소드가 작품의 주요 내용이다. 1년 농사의 결과로 얻은 벼 몇 섬을 가지고 간신히 입에 풀칠을 해야 하는 수택의 처지와 고뇌가 실감나게 그려져 있다. 1944년 단행본으로 출판된 『흙의 노예』에는 표제작 「흙의 노예」를 포함해 총 7편의 단편이 실려 있다. 1939년부터 1942년 사이에 발표한 작품들이다. 타락한 도시의 생활과 건실한 농촌의 농민생활을 대비하여 사람들이 취해야 할 길을 암시하는 작가의 작품들은 당시 일제가 생산량 증가를 위해 펼치고 있던 농업 정책과 맞아떨어진다는 점에서 한계를 노정하고 있다. 이를 보여주듯, 이 책의 서문에는 "총후농민(銃後農民)들의 건실한 생활상과 흙에 집착하는 농민의 혼을 그린 것"이라는 집필 의도가 명기되어 있다. 정현웅이 장정을 맡았으며 1946년 재판이 발행되었다.

속표지 1

속표지 2

목차

판권

045

백화

박화성(1904~1988)

『백화』

덕흥서림. 1943

박화성이 1932년 6월 8일부터 11월 22일까지 〈동아일보〉에 연재한 장편소설로 같은 해 조선창문사에서 단행본으로 간행되었다. 『백화』는 당시 여성 작가의 작품 최초로 신문에 연재된 장편소설이었다. 작품은 고려 말기를 배경으로 절세미녀인 기생 '백화'가 여러 시련을 견디며 결국에는 행복한 가정을 이루는 과정을 그리고 있다. 어린 시절 '백화'는 아버지와 아버지의 제자 '왕생'과 함께 살며 글동무가 되어 서로 의지하게 되는데, '왕생'은 고려 28대 충혜왕의 서자라는 출생의 비밀을 가지고 있었다. 이후 정치적 모략에 의해 아버지가 하옥되며 '왕생'과도 헤어지게 되고, '백화'는 온갖 고난을 겪으며 기생이 되어 온 나라에 이름을 떨치는 명기가 된다. 그리고는 시간이 지나 찾아온 '왕생'과 혼인하며 종적을 감춘다. 이 소설은 사회적인 관심에 치중되었던 1920년대 후반 문학과 민족적 문제를 중요시한 1930년대 초반 문학을 융합한 역사소설의 성공적 사례로 평가받고 있다.

이광수 및 저자 서문

판권

046

아리랑

문일 편
박문서관.1930
김연갑 소장

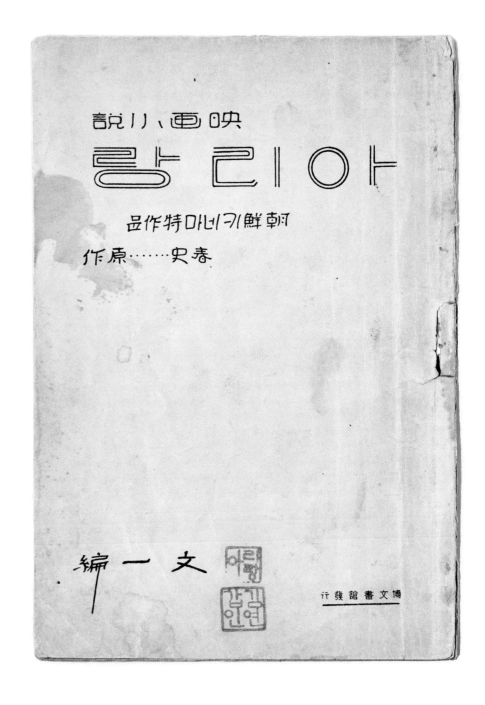

1929년 박문서관이 초판을 발행한 영화소설 『아리랑』의 전편과 후편. 이 책은 1930년에 발행된 전편-재판이다. 나운규가 각본, 감독, 주연한 영화 〈아리랑〉은 1926년 10월 단성사에서 개봉해 당대 최고의 화제작이 되었다. 무성영화 시대의 걸작이라 일컬어지지만, 필름이 유실되어 현재는 그 실체를 확인할 수 없다. '민족영화의 신화'가 된 영화 〈아리랑〉의 내용은 수많은 사람들의 회고와 더불어 문일이 펴낸 영화소설 『아리랑』을 통해 전해진다. 영화소설 『아리랑』에는 영화의 스틸사진과 주제가 등도 함께 수록되어 있어서 영화 〈아리랑〉의 면모를 상상하는 데 도움이 된다. 문일은 서문에서 영화를 소설로 쓰는 데 많이 주저를 했으며, 작품 집필 시 일제강점기 유명한 변사였던 서상필의 도움을 많이 받았다고 밝혔다.

목차

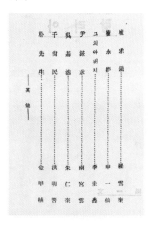

배우 사진〈나운규, 신일선, 남궁운〉 및 스틸컷

머리말

〈아리랑가〉 악보 및 가사

판권

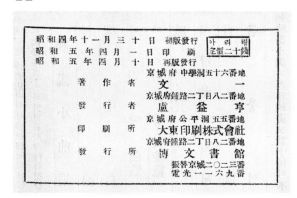

047

승방비곡

최독견(1901~1970)

향문사, 1952
근대서지학회 소장

계문출판사, 1954
근대서지학회 소장

1927년 5월 10일부터 9월 11일까지 〈조선일보〉에 연재된 독견 최상덕의 장편소설로 한국 근대 대중소설의 대표작이다. 세 남녀의 삼각관계, 추리소설적 기법, 출생의 비밀, 권선징악의 결말 등이 어우러지면서 당대 대중들의 열렬한 사랑을 받았다. 열차에서 우연히 만난 동경여자음악학교 졸업생 '김은숙'과 불교대 학생 '최영일'은 사랑하는 사이로 발전하지만 이후 그들이 이복 남매라는 출생의 비밀이 결혼식 당일에 밝혀지며 반전이 이루어진다. 이 소설은 한국 최초로 시도된 영화소설로, 영화 장면을 삽화로 이용하여 독자들에게 큰 호응을 얻었다. 초판은 1929년 신구서림에서 발행되었고, 한참 전쟁이 진행되던 1952년과 전쟁 직후인 1954년에도 각각 향문사, 계문출판사에서 발행되었다. 작품의 서문은 작가와 친했던 「탈출기」의 작가 학송 최서해가 썼다. 또한 연재 직후인 1930년과 한 세대 후인 1958년 영화로 제작되어 장안의 지가를 높인 작품이라고 할 수 있다.

본문, 판권, 책등(향문사, 1952)

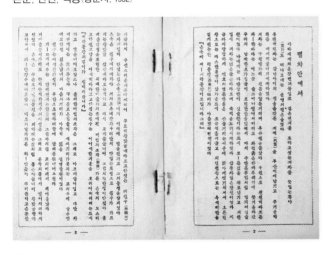

최서해의 서문, 판권, 책등(계문출판사, 1954)

1935~1945

현실의 압박과
소설의 행로를 모색하다

1930년대 중후반 한국 근대문학은 일본 제국주의의 전면적 탄압에 직면합니다. 일제는 중일전쟁[1937]을 일으키고 대동아공영권을 표방하는 한편 서구를 상대로 한 태평양전쟁[1941]에 돌입합니다. 1940년 무렵이 되면 각종 한글 신문과 잡지를 폐간하고 일본어 사용을 강요하며, 작가들에게도 각종 통제와 검열, 전향, 총독부 시책에 대한 협조가 강요됩니다. 이러한 상황에서 작가들은 시대와 현실에 대한 문제를 치열하게 고민합니다. 지식인으로서 자신의 신념조차 지킬 수 없게 된 데에 대한 고뇌와 작가 개인의 정체성을 되묻는 작품들이 창작됩니다. 「김 강사와 T교수」[1932]가 대표작입니다. 또한 악화된 현실이 도대체 어디서부터 잘못되었는지를 파고드는 장편 가족사 연대기소설들도 발표됩니다. 김남천의 『대하』[1939], 이기영의 『봄』[1940], 한설야의 『탑』[1940]은 한 가족의 역사를 보여줌으로써 악화된 현실의 원인을 과거에서 찾고 이를 바탕으로 새로운 미래를 그려보고자 한 시도였습니다. 한편 역사소설이 활발히 창작된 것도 이 시기의 주요 특징 중의 하나입니다. 이는 현실을 그리지 못하는 현실적 제약과 신문·잡지 매체의 상업적 의도가 함께 작용한 결과였습니다. 벽초 홍명희의 『임꺽정』[1928~1940]은 이 시기를 대표하는 역사소설입니다. 또한 1930년대 후반에는 식민지 근대화에 문제를 제기하려는 흐름이 있었는데 이태준과 김동리였습니다. 이들은 사라져가는 우리 것들에 대해 아쉬움을 표시하거나 근대적 합리성에 맞선 비합리성을 내세우면서 식민지 자본주의에 맞서고자 했습니다. 한편 이 시기에는 해외에서 우리의 정서를 담은 주목할만한 작품들이 발표되기도 했습니다. 강용흘의 『초당』[1931]과 이미륵의 『압록강은 흐른다』[1946], 김사량의 「빛 속으로光の中に」[1931], 『싹트는 대지』[1941] 등이 대표적입니다. 이 작품들은 미국과 독일, 만주, 일본에서 해당 나라의 언어나 우리말로 쓰였는데, 비록 해외에서 창작·발표되었지만 이들도 식민치하 한국인의 내면과 정서를 그렸다는 점에서 우리문학이라 할 수 있습니다.

048

김 강사와 T교수

유진오(1906~1987)

『유진오 단편집』
학예사, 1939

金講師와T敎授

一

　김만필(金萬弼)을 태운 택시는 웃고 떠들고하며 기운좋게 교문을들어가는 학생들옆을지나 교정(校庭)을 가루질녀 기운차게 큰 카ー브를 그려 육중한 본관 현관앞에 뭇둑섰다。그의 가슴은 벌서 아까붙어 두근거리기 시작하였다。오늘은 그가 일년반동안의 룸펜생활을 겨우 버서나서 이관립전문학교의 독일어교사로 득의의 취임식에 나가는 날인것이다。어른이다된 학생들의 모양을 보기만해도 젊은 김강사의 가슴은 두근두근 한다。저렇게 큰학생들을 앞에노코 내일붙어 강의를 시작하는것이로구나 하고 생각하니 가만이있을수 없는것이었다。

　세물내온 모ー닝의 옷깃을 가다듬고 백타이를 바로잡어 위의를 가춘 후에 그는 자동차를 내렸다。초가을 교외의 아츰 신선한 공기와함께 그윽한 「나후다링」의 값싼냄새가 코밑에 끼친다。그는 운전수에게 준돈을 거

유진오가 1935년 1월 잡지 『신동아』에 발표한 단편소설이다. 경성제국대학 예과에 강사로 출강을 했던 작가의 체험을 바탕으로 했다. 학교 내에서 벌어지는 파벌 간 알력을 내세워 일본인의 조선인 차별과 진보적 사상운동에 대한 탄압을 우회적으로 드러낸 작품이다. 주인공 '김만필'은 작가와 같이 제국대학 출신이다. 졸업 후 한동안 직업을 갖지 못하다가 'H과장'의 소개로 시간강사가 된 '김만필'은 S전문학교 교수회에서 가장 강력한 파벌을 가진 'T교수'와 만나게 되고, 'T교수'는 자신의 파벌에 들어오길 종용하나 '김만필'은 이를 무시한다. 그러자 'T교수'는 '김만필'이 학생 시절 원고료를 위해 독일 좌익계 작가를 논했다는 사실을 'H과장'에게 폭로하고, '김만필'은 강사직을 잃게 된다. 1930년대 지식인들의 고뇌와 삶을 다룬 작품으로, 일제의 카프 탄압과 사상통제 등의 국면을 보여준 대표적인 지식인 소설이다. 이 작품은 1939년 학예사에서 발행한 조선문고 2-8 『유진오 단편집』에 수록되었다. 이 책에는 「김 강사와 T교수」를 포함 총 여덟 작품이 실려 있는데, 1927년부터 1939년까지 발표된 작품들이다.

『유진오 단편집』 표지 및 목차, 판권

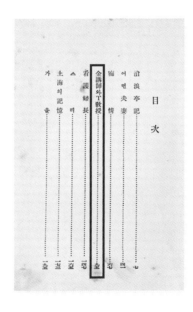

049

대하

김남천(1911~미상)

『대하』
백양당, 1947
근대서지학회 소장

김남천의 첫 장편소설로 1939년 인문사가 기획한 '전작(全作) 장편소설' 시리즈의 1권으로 간행되었다. 제1부만이 간행되고 속편이 발표되지 않은 미완의 작품이다. 김남천은 1930년대 카프 내에서 창작과 비평 모두에서 주도적 역할을 하며 사회주의의 문학적 실천을 치열하게 고민한 작가였다. 그는 '자기고발론', '관찰문학론', '풍속론', '모럴론' 등 다양한 창작 방법을 고안해 이를 자신의 작품에 적용하려 했는데, 그 대표적 성과가 장편 『대하』이다. 이 작품은 19세기 말 20세기 초를 배경으로 박성권 집안 5대의 이야기를 그린 가족사 연대기 소설로 총 16장으로 이루어져 있다. 개화와 전쟁이라는 시대의 변화를 타고 큰 재산을 모으는 데 성공한 박성권과 네 아들 형준, 형선, 형식, 형걸의 관계 변화가 큰 줄거리이며 당대 사회 세태의 변화를 풍부하게 묘사했다. 1941년 『조광』, 1946년 『신문예』, 1947년 『노동』에 제2부의 일부를 발표했으나 완결짓지는 못했다. 1939년에 이어 1947년 백양당에서 재판에 해당하는 두 번째 단행본이 발행되었다.

본문 및 판권(백양당, 1947)

표지(인문사, 1939, 장정 김남천). 근대서지학회 제공

050

봄

이기영(1895~1984)

1940년부터 6월 11일부터 8월 10일까지 〈동아일보〉에 연재되다가 신문 폐간으로 인해 1940년 10월부터 1941년 2월까지 잡지 『인문평론』에 연재되었던 이기영의 장편소설이다. 신문 폐간과 일제 검열로 두 번이나 연재가 중단되었던 아픔을 겪은 작품이다. 이 작품은 한 소년의 성장 과정을 통해 러일전쟁 직후부터 한일합병 조약에 이르는 시기를 배경으로 근대화가 가져온 풍속과 의식의 변화를 풍부하게 포착하고 있다. 실제 작가는 1895년 충청남도 아산에서 태어나 어린 시절을 천안에서 보냈는데, 이때의 체험이 『봄』의 바탕이 되었다고 한다. 이 작품의 주인공은 무과에 급제해 관립 무관학교에 입학하지만 낙향해서 마름이 된 유춘화, 그리고 신교육을 받으며 개화사상을 갖게 된 그의 아들 석림이다. 유춘화는 변하는 시대에 발맞추며 살아남으려고 발버둥치지만, 석림의 결혼 비용과 사립학교 기부금으로 빚을 진 채 금광에 손을 댔다가 파산하고 만다. 조혼을 비판하는 등 개화된 의식을 가진 석림은 부친과 부딪치지만 고학을 하면서도 미래에 대한 희망을 잃지 않는다. 『인문평론』 연재 이듬해인 1942년 단행본 초판이 발행되었으며 2년 후인 1944년 재판이 발행된 것으로 보아 꽤 인기가 있었던 작품임을 알 수 있다.

『인문평론』 2권 10호(1940년 11월) 표지 및 목차, 판권

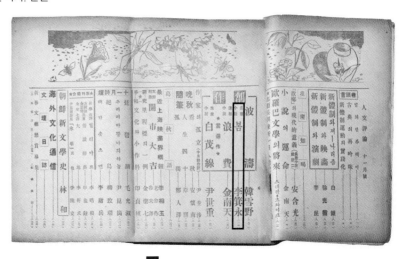

표지 및 판권(성문당서점. 1944)

■

051

탑

한설야(1900~1976)

■

『탑』
매일신보사, 1942
근대서지학회 소장

■

장정
윤희순

한설야가 1940년 8월 1일부터 1941년 2월 14일까지 〈매일신보〉에 연재한 장편 가족사연대기소설로 총 13장으로 이루어져 있다. 러일전쟁 직후부터 1910년까지가 시간적 배경이고 함경도 함흥 지방과 서울을 공간적 배경으로 한다. 작가의 어린 시절 체험이 녹아 있는 작품으로 함경도 지방 양반지주인 박진사와 그의 아들 우길, 여종 게섬이 주요 등장인물이다. 함흥의 유복한 집 아들인 '우길'이 부친의 세계관과 삶의 방식을 거부하고 자신과 현실 세계에 눈떠가는 성장과정이 소설의 근간을 이룬다. 작품의 시간적 배경이 되는 1905년 무렵부터 나라가 망하는 1910년까지의 세태 풍속을 풍부하게 읽어낼 수 있다는 것도 이 작품의 특징이다. 연재 이듬해인 1942년 작품이 연재된 매일신보출판부에서 단행본 초판이 발행되었다. 서양화가이자 〈매일신보〉 기자였던 윤희순이 장정을 담당했다. 1956년 원작을 대폭 개작한 재판이 북한 조선작가동맹출판사에서 발행되었다.

목차

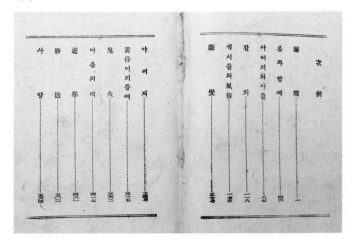

본문

판권

052

무녀도

김동리(1913~1995)

■

『무녀도』
을유문화사, 1947
근대서지학회 소장

■

장정
근원 김용준

김동리가 1936년 5월 잡지 『중앙』에 발표한 단편소설이다. 동서양의 대립, 종교 간의 대립, 어머니와 아들 간의 애정과 갈등을 단편이라는 형식에 압축적으로 표현해 낸 김동리의 대표작으로 1982년 노벨문학상 후보에도 오른 바 있다. 기독교인 욱이는 모친이자 무당인 모화가 성경을 태우는 것을 저지하려다 죽임을 당하고 모화는 결국 본인의 죽음으로 속죄한다는 비극적인 내용이다. 「무녀도」는 합리성과 자본주의로 대표되는 식민지 근대의 부정적 양상에 대한 김동리의 문학적 저항을 샤머니즘을 통해 보여준 작품이라고 할 수 있다. 작가는 샤머니즘─비합리성의 세계가 곧 우리 민족의 심성 깊숙이 자리한 본래적인 것이라고 생각한다. 작가의 소설이 비극적인 모습을 보이는 것은 이 비합리성의 세계가 근대의 합리성에 의해 철저히 부정되고 또 이에 의해 패배하기 때문이다. 모화를 죽음에 이르게 한 것은 결국 기독교로 상징되는 근대적 합리성인 것이다. 이 작품은 1947년 단행본으로 출간되었는데, 작가는 서문에서 다시 손을 봐 재수록했음을 밝힌 바 있다. 1978년 발표된 『을화』는 「무녀도」를 대폭 확장하여 다시 쓴 장편소설로 1972년 영화화되었고, 2018년에는 뮤지컬 애니메이션으로 제작되기도 했다. 「무녀도」를 표제작으로 하는 1947년 을유문화사 발행 단행본은 근원 김용준이 장정을 담당했다.

목차

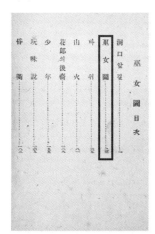

「무녀도」 본문

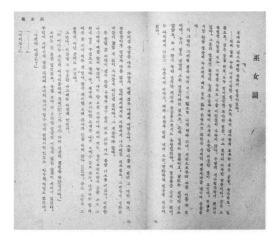

판권

시나리오 〈무녀도〉(최하원 감독, 태창영화, 1971). 근대서지학회 소장

김동리의 동명소설을 영화평론가이자 시나리오 작가인 이영일이 집필한 시나리오. 문예영화를 연출해온 최하원 감독의 작품이다. 전통문화에 대한 관심이 높았던 1970~1980년대에는 무당과 무속을 전면에 내세운 영화들이 많이 제작되었는데, 영화 〈무녀도〉는 그러한 흐름의 초입에 위치한다. 영화 〈무녀도〉는 주인공 '모화' 역을 둘러싸고 당대 최고의 인기배우 김지미와 윤정희가 자존심을 걸고 신경전을 벌인 것으로도 유명하다. 원래 〈무녀도〉의 출연을 제안받았던 김지미는 배역이 윤정희로 교체되자 제작사인 태창영화주식회사를 상대로 제작중지 가처분신청을 내기도 했으나, 완성된 영화의 '모화'는 윤정희에게 돌아갔다.

시나리오 〈황토기〉(조문진 감독, 대영흥행, 1971). 근대서지학회 소장

문학작품을 영화화하는 경향이 두드러졌던 1960~1970년대에 김동리 소설을 원작으로 〈역마〉(김강윤, 1967), 〈까치소리〉(김수용, 1967), 〈무녀도〉(최하원, 1972), 〈극락조〉(김수용, 1975), 〈을화〉(변장호, 1979), 〈황토기〉(조문진, 1979) 등이 제작되었다. 전시된 대본은 김동리의 원작을 이진모가 각색한 시나리오로, 제작사 대영흥행주식회사가 문화공보부에 제출한 '검열대본' 버전이다. 제작사는 1978년 12월에 〈황토기〉의 검열을 신청해 1979년 2월에 1개 부분의 화면삭제 처분과 함께 검열합격증을 받았다.

053

복덕방

이태준⟨1904~미상⟩

『福德房』
モダン日本社, 1941
근대서지학회 소장

장정
근원 김용준

이태준이 1937년 3월 『조광』에 발표한 단편소설. 1930년대 서울의 한 복덕방을 배경으로 복덕방 주인인 '서 참의', 친구 '박 영감', 사업실패로 몰락해 복덕방에서 신세를 지고 있는 '안 초시' 이상 3명의 노인이 주인공이다. '박 영감'에게 부동산 투자 정보를 들은 '안 초시'는 무용을 하는 딸에게 황해연안에 땅을 사도록 귀띔한다. 그러나 일 년 만에 사기였음이 드러나고, '안 초시'는 삼천 원을 잃은 딸에게 비난받다가 음독자살에 이른다. 아버지의 자살로 사회적 명예가 실추될 것을 염려한 딸은 장례식을 성대하게 열지만 '서 참의'와 '박 영감'은 젊은이들의 위선과 허세가 마음에 들지 않아 장지에 가는 것을 포기한다. 이 소설은 전 근대사회에서 식민지 자본주의로 급속히 이행되는 시대적 변화에 적응하지 못하거나 현실을 수용할 의지도 없는 인물들을 그림으로써 일제 치하 왜곡된 근대 자본주의에 대한 다른 방식의 저항을 보여주고 있는 작품이다. 이태준은 1941년 제2회 조선예술상을 수상하는데, 이 책은 이를 기념하여 나온 '조선예술상 제2회 수상자작품집'으로 일본 도쿄에서 일본어로 발행되었다. 표제작인 「복덕방」을 비롯해 총 15편의 단편이 실려 있다. 소설가 정인택과 장혁주가 이 책의 발행에 관여했다.

목차

作品年表	跋 張赫宙	夜道	兎物語	ねえやさん	土百姓	農軍	鴉	アダムの後裔		不遇老人	福德房	愚庵老人	侘しい話	孫巨富	櫻は植ゑたが	月夜	寧越令監	福德房 目次
		三五四	三三五	三一九	二八九	二三五	二二一	一八三		一六一	一三九	一〇七	八三	六三	三九	一五	一	

판권

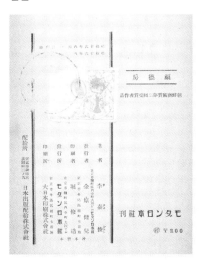

福德房

朝鮮藝術賞第二回受賞作品

著者 李泰俊
發行者 金原健兒
印刷者 堀修造
印刷所 大日本印刷株式會社
配給所 日本出版配給株式會社

發行所 モダン日本社刊
東京 〒二〇〇

054

임꺽정

홍명희(1888~1968)

『임꺽정(임거정)』
조선일보사출판부, 1939~1940
개인 소장

1928년부터 1939년까지 〈조선일보〉에 연재되었으며, 〈조선일보〉가 폐간된 1940년부터는 잡지 『조광』지에 연재되다가 완결되지 못한 홍명희의 장편 역사소설이다. 1930년대 중반부터 크게 유행한 다른 역사소설들이 대개 왕실이나 귀족 지배층의 이야기를 다루고 있는데 반해 『임꺽정』은 민중 반란을 일으켰던 임꺽정을 비롯한 하층민의 삶을 그리고 있다. 이 소설은 신분제 등 봉건제의 모순 속에서 괴로워하던 하층민들의 저항을 그들의 일상에 대한 세밀한 묘사를 통해 보여준다. 또한 16세기 중반 연산군과 명종 시기를 아우르며 당시 상하계층의 생활 관습은 물론 우리 고유어와 입말의 전통을 충실히 재현하고 있어 리얼리즘 소설로서의 성과도 훌륭히 거두고 있다. 이 소설은 봉단편, 피장편, 양반편, 의형제편, 화적편 등 다섯 편으로 구성되었는데, 1939~1940년 의형제편과 화적편만 조선일보사에서 단행본 4권으로 출판되었다. 작가 홍명희가 이 작품을 연재할 당시 신간회 활동으로 수감되어 연재가 중단되자 총독부에 소설을 연재해 달라는 독자들의 요구가 빗발쳐 총독부 당국이 감옥 안에서도 작품 집필을 계속 허락했을 정도로 큰 인기를 끌었다. 해방 후인 1948년 을유문화사에서 6권으로 재간행되었으며 오늘까지 영화, 드라마, 만화, 애니메이션으로 끊임없이 재창작되고 있다.

제1권 의형제편 상 본문

제2권 의형제편 하 본문

제3권 화적편 상 본문

제4권 화적편 중 본문

제1권 판권

제2권 판권

제3권 판권

제4권 판권

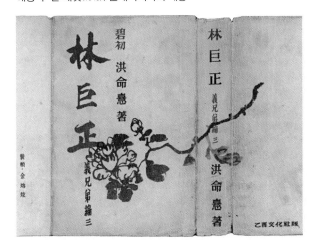

해방 후 판 재킷(1948). 근대서지학회 제공

055

남생이

현덕(1909~미상)

『남생이』
아문각, 1947

장정
박문원

현덕이 1938년 〈조선일보〉 신춘문예에 당선되어 발표된 단편소설로, 현덕의 대표작이다. 현덕은 등단작인 「남생이」를 통해 문단의 커다란 주목을 받으며 화려하게 데뷔한다. 유복한 가정에서 태어났던 현덕의 가세가 기울며 겪은 가난 체험이 작품에 반영되어 있다. 「남생이」는 1930년대 인천의 선창가를 배경으로 농촌에서 도시의 빈민촌으로 이주한 부부의 고된 삶을 어린아이 '노마'의 시선으로 바라본 소설이다. 소금 나르는 일을 하다가 병들어 경제력을 잃은 아버지와 항구에서 들병장수 노릇을 하는 어머니의 모습은 당대 식민지 하층민의 실상을 사실적으로 보여준다. 이 작품 발표 당시 동료 문인들은 당시 조선문단을 대표할 만한 작품으로 평가하며 극찬한 바 있다. 이 책은 1947년 아문각에서 발행되었으며, 「남생이」를 포함해 총 여섯 작품이 실려 있다. 이 책의 장정은 박문원이 했는데, 그는 『소설가 구보씨의 일일』을 쓴 박태원의 동생이다.

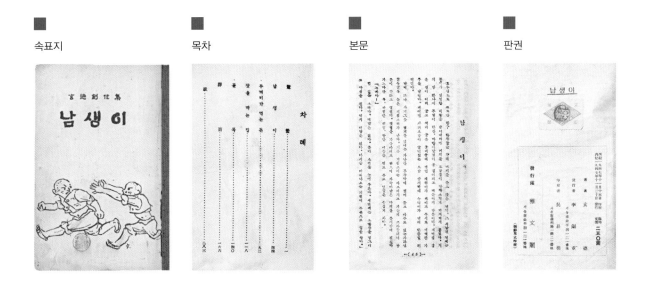

속표지　　　　　목차　　　　　본문　　　　　판권

056

천맥

최정희(1906~1990)

『천맥』
수선사, 1948
근대서지학회 소장

장정
수화 김환기

최정희가 1941년 1월부터 4월까지 『삼천리』에 연재한 중편소설이다. 「천맥」은 「인맥」, 「지맥」에 이어 마지막으로 발표된 '삼맥' 연작이다. 근대 교육을 받은 여성 '연이'는 사랑하는 사람과 결혼하지만 이내 사별하고 아들을 혼자 키우게 된다. '연이'는 아들을 위해 의사와 재혼하지만 서먹한 부부 관계에 아들까지 엇나가기 시작한다. 이에 남편과 헤어진 '연이'는 과거 은사가 경영하는 보육원에서 아들과 함께 살게 된다. 덕분에 모자는 점점 안정을 되찾지만, '연이'는 은사에게 사랑의 감정이 생기는 것을 느끼고 신에게 기도하며 애욕에서 벗어나게 된다. 이 소설은 교육소설과 교양소설의 면모를 동시에 지니고 있으며, 개인의 욕망을 벗어던졌을 때 보다 큰 사랑을 이룰 수 있다는 것을 보여준 작품이다. 잡지 발표 후 책으로 내는 과정에서 여러 차례 검열을 통과 못해 결국 포기하고 해방 후인 1948년 수선사에서 단행본으로 묶여 나왔다. 이 책에는 「지맥」과 「인맥」 등 총 세 작품이 실려 있으며, 수화 김환기가 책의 장정을 담당했다.

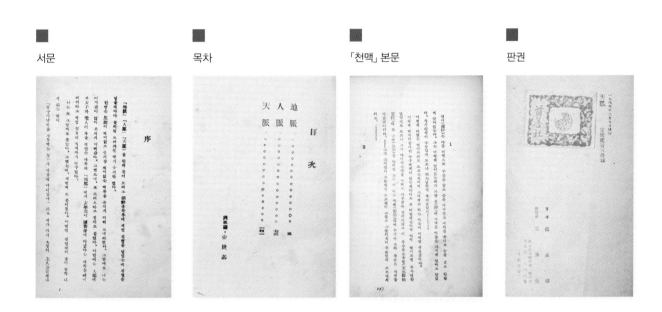

서문

목차

「천맥」 본문

판권

057

초당

The Grass Roof

강용흘(1898~1972)

김성칠 역, 『초당』상, 금룡도서, 1958

『*The Grass Roof*』
Charles Scribner's Sons, 1931

강용흘이 1931년 미국에서 The Grass Roof라는 제목으로 출간한 영문 장편소설이다. 구겐하임상을 수상하였으며 퓰리처상 후보에 오르기도 했다. 전 세계 10여 개국에서 번역되어 출판되며 큰 성공을 거둔 작품이다. '한청파'라는 인물이 3·1운동 후 조국을 떠나 미국에 정착하는 과정이 이 소설의 주 내용이다. 한국이라는 존재를 본격 문학작품의 소재로 외국에 알린 첫 사례가 바로 이 작품이다. 아름다운 한국의 자연 속에서 전통적인 인습에 희생되고, 일제에 의해 억압받고 수탈당해 무너져가는 인간의 삶을 그려냈다. 이에 저자는 당시의 정황을 세밀하게 묘사하고 역사적 자료를 정확하게 제시해 사실성을 더했으며, 한국 고유의 풍습과 전통, 고시조나 한시 등을 인용하여 우리 문화의 깊이를 세계에 전파하였다. 초판은 미국에서 1931년 주황색 하드커버에 한자로 제목과 저자명이 병기된 모습으로 출판되었으며, 한국에서는 해방 직후 당시 서울대 교수였던 김성칠에 의해 상하 2책으로 번역되어 출판되었다. 역사학자였던 김성칠은 이 작품이 해방 전 읽은 책 중 가장 감동적인 책이었으며, 작품에 감격한 나머지 번역에 나섰음을 고백한 바 있다.

■

판권 및 본문(영어판)

■

본문 및 판권(한국어판)

  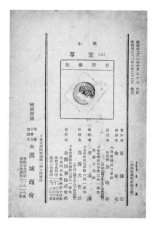

058

압록강은 흐른다

Der Yalu Fließt

이미륵⟨1899~1950⟩

『*Der Yalu Fließt*』
R.PIPER＆CO., 1946
근대서지학회 소장

이미륵이 1946년 독일 뮌헨에서 출판한 장편소설이다. 1946년 초판이 발행되자마자 매진될 정도로 독일문단의 큰 화제를 불러모았다. 1954년과 1956년 영국과 미국에서 각각 번역 출간되었으며, 우리나라에는 1959년 전혜린과 김윤섭의 번역으로 출간되었다. 이미륵은 경성의학전문학교 재학 중 3·1운동에 참여하여 일제 경찰의 수배를 받았으나 이를 피해 상해를 거쳐 독일에 정착한 문인이자 학자이다. 『압록강은 흐른다』는 한국인 작가가 독일어로 작품을 발표하여 출간한 최초의 사례이자 현재까지도 유일한 기록이다. 강용흘의 『초당』과 같이 작가의 유년기부터 외국 유학길에 올라 그곳에 정착하기까지의 체험을 다룬 자전소설의 형태를 띠고 있으며, 동양 특유의 서정적인 감성과 서양의 과학중심적인 이성이 혼합되어 어느 한쪽에 치우치지 않는 균형감을 보여주고 있다. 간결하고 유려한 문체로 최우수 독문소설로 선정되었고, 독일 교과서에도 실려 독일인들의 애독 작품으로 남아 있다.

■
속표지 및 차례(독어판)

■
목차 및 판권(한국어판)

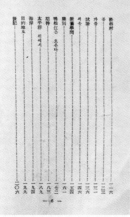

059

빛 속으로

光の中に

김사량(1914~1950)

『光の中に』
小山書店, 1940
한상언 소장

장정
다니나카 야스노리(谷中安規)

김사량이 1939년 10월 일본에서 문예 동인지 『문예수도(文藝首都)』에 발표한 일본어 단편소설이다. 이 작품이 일본에서 가장 권위 있었던 아쿠다가 와상 후보에 오르며 김사량은 본격적인 문명을 날리게 된다. 이 작품에는 조선인과 일본인 사이의 혼혈아 '하루오'와 지식인 '남 선생'이 주인공으로 등장하며, 어쩔 수 없이 일본에 거주하고 있는 조선인들의 힘겨운 삶과 피식민지의 지식인으로 일본인을 가르치는 일의 고뇌를 그렸다. 이는 동맹휴 업 주동자로 퇴교당한 뒤 도일하여 일본에서 고등학교와 대학교를 졸업한 작가의 체험이 반영된 것으로, 김사량은 「光の中に」의 성공을 바탕으로 조 선 민중의 비참과 현실과 향수, 분열적으로 치닫는 조선 지식인들의 행위를 일본 잡지에 연달아 발표하게 된다. 이 책은 「光の中に」 발표 이듬해인 1940년 일본 도쿄의 오야마서점(小山書店)에서 단행본으로 묶여 나왔는데, 모두 작가가 일본에서 발표한 일곱 편의 일본어 단편들이다. 이 책의 장정 은 일본의 유명 판화가 다니나카 야스노리(谷中安規)의 작품이다.

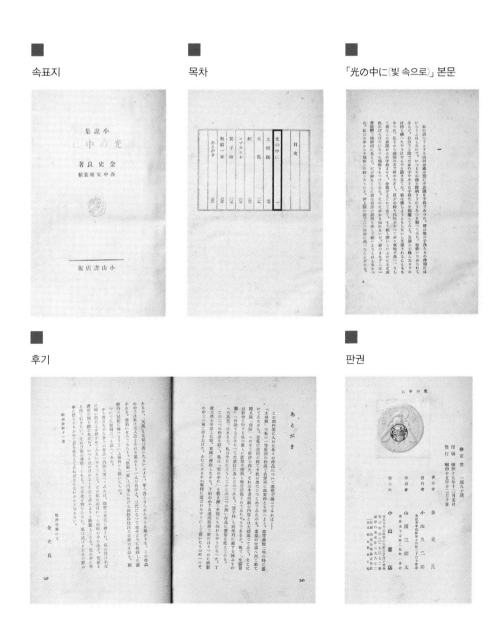

속표지

목차

「光の中に(빛 속으로)」 본문

후기

판권

060

싹트는 대지

안수길 외
만선일보사출판부, 1941
개인 소장

1941년 11월 중국 만주 신경(현 장춘)에 소재한 만선일보출판사에서 간행된 재만 조선인 작품집으로, 박영준의 「밀림의 여인」을 비롯하여 김창걸, 신서야, 안수길, 한찬숙, 현경준, 황건의 작품까지 총 7편의 중단편이 실려 있다. 근대화를 명목으로 식민지를 수탈하는 일제의 모습, 만주에 이주한 조선인들의 수난사, 희망의 공간이었던 동시에 혼돈과 변혁의 공간이었던 만주국의 현실을 보여주는 작품들이 고르게 배치되어 있다. 염상섭은 서문에서 이러한 작품들에 대해 "일망무애의 황막한 수수밭에서 진흙구덩이를 후벼파고 돋아나온 개척민의 문학"이라고 평하며 독자적인 만주 조선인 문학을 개척한 점을 높이 평가하고 있다. 그러나 일제의 정책을 그대로 수용하고 현실에 순응하는 태도가 보인다는 점에서 일정한 한계가 있는 것도 사실이다.

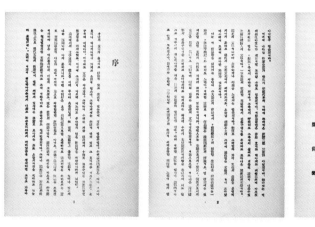

염상섭의 서문. 국립중앙도서관 제공

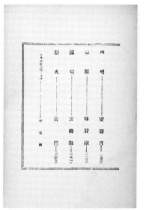
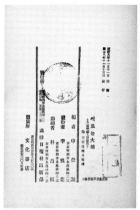

속표지 및 목차. 판권. 국립중앙도서관 제공

061

찔레꽃

김말봉(1901~1962)

상
문연사, 1952
근대서지학회 소장

하
문연사, 1952
근대서지학회 소장

김말봉의 장편소설로 1937년 3월 31일부터 10월 3일까지 〈조선일보〉에 연재되었다. 신예작가였던 김말봉을 당대 최고의 인기 작가로 등극시켜 문명〈文名〉을 안겨준 작품이다. 1935년 인천을 배경으로 한 장편『밀림』을 신문에 연재하며 큰 인기를 얻자 〈조선일보〉 편집국장이 직접 작가에게 요청해『찔레꽃』연재를 시작했다고 한다. 연재 당시 타 신문사에서 연재 중단을 종용했을 정도도 인기가 있었다. 소설의 제목은 1936년 죽은 작가의 남편 전상범이 평소 즐겨 불렀던 가곡 〈찔레꽃〉에서 따온 것이라 한다. 이 작품은 순결한 여성 안정순의 복잡한 연애 관계를 중심으로 진행된다. 아름답고 지적인 안정순은 총명하고 잘생긴 이민수와 약혼한 사이이지만, 안정순을 가정교사로 들인 은행장 조만호가 그녀를 후처로 삼으려 한다. 그러는 사이 만호의 아들 경구와 딸 경애가 각각 정순과 민수에게 사랑을 느끼게 된다. 우여곡절의 사건에 침모의 욕망과 기생 옥란의 질투가 더해지면서 애욕과 돈으로 인한 갈등이 폭발한다. 각종 오해와 누명 속에서도 꺾이지 않는 여주인공의 극기와 인내가 엄청난 인기를 끈 요인이다. 이 작품은 연재 이듬해인 1938년 인문사에 초판이 발행된 후 1939년 3쇄를 발행할 정도로 인기를 끌었으며, 해방 후에도 상하 2권으로 나뉘어 발행되었다. 1948년 발행된 하편이 7판일 정도로 인기가 이어졌으며 한참 전쟁이 진행되고 있던 1952년에도 다시 단행본으로 출간되었다. 1957년에는 영화로 만들어지기도 했다.

상권 목차

상권 본문

상권 판권

하권 판권

062

순애보

박계주⟨1913~1966⟩

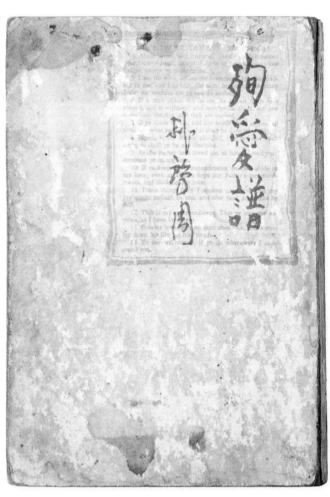

상
박문출판사, 1948⟨48판⟩
근대서지학회 소장

하
박문출판사, 1948⟨49판⟩
근대서지학회 소장

장정
박계주

박계주가 '박진'이라는 필명으로 1938년 〈매일신보〉 장편 현상공모에 당선되며 1939년 1월 1일부터 6월 17일까지 연재한 장편소설이다. 사랑을 위해 희생하는 남녀의 기독교적인 순애(殉愛)가 밑바탕으로 자리하며, 청년들의 지고지순하고 무조건적인 사랑을 그린 전형적인 애정소설이다. 이 작품은 사건의 전개가 우연적인 것이 많고 구성이나 기법 등이 치밀하지 못하지만 신문 연재 당시 〈매일신보〉의 구독률을 2배 가까이 늘릴 정도로 폭발적인 인기를 모은 바 있다. 1941년 연극으로 상연되었고 1957년에는 영화로도 제작되었다. 연재가 끝난 1939년 단행본으로 간행되었는데 1949년 50판을 찍을 정도로 해방 후에도 인기가 식지 않았다. 해방 후인 1948년 낸 단행본 서문에서 저자는 이 작품에 심리묘사나 성격묘사가 없다고 하여 자신의 소설태도나 작품세계를 규정짓는데 대해 반감을 표시하고 있다. 또한 후편을 쓰려고 구상까지 해놓았으나 어떤 이유로 인해 취소했음도 아울러 밝히고 있다. 광복 후 처음 낸 1948년 박문출판사 판본(신찬 걸작 장편소설 전집 1~2권)의 장정은 작가가 직접 한 것이며, 상권의 경우 표지를 제외한 면지와 비화(扉畵)는 정현웅과 작가의 아들과 딸이 각각 담당했다.

상권 목차

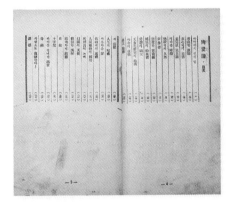

서문

상권 판권

하권 목차

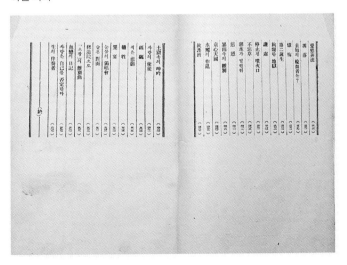

하권 판권

063

마인

김내성〈1909~1957〉

범죄편
해왕사, 1948⟨19판⟩
박진영 소장

탐정편
해왕사, 1948⟨19판⟩
박진영 소장

김내성이 1939년 2월 14일부터 10월 11일까지 〈조선일보〉에 연재한 장편소설이다. 이 소설은 당시로서는 드물었던 순수 창작 추리소설로, 한국의 명탐정 '유불란'을 독자에게 각인시킨 작품이다. 괴도 루팡의 작가 모리스 르블랑에서 따온 '유불란'이라는 한국형 명탐정을 주인공으로 등장시킨 이 작품은 당대 최고의 무용수 최승희를 연상시키는 인물 설정과 국제적 연애, 미궁에 빠진 사건과 관련된 각종 트릭, 이를 해결하기 위한 과학적이고 치밀한 추리 등 추리소설이 가져야 할 미덕을 골고루 갖춰 엄청난 인기를 모은 작품이다. 폭발적인 인기에 힘입어 『마인』은 발표 5년 만에 18판을 돌파했고, 한국전쟁 직후에는 30판을 넘었다고 한다. 1980년대 말까지도 인기를 유지했으며, 연극과 영화로 꾸준히 리메이크되었다. 1957년 개봉한 영화 〈마인〉은 '한국 최초의 탐정 영화'라고 불린다. 매력적인 팜 파탈에 의한 연쇄살인, 팜 파탈을 사랑하는 명탐정 유불란, 유불란의 조사와 추리에 의해 드러나는 출생의 비밀 등 명실공히 한국 근대 추리소설의 최고봉으로 전혀 손색이 없는 작품이다. 연재가 마무리된 1939년 조광사에서 단행본 초판이 발행되었으며, 해방 후인 1948년 해왕사에서 범죄편과 탐정편 2책으로 나뉘어 다시 발행되었다.

등장인물 소개

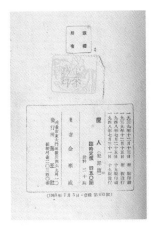

범죄편 판권

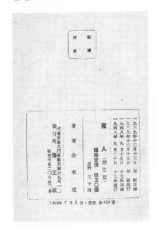

탐정편 판권

광고

해방 전 판본 표지 및 속표지, 판권(조광사, 1939, 장정 정현웅), 근대서지학회 제공

064

파경

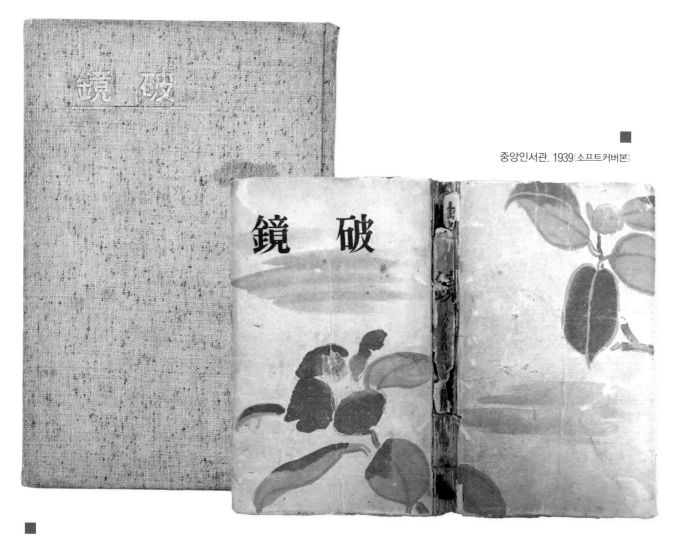

중앙인서관, 1939(소프트커버본)

중앙인서관, 1939
근대서지학회 소장

박화성을 비롯한 엄흥섭, 한인택, 이무영, 강경애, 조벽암(발표순) 등 6인의 작가가 공동 창작한 연작 장편소설로 1936년 4월부터 9월까지 〈동아일보〉의 자매지인 『신가정』에 여섯 차례 연재되었으며, 연재될 때 작가가 누구인지 밝히지 않았다. 여섯 명의 작가가 각각 한 회씩을 맡아 써 나가는 형식을 통해 서술되어 파격적인 기획으로 주목받은 작품이다. 이 작품은 『신가정』의 편집주간이 앞의 여섯 작가에게 의뢰하여 시작된 것으로, 작품을 쓴 여섯 작가가 작품을 위해 한 번도 모인 일이 없고, 작가들도 자신의 앞을 누가 썼는지 몰랐다고 한다. 『신가정』은 무기명으로 작품을 발표한 뒤 작가가 누구인지 맞추는 독자 대상 이벤트를 벌이기도 했다. 이 작품집의 서문을 쓴 엄흥섭은 이 작품의 여러 내력을 밝히며 "예술적 내지 작가적 애교"로 봐달라는 당부를 서문에서 밝히고 있다. 한 여인의 사랑과 고난, 이 과정에서 겪는 정신적·육체적 고통과 갈등을 그린 작품이다. 연재 3년 뒤인 1939년 '저자 겸 발행자' 엄흥섭 명의로 중앙인서관에서 간행되었다.

속표지

저자들 사진

저자별 집필순서

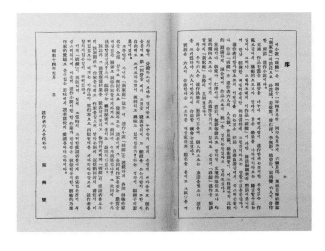

엄흥섭의 서문

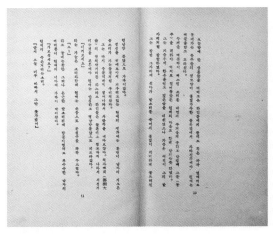

본문(박화성 집필)

판권. 근대서지학회 소장

소프트커버본 판권

1945~1950

해방 후
현실을 담다

8·15 광복은 정치적 사건이자 문화적 사건이었습니다. 그동안 읽고 쓰는 것에 억압과 제한에 시달렸던 우리말과 글을 자유롭게 읽고 쓰게 된 것이 작가들에게는 가장 커다란 변화로 다가왔습니다. 광복 후 작가들은 친일문학의 청산과 새로운 민족문학의 건설, 과거 식민지배에 대한 반성을 최우선 목표로 했습니다. 하지만 좌와 우로 나누어진 현실은 매우 혼란스러웠습니다. 이 시기 소설은 이러한 시대적 과제와 현실을 반영하여 크게 세 가지로 살펴볼 수 있습니다. 먼저 일제 식민지배에 대한 자기비판과 반성 등 일제 잔재 청산을 다룬 작품들입니다. 이태준의 「해방전후」[1946]가 대표작입니다. 두 번째는 이 시기 좌우 이념 대립의 극심한 혼란상을 그린 작품들로 이무영의 「굉장씨」[1946]를 예로 들 수 있습니다. 세 번째는 광복 이후 귀환하는 동포들의 삶을 형상화한 것입니다. 김만선의 「압록강」[1946]과 허준의 「잔등」[1946], 안회남의 「불」[1946]을 들 수 있습니다. 조선문학가동맹이 펴낸 소설집 『토지』[1947]와 『조선소설집』[1947]은 당시 작가들도 좌우로 나뉘어 작품 활동을 했던 문단 현실을 보여주는 책들입니다. 한편 이 시기는 그동안 일제의 압박으로 출간하기 어려웠던 책들이 많이 나와 그야말로 출판의 해방을 맞은 시기이기도 했습니다.

065

압록강

김만선(1915~미상)

『압록강』
동지사, 1948

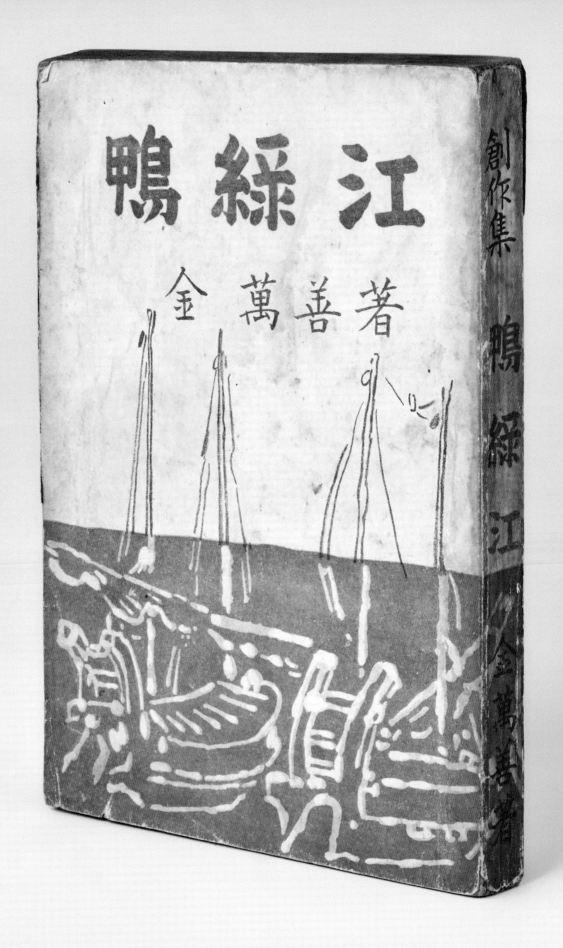

김만선의 단편소설로 1946년 6월 『신천지』에 발표되었고, 1948년 동지사에서 단행본으로 발간되었다. 단행본에는 표제작 「압록강」을 비롯해 총 8편의 단편이 실려 있다. 등단작 「홍수」를 제외한 7편은 모두 해방 후에 쓴 것이다. 〈만선일보〉 기자 출신의 감만선은 1940년 〈조선일보〉 신춘문예를 통해 문단에 나왔지만, 자신의 실질적인 문학활동은 광복 후부터임을 천명한 작가이다. 「압록강」은 저자의 해방기 대표작으로 일제의 만주 이민 정책에 동원되었던 조선인들이 광복 후 다시 조선으로 돌아오는 과정에서 보고 듣고 느낀 것들을 그린 소설이다. 주인공 '원식'은 만주에서 조선까지 가는 기차에서 중국인, 소련군, 일본인 등을 만나 전쟁에 희생되는 개인의 생활상을 목격하게 되고, 연민을 느끼며 대립되는 감정 사이에서 혼란을 겪게 된다. 그리고 돌아온 고국에서도 생활고를 겪으며 해방 공간의 서로 대립하는 사상과 문화를 마주하고 고뇌하게 된다. 이를 통해 드러나는 것은 일본의 괴뢰국이었던 만주국의 실상과 해방 후 혼란스러웠던 사회상임에 다름 아니다.

목차

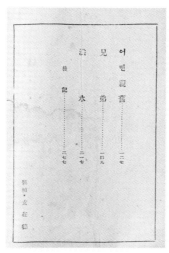

「압록강」 본문

066

토지

조선문학가동맹
아문각, 1947
근대서지학회 소장

장정
향파 이주홍

해방기 사회주의 문학단체였던 조선문학가동맹의 농민문학위원회가 1947년 출판한 소설집이다. 이 책을 펴낸 농민문학위원회는 1947년부터 지면에서 확인되는데, 토지개혁 문제 등 점점 악화되는 현실 상황 타개를 위해 급하게 만들어진 일종의 TF팀이라 할 수 있다. 이기영, 이근영, 강형구, 안회남, 박승극이 한 작품씩을 썼다. 『토지』라는 소설집의 제목과 맨 앞부분의 간행사에서도 드러나듯이 광복 후 당대의 중요한 쟁점 중 하나였던 토지개혁의 문제를 문학적 형식을 통하여 전면화하고자 한 기획이었다. 이러한 의도를 반영하여 이 책에 수록된 작품들은 농민들이 당면한 현실 및 토지에 대한 문제 제시와 변화의 당위성 등을 피력하는 글들이 주를 이룬다. 특히 이기영의 「개벽」은 북한의 토지개혁을 보여주는 작품으로 남한의 개혁을 촉진하기 위해 의도적으로 맨 앞에 배치한 작품이다. 또한 당시 현실의 시급한 요청에 부응하여 농민들을 옳은 노선으로 이끄는 원동력을 제공하는 것도 이 작품집의 간행 의도이다. 곰방대를 물고 낫을 든 농민의 모습이 인상적인 책의 장정은 향파 이주홍의 작품이다.

목차

간행사

「개벽」(이기영) 본문

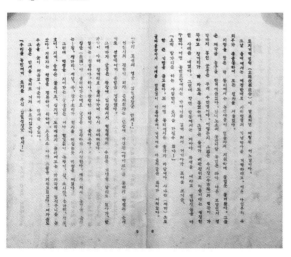

판권

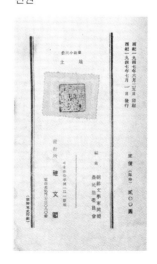

067

조선소설집

조선문학가동맹 소설부 위원회 편
아문각. 1947

장정
향파 이주홍

해방 후인 1946년 조선문학가동맹 소설부 위원회가 엮은 앤솔로지다. 다만 표지와 속표지 등에 모두 '1946년판'이라고 표기되어 있지만, 실제 인쇄와 발행은 1947년 6월에 이뤄졌다. 조선문학가동맹은 1946년 설립된 진보 문학 운동 단체로, 전신인 조선문학건설본부와 조선프롤레타리아문학동맹 모두 사회주의 계열 단체였다. 서문에서 편집자는 이 앤솔로지를 일제의 압제에서 해방된 8·15 이후 일궈 온 우리 문학의 수준을 알리고자 기획하였다고 밝혔다. 이를 위해 1945~1946년 1년간 발표된 작품 중 '최고 수준의 것'을 추렸는데, 아쉽게도 출판 사정상 지면 제약이 있어 단편소설만을 모아 출간한다는 것이다. 채만식, 박태원, 안회남, 박영준, 김만선, 박계주, 김영석, 박노갑, 안동수, 홍구 10명 작가의 작품이 각 1편씩 수록되어 있다. 고깔을 쓴 농악놀이를 그린 책의 장정은 아동문학가로 유명한 향파 이주홍의 작품이다.

서문

「미스터 방」(채만식) 제목면 및 본문

미스터
方

蔡萬植

판권

068

40년

박노갑(1905~1951)

『40년』
육문사, 1948

박노갑의 장편소설로 작가의 대표작이다. 1948년 육문사에서 단행본으로 간행되었다. 제목인 40년은 1905년 을사조약부터 1945년 광복에 이르는 기간을 가리킨다. 나라의 주권을 빼앗긴 40년간의 민족의 고통스러웠던 수난사를 한 편의 장편으로 압축하여 사실적으로 형상화한 작품이다. 작가의 자전적 성격을 갖는 주인공의 삶과 인생 역정은 곧 일제가 당시 조선인들을 어떻게 핍박하고 좌절시켰는지를 문학적으로 보여주는 것에 다름 아니다. 작가 박노갑은 1933년 〈조선중앙일보〉를 통해 등단한 작가로 해방 후 모교인 휘문중학교와 숙명여고에서 교사 생활을 했다. 1951년 직장이었던 숙명여고에 출근한 뒤 소식이 끊겼는데, 이때 재학생이었던 소설가 박완서와 한말숙이 박노갑의 제자이다.

본문   저자 후기

판권

069

『산가』
민중서관, 1949

[155]

―宏

壯

氏―

버젓한 성명을 가졌것만 누가 어째서 지은지도 모르는 별명이 본명보다도 더 유명한 사람이어

느 시대 어느 사회에나 한눈썩은 으레껏 있는 법이다。그리고 그 별명이란 대개 흠 허물없는 사이거

나 희영수를 할때나 씨워지는 것이 보통이지만, 굉장씨는 특별한 관계나 필요가 없는 사람은 그의

본명이 무엇인지도 모르는 정도다。상, 하동 삼백여호에 굉장으로 통할뿐만 아니라 삼십리나 떨어

져 있는 신읍에서도 구읍(舊邑) 박굉장 이라면 알만한 사람은 다 안다。군수고 서장이고 세무서며

조합, 우편국 소위 관공서 직원처놓고는 구읍 박굉장댁에를 안와본 사람이 없으니까 더만할나위

도 없지마는 읍내의 웬만한 상점 치부책에도 그는 박굉장으로 적혀있다。개중에는 굉장을 본명

으로나 아호로 알고 그렇게 부르는 사람도 있을지 모른다。그만큼 그외 별명은 보편화해 버렸

다。여기에는 그 자신이 굉장이라 별명을 시인한 때문도 있을것이다。그 자신은 차지하고 가족들

까지도 팽장댁 굉장댁하고 자기집을 부르는 일 까지도 있는 터다。

굉장씨의 본명이 무엇인가를 알 필요는 없다。우리는 다만 그의 별명이 어떻게 해서 샛겼든 가만

알면 족할것이다。대개는 그가 말끝마다 굉장소리를 그야말로 굉장히 해서 굉장댁이 된양으로 알

1946년 12월 잡지 『백민』에 발표된 이무영 단편소설이다. '굉장(宏壯)'이라는 별명을 가진 사람이 일제 말기와 해방 직후까지 급변하는 세태에 맞춰 재산을 탕진해 가며 로비를 벌이는 것을 주 내용으로 하고 있다. 주인공은 입버릇처럼 "굉장하다"라는 말을 자주 사용해서 그런 별명이 붙었다. 해방 직후 혼란스러운 사회 현실 속에서 인민위원회와 임시정부 요인들을 상대로 자신의 성공을 위해 애를 쓰는 주인공의 모습을 풍자적으로 그렸다. 이 작품은 '무영농민문학선집' 1권 『산가』(민중서관, 1947)에 수록되었다. 이 책에는 이 작품을 포함해 총 11편의 작품이 실려 있다. 이 책 끝에는 '무영농민문학선집'이 소개되어 있는데, 1권이 『산가』, 2권이 『향가』, 3권이 『두더지』, 4권이 『흙을 그리는 마음』, 5권이 『노농』이다. 이 5권 중 실제 출판된 것은 1권과 2권이다. 이 책의 장정은 수필집 『곤비의 서』(1949)의 저자이자 해방 전 〈동아일보〉에서 만화를 그린 최영수의 작품이다.

『산가』 표지 및 속표지

목차 및 판권

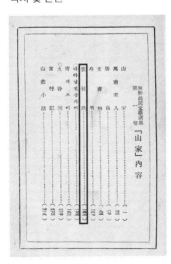
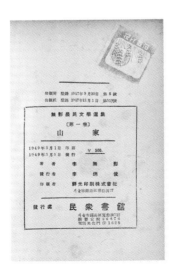

저자 소묘

070

해방전후

이태준(1904~미상)

■
『해방전후』
조선문학사, 1947
근대서지학회 소장

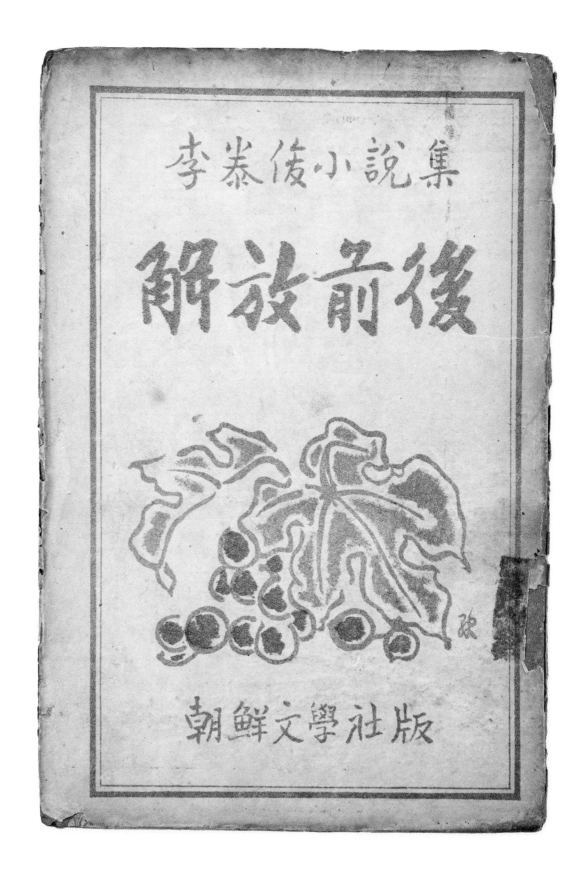

李泰俊小說集

解放前後

朝鮮文學社版

■
장정
향파 이주홍

이태준이 해방 후 결성된 사회주의 계열 문인 단체 '조선문학가동맹'의 기관지 『문학』에 1946년 7월 발표한 중편소설로 '제1회 해방문학상'을 받은 작품이다. '한 작가의 수기'라는 부제와 함께 1943~1945년 사이 작가의 삶과 체험이 직접적으로 노출되어 있는 자전적 성격이 강한 소설이다. 소설의 주인공 '현'은 창씨개명이나 친일 작품, 일어 창작을 거부하며 일제 말기 감시와 탄압을 피해 강원도 산읍으로 들어가 사는 인물이다. 그러던 중 일제의 패망과 조선의 독립 소식을 듣고 상경하여 좌익 문인 단체에 가입하고, 좌익과 우익의 대립, 찬탁과 반탁 데모 등으로 어수선한 서울에서의 생활을 시작하게 된다. 해방 이후 이념 갈등으로 어수선한 와중에 자신의 길을 선택해 나아가는 주인공은 작가 이태준과 겹쳐 볼 수밖에 없게 한다. 이 작품은 1947년 단행본으로 출간되었는데, 「해방전후」를 표제작으로 하는 이 책에는 총 10편의 작품이 실려 있다. 이 시기 작가는 조선문학건설본부 중앙위원장을 맡는 등 사회주의 문학 운동에 본격적으로 관여하고 있었다. 붉은 포도송이가 인상적인 책의 장정은 향파 이주홍이 담당했다.

목차

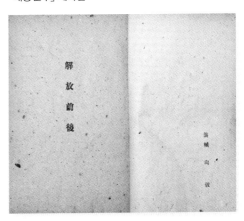

「해방전후」 제목면

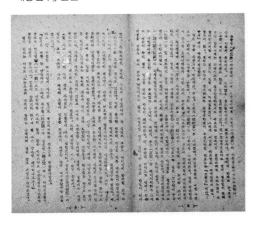

「해방전후」 본문

판권

071

불

안회남(1910~미상)

『불』
을유문화사, 1947

장정
정현웅

안회남의 단편소설로 1946년 7월 조선문학가동맹 기관지『문학』창간호에 발표되었다. 본명이 안필승인 작가의 부친은『금수회의록』을 쓴 안국선이다. 1931년 〈조선일보〉 신춘문예를 통해 등단한 안회남은 심리묘사 위주의 신변잡기를 쓴 일본의 사소설적 경향을 보여주나 일제 말 일본 기타큐슈 탄광의 징용 경험을 거쳐 현실과 역사의 큰 흐름과 만나 신변잡사의 수준을 넘어서게 된다. 단행본『불』에 발표된 10편의 단편은 이러한 안회남의 변화를 보여주는 상징적인 작품들이다. 표제작「불」은 주인공이 겪은 이웃집의 방화 사건을 그리고 있다 . 부정함을 태워 없앤다는 의미를 가진 불–방화 사건을 통해 자신의 소시민성을 극복하고 새 조국 건설에 매진하겠다는 작가의 내적 결심과 의지를 보여준 작품이기도 하다. 안회남의 네 번째 작품집인『불』은 1947년 을유문화사에서 발행되었으며, 표지의 멋진 판화는 화가 정현웅의 작품이다.

서문

목차

「불」본문

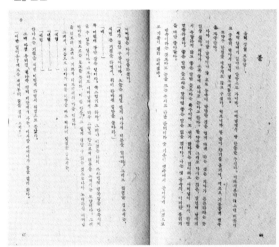

판권

072

논 이야기

해방문학선집

채만식(1902~1950)

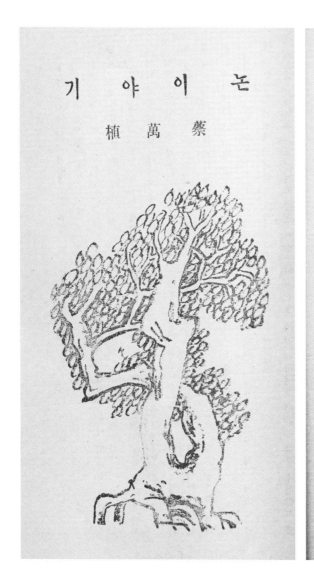

논 이 야 기

蔡萬植

1

열인들이 토지와 그 밖에 온갖 재산을 죄다 그대로 내어 ◦고 보떠리 하나에 몸단 쫓기어

가게 되었다는 이야기를 듣는 한생원은 어깨가 웃줄하였다.

"거 보슈 총생원. 인전 들 내 생각 나시지?"

한생원은 허연 탑삭부리에 묻힌 쪼굴쪼굴한 얼골이 위아래 다섯대 밖에 안 남은 누—런이

빨과 함께 호물호물 웃는다.

"그러면 그렇지, 글세 놈들이 제아무리 영악하기로소니 논에다 메 귀탱이 발둑 박구섭 인둑

개비 처럼 어여차 어여차 땅을 떠 가지구 갈 재주야 있을 이치가 있나요?"

한생원은 참으로 일본이 항복을 하였고, 조선은 독립이 되었다는 그날—팔월십오일쩍 보다

도 신이 나는 소식이었다. 자기가 한 말(豫言)이 꿈결 같이도 꿈결 같이도 들어 맞다니...그러

고 자기가 한 말(豫言)대로 일인에게 관아 넘기 땅이 이렇게 와 도로 자기의 것이

되게 되었다니...이런 세상에 신기하고 희한할 도리라고는 없었다.

조선이 독립이 되었다는 팔월십오일 그때는 한생원은 섬뻑 만세를 부르고 싶은 생각이나

지 않았어도 이번에는 저절로 만세 소리가 나와지려고 하였다.

팔월십오일에 마을에서는 젊은 사람들이 설도를 하여 태극기를 만들고 닭을 추렴하고 술

을 사고 하여 놓고 조촐이 만세를 불렀다.

— (252) —

채만식 외
종로서원, 1948
근대서지학회 소장

장정
수화 김환기

채만식의 해방기 단편소설로 잡지 『협동』 1946년 10월호에 발표되었다. 주인공 한덕문 집안은 애써 마련한 땅을 동학가담자라는 억울한 혐의를 받아 고을 사또에게 빼앗기고, 일제강점기에는 일본인에게 남은 땅을 마저 팔아 호구한다. 광복이 되고 일본인들이 쫓겨가자 한덕문은 땅을 다시 되찾을 수 있으리라 여겼지만 해방 후 혼란한 현실을 틈타 잇속 밝은 이들의 협잡에 의해 결국 되찾지 못하고 만다. 결국 한덕문은 독립됐을 때 만세 안 부르길 잘했다는 말을 하기에 이른다. 작가는 자신의 잘못으로 진 빚으로 인해 일본인 지주에게 팔아버린 땅을 독립이 되면 다시 찾을 수 있으리라 믿은 주인공의 허황된 어리석음을 풍자하고 있다. 아울러 주인공 한덕문을 통해 당시 인구의 3/4을 차지하고 있던 농민과 그들의 터전인 농촌에서 벌어지는 부조리한 토지 문제를 날카로운 시각으로 비판·풍자하고 있기도 하다.

『해방문학선집』 표지 및 판권

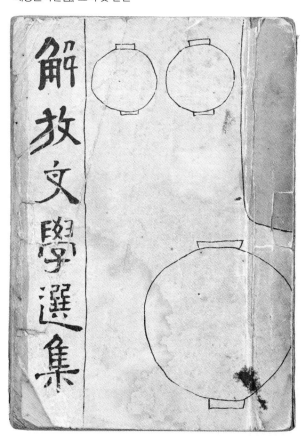

073

해방의 아들

염상섭(1897~1963)

『해방의 아들』
금룡도서주식회사, 1949

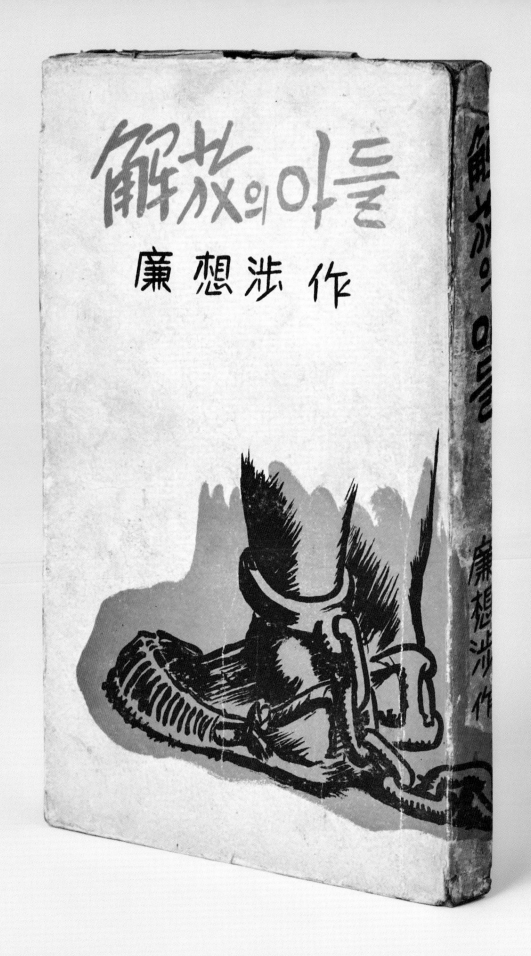

염상섭의 단편소설로 1946년 11월 『신문학』에 「첫 걸음」이란 제목으로 발표되었고, 단행본에 재수록될 때는 「해방의 아들」로 제목이 바뀌었다. 만주에서 해방을 맞이한 염상섭은 여러 번 죽음의 고비를 넘기며 1946년 5월에야 서울로 돌아왔다. 해방 공간에서 작가는 언론사에 재직하면서 문학적으로는 좌파의 정치성과 우파의 순수성을 모두 비판하면서 문단의 통일시대를 희망했다. 『해방의 아들』에는 모두 여섯 작품이 실려 있는데, 이 중 표제작 「해방의 아들」과 「엉덩이에 남은 발자국」은 해방 후 쓴 것이고, 「난 어머니」(1925), 「전화」(1925), 「조고만 일」(1926), 「윤전기」(1925) 네 작품은 1920년대에 집필한 단편이다. 「해방의 아들」은 만주에서 조선인 아버지와 일본인 어머니 사이에서 태어나 일본인 행세를 하는 주인공이 조력자의 도움으로 해방된 조국의 조선인으로 거듭난다는 내용이다. 해방의 의미와 해방된 조국에서 무엇을 할 것인가 하는 것을 진지하게 묻는 작품인 것이다.

목차

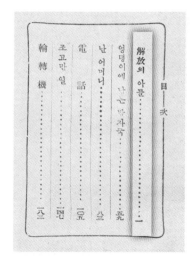

「해방의 아들」 본문

판권

074

잔등

허준(1910~미상)

『잔등』
을유문화사, 1946
근대서지학회 소장

장정
근원 김용준

허준이 1946년 1월 잡지 『대조』에 발표한 중편소설이다. 주인공인 '나'가 광복을 맞아 만주의 장춘에서 함경도 회령, 청진을 거쳐 서울로 돌아오는 귀향의 과정에서 만나게 된 여러 군상들과의 에피소드가 주된 줄거리를 이루고 있다. 해방의 감격을 표출할 수 없을 만큼 오랜 폭력과 공포 속에서 살아온 '나'는 해방을 맞은 인물들의 인식을 관찰하며 증오와 동정 사이의 감각을 체험적이고 객관적인 시선을 통해 독자들에게 보여준다. 이 소설은 당대 많은 지식인들이 광복의 격정에 사로잡혀 애국주의에 매몰되던 것과 달리, 냉정한 자기인식을 통해 광복 이후의 불안과 혼란을 사실적으로 그려냈다. 허준은 단행본 『잔등』 서문에서 "너의 문학은 어째 오늘날도 흥분이 없느냐, 왜 그리 희열이 없이 차기만 하냐"는 세간과는 다른 시선을 가지고 있음을 고백한 바 있다. 시대의 격동에 휩쓸리지 않는 주인공의 시선은 해방기 문학에서 드문 사례라 할 것이다. 『잔등』에는 「습작실에서」, 「탁류」 등 총 세 작품이 실려 있는데, 앞의 두 작품에는 불안과 허무, 고독에 휩싸인 지식인의 내면세계가 치밀하고 섬세하게 그려져 있다. 『잔등』의 장정은 화가이자 수필가인 근원 김용준이 맡았다.

목차

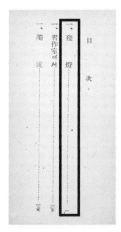

서문

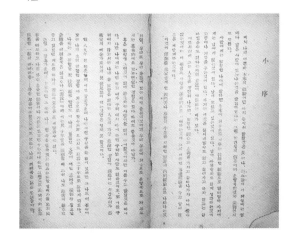

「잔등」 본문

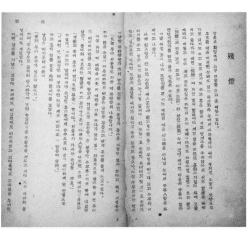

판권

■

075

도정

지하련(1912~미상)

■

『도정』
백양당. 1948
근대서지학회 소장

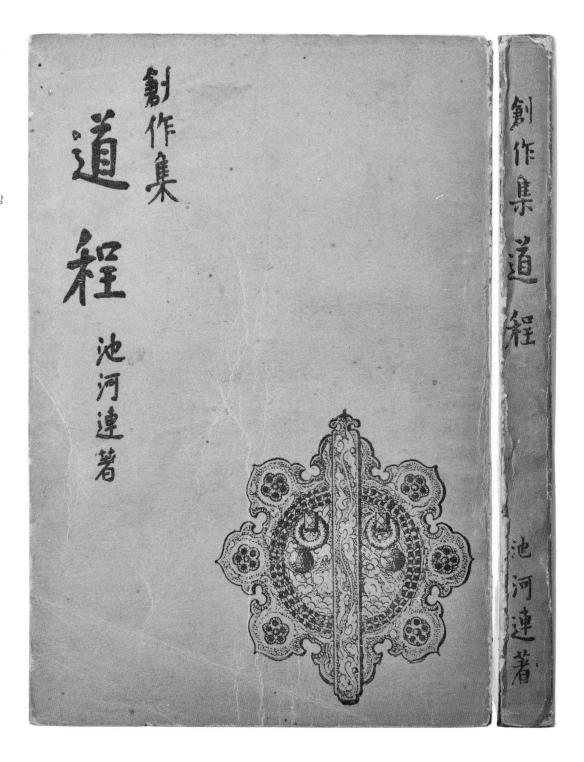

지하련은 본명이 이현욱으로 1940년 12월 『문장』으로 문단에 데뷔했다. 식민지 시기 대표적인 평론가이자 시인이었던 임화가 작가의 남편이다. 「도정」은 지하련의 해방기를 대표하는 작품이자 작가의 유일한 단행본의 제목이기도 하다. 이 소설은 1946년 7월 『문학』에 발표된 단편으로 1947년 조선문학가동맹이 제정한 제1회 조선문학상 소설 부문의 추천작으로 선정된 작품이기도 하다. 해방 후 사회주의 내부에서 횡행하는 권모술수와 이에 맞서는 지식인의 고뇌, 혼란스러운 현실상이 사실적으로 포착되어 있다. 1948년 백양당에서 발행된 『도정』에는 표제작 「도정」을 비롯해 총 7편의 단편이 실려 있으며, 판권란에 첨부되어 있는 인지(印紙)에는 본명을 사용한 '현욱' 도장이 찍혀 있는 것이 흥미롭다.

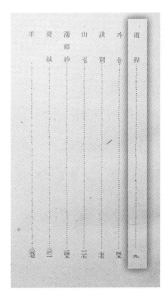

목차

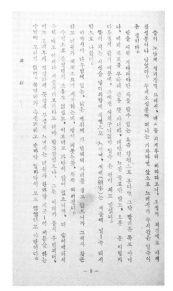

「도정」 본문

판권

076

별을 헨다

계용묵(1904~1961)

『별을 헨다』
수선사, 1949

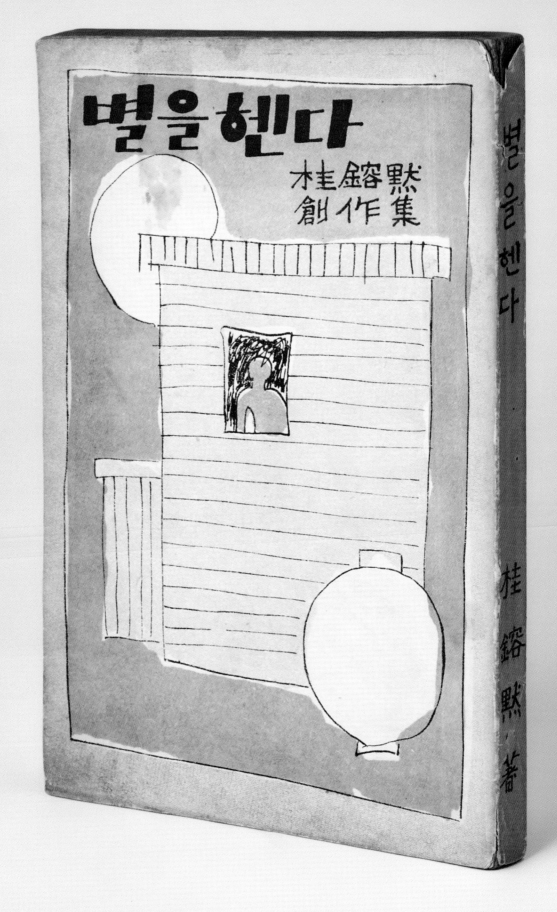

장정
수화 김환기

해방기 계용묵의 작품세계를 대표하는 단편소설로 1946년 12월 24일부터 31일까지 7회에 걸쳐 〈동아일보〉에 연재·발표되었다. 이 책에 여섯 번째로 실린 「금단」이 해방 후 작가가 쓴 첫 작품인데, 해방된 조국의 현실을 담았으나 작가의 성에 차지 않아 고민하던 중 〈동아일보〉의 의뢰를 받고 「금단」을 확장해 쓴 작품이 「별을 헨다」라고 한다. 「별을 헨다」는 독립 후 만주에서 귀환한 사람들이 겪는 서울의 주택난을 소재로 한 작품으로 발표 당시부터 찬사가 집중되었던 작품이다. 작가의 세 번째 작품집인 『별을 헨다』에는 총 아홉 작품이 실려 있는데, 모두 해방 후에 쓴 것들이다. 책의 말미에 있는 후기에서 작가는 이 아홉 작품의 창작의도와 간단한 에피소드를 밝히고 있다. 이 책의 출판사인 수선사는 작가가 시인 김억과 공동 설립한 출판사이다. 또한 이 책은 장정이 아름답기로 손꼽히는데, 점묘화로 유명한 수화 김환기의 작품이다.

김환기의 내지화

목차 및 판권

본문

저자 후기

077

목넘이 마을의 개

황순원(1915~2000)

『목넘이 마을의 개』
육문사, 1948

장정
정현웅

황순원이 1948년 3월 잡지 『개벽』에 발표한 단편소설이다. 목넘이 마을은 작가의 외가가 있던 평안남도 대동군 재경면 천서리를 가리키며, 어디를 가려고 해도 이곳을 거쳐 산목을 넘어야했기 때문에 목넘이 마을이라 불리게 되었다고 전해진다. 소설은 '나'가 마을에서 들었던 개 이야기를 줄거리로 삼고 있다. 어느 해 봄 마을에 나타난 개 '신둥이'는 몸이 성치 않다. 마을 사람들로부터 모진 핍박을 받다가 잡혀 죽을 운명에 처하자, '신둥이'의 임신 사실을 알아챈 '간난이 할아버지'가 개를 구출한다. 신둥이의 피를 이어받은 후손들은 모두 마을에서 무사히 자라난다. 이 작품이 표제작이 된 『목넘이 마을의 개』에는 작가가 월남 후 발표한 단편 7편이 수록되어 있다. 장정은 정현웅의 작품이며, 이 책은 극작가 오영진에게 증정한 친필서명본이다.

목차

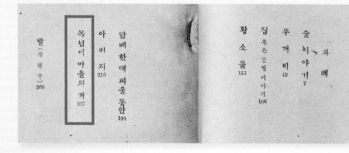

「목넘이 마을의 개」 본문   판권

시나리오 〈카인의 후예〉(유현목 감독. 동양영화흥업. 1968. 김진규 · 문희 주연 영화로 개봉). 근대서지학회 소장

황순원이 1954년에 발표해 아시아자유문학상(1955)을 수상한 동명의 원작을 각색한 시나리오. 시나리오를 집필한 이상현은 이 영화 외에도 〈막차로 온 손님들〉(1967), 〈수학여행〉(1969) 등에서 유현목 감독과 호흡을 맞췄다. 원작이 각색되는 과정에서 주인공 박훈과 오작녀, 오작녀 남편 사이의 삼각관계가 부각되고 반공 모티브가 강화되었다. 1968년에 한국영화주식회사(대표 성동호)에서 제작된 영화는 '우수반공영화'로 선정되었고 영화계의 여러 단체, 중앙정보부와 지방정부 등을 통해 광범위하게 홍보되었다. 시나리오 표지에는 1971년 12월에 한국영화주식회사로부터 한국 내 흥행 판권 일체를 양도받은 동양영화흥업이 판권자로 명시되어 있다.

시나리오 〈소나기〉(고영남 감독. 남아진흥. 1978 개봉). 근대서지학회 소장

황순원의 단편소설 「소나기」(1953)는 1959년에 *Encounter*에 번역 · 게재되었고, 1960년대부터는 꾸준히 교과서에 수록되어 대한민국 국민이라면 누구나 아는 유명한 작품이 되었다. 영화 〈소나기〉(1978)는 100여 편이 넘는 영화를 만든 고영남 감독의 대표작이기도 하다. 영화는 원작에 암시된 소년과 소녀의 사랑에 관능적인 감각을 더했다. "분홍 스웨터에 남색 스커트"를 입고 "단발머리를 나풀"거리던 소녀는 영화 〈소나기〉에서는 긴 머리에 빨간색 미니스커트를 입고 늘씬한 다리를 드러낸 '소녀 연이'로 등장해, 1970년대 대중영화가 자극했던 관능적 상상과 접속한다.

시나리오 〈나무들 비탈에 서다〉(최하원 감독. 한국영화. 1968. 이순재 · 문희 주연으로 개봉). 근대서지학회 소장

황순원은 한국영화에 많은 원작을 제공한 작가이다. 감독 최하원은 황순원의 동명 소설을 원작으로 하는 〈나무들 비탈에 서다〉(1968)를 통해 감독으로 데뷔했고, 이듬해 역시 황순원의 소설을 영화화한 〈독 짓는 늙은이〉(1969)로 호평받았다. 제작 신고 당시에 반공영화로 제작하라는 당국의 권고를 받아 "이 영화는 전쟁을 도발한 북괴에 대한 고발이다"로 시작하는 오프닝 자막을 넣었다. 전쟁이 파괴한 개인의 내면에 주목해 반전(反戰) 의식이 뚜렷한데 결말에는 건전한 윤리와 희망에 대한 지향을 담아 원작보다 낙관적인 세계를 보여준다는 평가를 받고 있다. 2015년에 발굴된 필름에는 이순재, 손숙 등의 젊은 시절 연기가 담겨 있다.

078

사랑 손님과 어머니

주요섭(1902~1972)

『사랑 손님과 어머니』
수선사, 1948
근대서지학회 소장

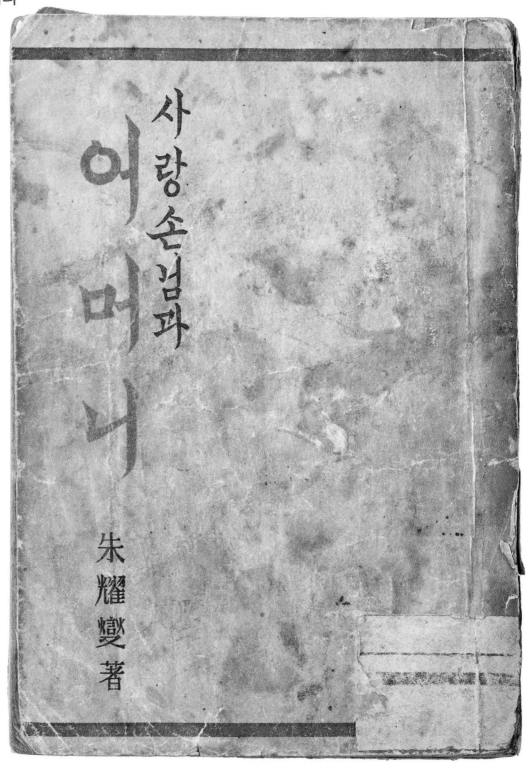

장정
석영 안석주

1935년 11월 『조광』 창간호에 발표된 주요섭의 단편소설로 작가의 대표작이기도 하다. 결혼 1년 만에 남편과 사별하고 과부로 살아가는 어머니와, 남편의 옛 친구이자 마을 학교 선생님 '사랑 손님'의 사랑을 6살 난 여자아이인 '옥희'의 1인칭 관찰자 시점을 통해 아름답고 서정적으로 그려낸 작품이다. 이 작품은 1961년, 1978년 두 차례 영화화될 정도로 꾸준히 사랑받았다. 1948년 수선사에서 발행된 『사랑 손님과 어머니』는 본격 소설만을 모은 작가의 단독 작품집으로는 첫 책이다. 이 책에는 표제작 「사랑 손님과 어머니」를 비롯해 총 아홉 작품이 실려 있는데, 1925～1937년 사이에 발표된 작품만을 모은 것이다. 10여 년 이전 작품을 책으로 묶어내는데 소설가 엄흥섭이 도움을 주었음을 작가는 서문에서 밝히고 있다. 이 책의 장정은 석영 안석주가 담당했다. 최초의 자유시 「불놀이」를 쓴 주요한이 작가 주요섭의 형이다.

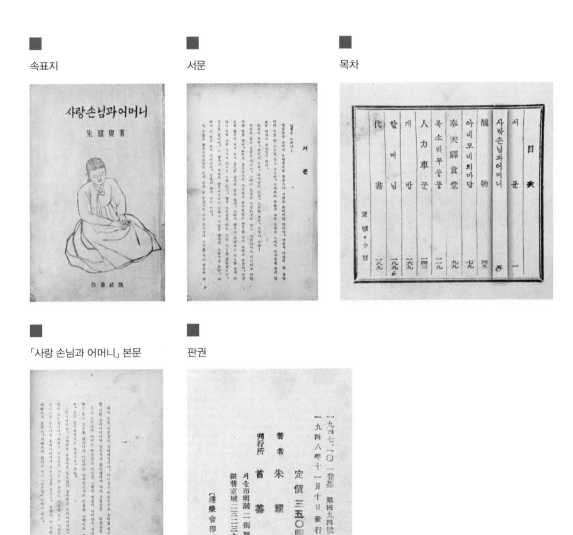

속표지

서문

목차

「사랑 손님과 어머니」 본문

판권

1950~1960

전후 새로운 시대에
대응하다

1950년대는 한국전쟁으로 시작되어 1960년 4·19혁명으로 마감된 역사적 격동의 시대입니다. 이데올로기 대립을 전면에 내세운 분단 체제가 고착되면서, 이 시대의 소설은 전쟁으로 초토화된 삶을 돌아보고 재건하려 분투하는 모습을 담아냈습니다. 휴전 이후 만들어진 『사상계』[1953], 『문학예술』[1954], 『현대문학』[1955], 『자유문학』[1956] 등과 같은 문예지·종합지를 통해 발표된 많은 소설은 전쟁과 그 후유증을 주제로 삼아 '전후문학'을 형성합니다. 피난지를 배경으로 동욱·동옥 남매의 처참한 현실을 다룬 손창섭의 「비 오는 날」[1953], 미군부대 주변을 부랑하는 고아소년과 양공주의 삶을 다룬 송병수의 「쑈리 킴」[1957], 삶의 의지를 상실한 제대 군인과 양공주로 생계를 잇는 여동생, 북쪽 고향을 그리워하다 미쳐버린 어머니를 주요 인물로 삼은 이범선의 「오발탄」[1959] 등이 대표적입니다. 그리고 1960년 발표된 최인훈의 『광장』은 월남한 철학과 대학생 이명준의 시선을 통해 전쟁과 분단의 현실을 냉정하고 객관적으로 고찰하면서, 전쟁과 너무나 가까운 나머지 총체적 관점을 취하기 어려웠던 전후문학의 한계를 돌파했다는 평가를 받습니다. 또한 해방 이전 여성의 사회적 해방에 방점이 찍혀 있던 '여성/여류문학'에서 벗어나 이 시기 여성작가들은 본격적으로 '여류문학'과 '주류문학'의 경계를 무화시키며 존재감을 드러냈습니다. 손소희의 「창포 필 무렵」[1956], 박경리의 「불신시대」[1957], 강신재의 「젊은 느티나무」[1960] 등이 대표적인 성과입니다. 그러나 한없이 심각한 문학만 읽힌 것은 아닙니다. 당대 최고의 대중소설가 김내성이 일제강점기 말부터 광복 이후까지를 배경으로 쓴 대하소설 『청춘극장』[1949]은 독자의 큰 사랑을 받아 이후 세 차례나 영화화되었고, 두 차례 드라마화되기도 했습니다. 이 시대의 소설도 다른 모든 시대의 소설과 마찬가지로 사유의 도구이자 공감의 그물로 독자에게 다가갔던 것입니다.

079

청춘극장

김내성(1909~1957)

『청춘극장』
문성당. 1957(1949 첫 발표)

1949년에서 1952년까지 잡지 『백민』과 〈태양신문〉, 〈한국일보〉에 연재된 김내성의 장편소설이다. 주인공 백영민은 완고한 부모의 강요에 못 이겨 연상의 허운옥과 정혼하지만 동경 유학길에 만난 오유경과 사랑에 빠진다. 백영민과 오유경, 허운옥 세 사람의 복잡한 관계와 주변 인물들과의 갈등, 그 끝의 죽음 등을 줄거리로 하고 있는 이 작품은 어마어마한 인기를 끌어 1949년 단행본 1~2부가 보름 만에 2만 부나 팔렸으며 한국전쟁 중에도 1만 부가 나갔고, 전 5권짜리 1질이 15만 질이나 판매되었다고 한다. 작가의 미망인 김영순 여사의 회고에 따르면, 피난 시절이었음에도 불구하고 매일 애독자들의 편지가 끊이지 않을 정도였다고 한다. 심지어 1952년에는 피난지 부산에서 당대 최고의 예술가들이 모여 『청춘극장』의 매우 호화로운 출판기념회가 열리기도 했다. 이 작품은 잡지 『백민』 1949년 5월호에 처음 실렸는데 이때의 제목은 『여인애사』였다. 1953년~1954년 청운사에서 총 5권 1질로 간행되었고, 1970년에는 성음사에서 3권으로 출간되었다. 이 작품의 인기는 영화로도 이어져 1959, 1966, 1975년 세 차례나 영화로 제작되었다.

1권 속표지

서문

판권

시인 노천명의 독후감

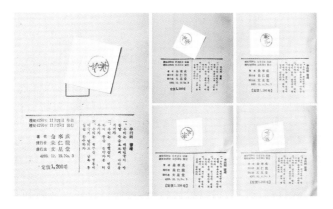

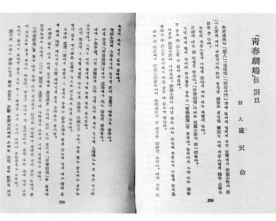

드라마 대본 〈청춘극장〉(전세권 연출. KBS TV. 1981.1 〈TV문학관〉으로 방영). 근대서지학회 소장

1981년 1월, KBS의 단막극 시리즈인 〈TV문학관〉에 방영된 〈청춘극장〉의 대본. 김내성의 장편소설 『청춘극장』은 세 번 영화화되었다. 1959년에 흥행 1위에 오른 홍성기 감독의 〈청춘극장〉, 1967년에 제작된 강대진 감독의 〈청춘극장〉, 그리고 변장호 감독이 연출한 〈청춘극장〉(1975)이 있다. TV드라마로는 1971년 TBC가 일일연속극으로 제작한 것이 처음인데, 이때 드라마 대본을 집필했던 이철향이 〈TV문학관〉용 2부작도 집필했다. 전세권이 연출한 드라마에는 이영하, 원미경, 한혜숙 등이 출연했다.

080

자유부인

정비석(1911~1991)

『자유부인』 상 · 하
정음사. 1954

장정
김영주

1954년 1월 1일부터 8월 6일까지 215회에 걸쳐 〈서울신문〉에 연재된 정비석의 장편소설이다. 이 소설은 휴전협정이 조인된 다음 해인 1954년 전후 사교춤이 유행하고 전후의 허영, 퇴폐풍조가 사회문제로 부각되던 시기를 배경으로 한다. 국문과 교수의 아내가 남편의 제자와 춤바람이 나 가정이 파탄날 위기에 처하지만 결국 다시 남편과 가정으로 돌아온다는 줄거리를 갖고 있다. 이 작품의 인기는 실로 대단했는데, 연재하는 동안 〈서울신문〉의 판매 부수가 급증하다가 연재가 종결되자마자 5만 2천 부 이상 급감했다는 일화가 특히 유명하다. 서울대 법대 교수 황산덕이 이 작품을 가리켜 "중공군 50만 명에 해당되는 조국의 적"과 같다고 맹비난하여 일어난 논쟁도 큰 화제가 되었다. 『자유부인』의 의의는 전쟁 후 불어닥친 허영과 퇴폐풍조를 사실적으로 드러냈다는 점에서 찾을 수 있다. 더불어 이 작품은 인기에 힘입어 1956년 영화로 제작되었는데, 영화 속 키스신이나 러브신, 대학교수 부인의 일탈 등의 내용이 문제가 되어 개봉일 하루 전까지도 상영허가가 나지 않았다. 개봉 후 영화는 그해 한국영화 흥행 1위를 기록했다. 이 작품은 1954년 정음사에서 상하 2권으로 발행되어 날개 돋친 듯 팔려나갔는데, 엄청난 인기를 모은 대히트작임에도 불구하고 모두 초판으로 인쇄된 점이 미스터리다.

면화

상권 본문

상권 판권

하권 판권

영화 〈자유부인〉⑴⑼⑸⑹ 포스터 앞면. 개인 소장

영화 〈자유부인〉⑴⑼⑸⑹ 포스터 뒷면. 개인 소장

081

비 오는 날

손창섭(1922~2010)

『비 오는 날』
일신사, 1957

장정
홍순문

잡지『문예』1953년 11월호에 발표된 손창섭의 단편소설이다. 손창섭의 초기작으로 한국전쟁 직후 한 남매의 불행을 그렸다. 공간적 배경은 부산이다. 동욱과 동옥 남매는 다리가 불편한 동옥이 그림을 그려 생계를 이어간다. 동옥은 오빠 몰래 큰돈을 빌려줬다가 떼이게 되고 동욱은 군대에 끌려갔는지 소식이 없게 된다. 동옥도 혼자 며칠을 계속 울다가 편지를 남기고 사라진다. 이 작품에는 비가 내리는 음울한 풍경이 자주 나오는데 이는 등장인물들의 심리와 내면을 대변하는 동시에 전쟁 직후 사회적 분위기를 나타낸다. 손창섭은 1950년대 전쟁 직후 비정상적 성격이나 신체 장애를 가진 사람들을 그려 문단의 주목을 받은 작가이다. 이런 신체적·정신적 불구성은 인간 자체의 결함이 아닌 전쟁 후 시대 현실에서 비롯된 것이다. 손창섭은 한국문학사상 가장 우울한 상황들을 작품 속에 구축한 작가로 불리는데 그런 작가의 작품세계 초입에 이 작품이 위치한다. 이 단행본에는 모두 10편의 단편이 수록되어 있는데 모두 왜곡된 인간상이 그려진 작품들이다. 이 책은 저자가 '이충렬(李衝烈)'이라는 사람에게 증정한 친필 사인본이다.

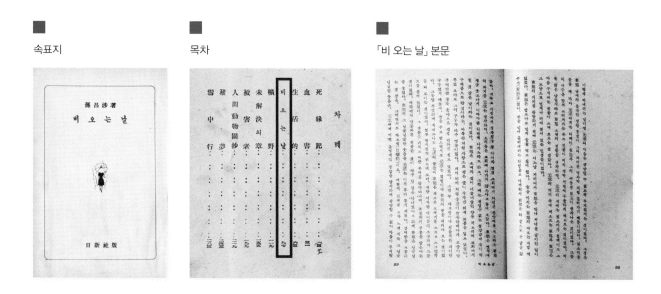

속표지

목차

「비 오는 날」 본문

판권

082

갯마을

오영수(1909~1979)

『갯마을』
중앙문화사, 1956

장정
이준

1953년 12월 잡지 『문예』에 발표된 오영수의 단편소설이다. 바닷가 갯마을을 배경으로 가난한 어민의 애환을 서정적으로 그린 작품으로 작가의 초창기 대표작이다. 동해안 갯마을에 사는 해순은 19세에 결혼했으나 남편이 바다에서 죽어 청상과부로 물질을 하며 산다. 해순은 어느 날 자다가 상수에게 겁탈을 당하고 결국 상수에게 재가하여 마을을 뜨지만 상수가 징용으로 끌려가자 다시 갯마을로 돌아온다. 오영수의 작품세계는 산문정신의 결여라는 비판을 받기도 하지만, 주로 피폐한 현실 속 인간성의 회복과 따뜻한 인정을 그렸으며 가난한 서민들의 애환을 애정어린 시각으로 서정적이고 낭만적으로 형상화한 작가이다. 이 작품은 1957년 중앙문화사에서 발행된 단행본 『갯마을』에 수록되었다. 두 번째 창작집에 해당하는 이 책에는 「갯마을」 포함 총 13편의 단편이 수록되어 있다. 장정은 화가 이준(李俊)이 담당했다.

목차

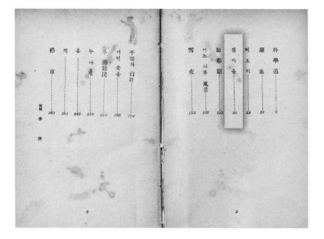

「갯마을」 본문

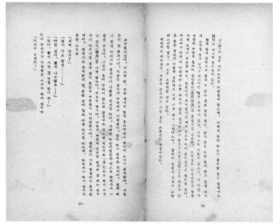

판권

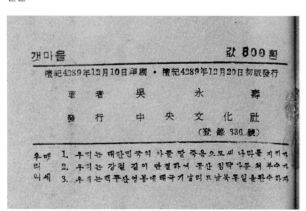

083

실존무

김동리(1913~1995)

『실존무』
인간사, 1958

金東里小説集

實存舞

人間社

장정
변종하

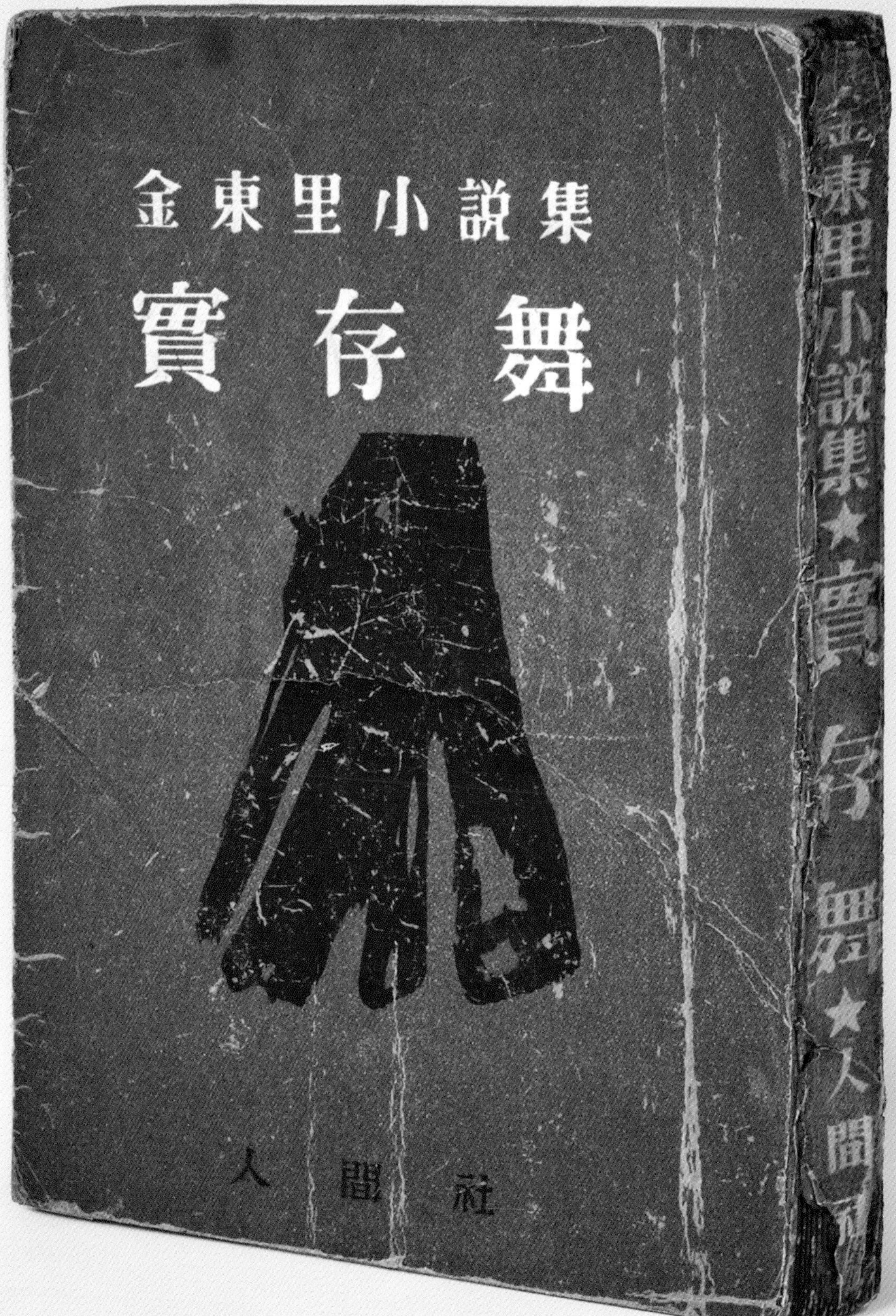

1955년 6월 잡지 『문학예술』에 발표된 김동리의 단편소설이다. 한국전쟁 후 월남한 피난민들의 모습을 당시 유행한 실존주의 문학 사조를 통해 형상화한 작품이다. 원산 출신의 피난민 김진억과 이영구는 일본 유학을 했던 인텔리들이다. 김진억은 전쟁 후 부산 국제시장에서 만년필 장사를 하고 극작가 이영구는 신문사에 다닌다. 전쟁 중에 남편을 잃고 부산으로 피난 온 장계숙은 국제시장에서 밀크홀을 운영한다. 영구는 북에 가족이 있지만 계숙에게 청혼한다. 그러나 계숙은 이를 거절하고 진억과 눈이 맞아 아들을 낳는다. 북에서 생사를 알 수 없던 진억의 가족들이 어느 날 찾아오고, 진억과 계숙은 이 상황에 괴로워한다. 이 작품은 1958년 인간사에서 발행된 김동리의 네 번째 작품집 표제작으로 다른 10편의 단편들과 함께 수록되었다. 이 11편은 어떤 통일된 기준에 의해 취사선택된 것이 아닌, 해방 후 발표한 작품들 중 최대한 다양한 면모를 보여주기 위해 고른 것이라고 작가는 책의 후기에서 밝히고 있다. 또한 작가는 「실존무」가 「밀다원시대」, 「광풍 속에서」, 「살벌한 황혼」과 함께 '역사적 현실'을 보여준 작품임을 언급하고 있다. 책의 제자(題字)는 최연소 예술원 회원과 동국대 교수를 지낸 서예가 배길기가 담당했으며, 장정은 서양화가 초계 변종하의 작품이다.

저자 사진

목차

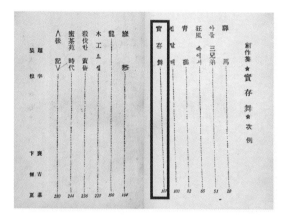

「실존무」 본문

판권

084

전황당인보기

정한숙(1922~1997)

『묘안묘심』
정음사, 1958
근대서지학회 소장

田黃堂印譜記

1

석운 이경수(石雲 李慶秀)가 선비로서 야인(野人) 시절이랄것 같으면 문방사우(文房四友)중 무엇이든 들고 가서, 매화옥(梅花屋) 뜰 한가운데 국화주(菊花酒) 부일배로 한담 소일하면 옛 정리 그에 더할 것 없으련만, 석운 벼슬을 했으니 지(紙) 필(筆) 묵(墨) 연(硯)을 즐길 여가가 있을 것 같질 않았다.

정표(情表)라기 수하인 강명진(水河人 姜明振)은 벼슬한 친구에게 기념이 될만한 것을 꼭 선사하고 싶었다.

애당초 시속적인 물건은 고를 생각도 없었고, 그것은 석운의 구미에도 맞을 것 같질 않았다.

석운에게 물론, 자기자신의 성미에까지 들어맞는 것을 골라 내자니 매우 힘들었다.

연(硯)이라면 집에 있는 단계연(端溪硯)이 알맞겠지만, 그것만은 수하인으로서도 내 놓을 수 없는 유일 무이한 물건이다.

일전 골동품상에서 구한 속칭 운근(雲根)이라고 하는 분석(盆石)생각도 해 보았다.

아아한 봉우리라든지……감쳐 흐르는 계곡．

244

1955년 1월 〈한국일보〉 신춘문예에 당선된 정한숙의 단편소설이다. 전통 예인–전각가의 삶과 전각의 창조적 가치를 일깨워주는 이야기로 우리 전통 예술의 우아함을 몰각하고 그저 상업적·세속적으로 바라보는 시각을 비판하는 작품이다. 여기에는 1950년대 외래 풍조의 유입에 의해 사라져가는, 우정을 비롯한 전통적인 것들에 대한 아쉬움이 밑바탕에 깔려 있다. 이는 이 작품이 과거 근대 이전의 문체로 쓰였다는 점과 어우러져 매우 암시적으로 형상화된다. 이 작품은 1958년 정음사에서 발행된 『묘안묘심』에 수록되었다. 이 책은 작가의 두 번째 작품집으로 4부로 구성되어 있으며 총 열여섯 작품이 실려 있다. 이 중 「전황당인보기」는 제3부의 다섯 번째 작품이다.

■
『묘안묘심』 표지 및 목차. 판권

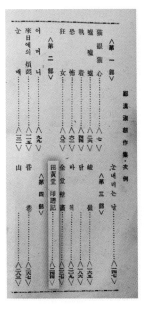
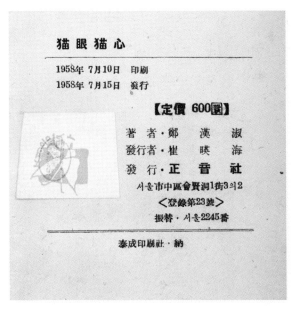

085

요한시집

장용학(1921~1999)

『현대문학』, 1955.7
근대서지학회 소장

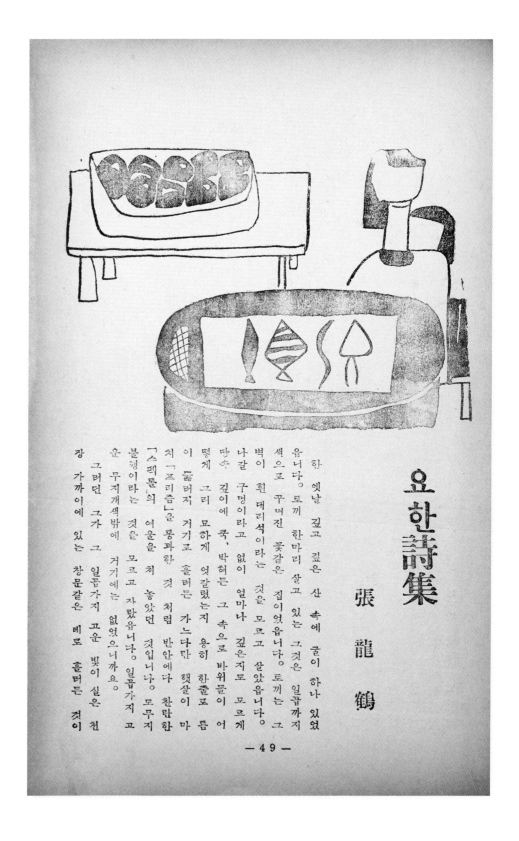

요한詩集

張龍鶴

장가까이에 있는 창문같은 벼로 흘러든 것이
그러던 그가 그 일곱가지 고운 빛이 실은 천
운 무지개색밖에 거기에는 없었으니까요.
불행이라는 것은 모르고 자랐던 것입니다. 일곱가지 고
「스펙톨」의 여울을 쳐 놓았던 것입니다. 모두지
치프리즘」을 롱과한 것 처럼 반안에다 찬란한
이 뚫어지 거기로 흘러든 가느다란 햇살이 마
떻게 그리 묘하게 엇갈렸는지 용히 한줄모름
땅속 깊이에 쿡, 박혀든 그 속으로 바위들이 이어
나갈 구멍이라고 없이 얼마나 깊은지도 모르게
벽이 흰 대리석이라는 것은 모르고 살았읍니다.
색으로 꾸며진 꽃같은 집이었읍니다. 로끼는 그
읍니다. 토끼 한마리 살고 있는 그것은 일곱까지
한 옛날 깊고 깊은 산 속에 굴이 하나 있었

—49—

1955년 7월 잡지 『현대문학』에 발표된 장용학의 실존주의적 경향의 단편소설이다. 프랑스 철학자 장 폴 사르트르의 소설 『구토』의 영향을 받은 작품이라고 한다. 토끼의 우화와 상중하의 네 부분으로 이루어져 있다. 산속 동굴에 살던 토끼는 바깥세계를 동경하기 시작하며 창 쪽으로 나가지만 태양광선에 눈이 멀어버린다. 토끼는 고향으로 돌아갈 길을 잃어버릴까 두려워 앞으로 나아가지도 못하고 그렇다고 돌아가기도 싫어 그 자리에서 죽고 만다. 이 같은 우화는 동호와 누혜의 이야기에 이르러서는 구체적 현실과 만나게 되는데 작품은 여기에서부터가 본편이라고 할 수 있다. 동호와 누혜는 수용소에서 알게 된 사이였는데 누혜는 심한 매질에 자살을 선택한다. 동호는 전쟁 포로수용에서 풀려나 누혜의 어머니를 찾아가지만 결국 목도하게 되는 것은 비참한 삶 끝에 맞이하는 누혜 어머니의 죽음이다. 작품은 누혜가 쓴 회상 형식의 유서로 끝이 난다. 장용학은 전후의 암울한 현실을 배경으로 하면서 전통적 소설의 이야기 방법을 따르지 않고 인간 존재란 무엇인가 하는 본원적 질문과 인간과 주위 환경과의 관계의 본질을 탐구했다. 하지만 이 과정이 매우 관념적이고 난해하게 그려져 있으며 내면 독백과 의식의 흐름 등 다양한 서설 기법이 구사되어 있다는 점에서 1950년대 전후 문학의 문제작이라 해도 과언이 아니다.

■
『현대문학』 1권 7호(1955년 7월) 표지 및 목차

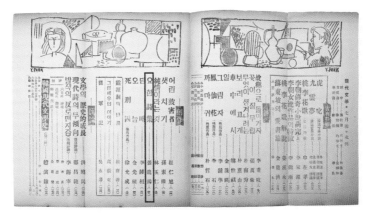

■
판권

086

암사지도

서기원(1930~2005)

◇推薦◇

暗射地圖

徐基源

형남(亨男)이 작년 여름에 제대되어, 의지할 곳이 없였던 차에 우연히 만난 옛 전우가 상덕(相德)이었다. 그들은 같은 주대에서 일년남짓 함께 지냈었다. 중대장은 해방직후 군대에 들어가서 육년만에 대위가 된 사내로, 중대원들에게 훈시할 적마다, 「본관의 사병시대에는 침구를 정돈함에, 공장에서 갓 나온 벽돌을 포개어 놓듯 했는데, 귀관들은 도시 정신 상태가 돼먹지 않았다」고, 기합」(氣合)을 넣다가, 의례 「그러므로해서 귀관들은 인격은 도치(도야 해야 된다」고 나지군 하였다. 못살던 자가 돈푼깨나 생기면 가난뱅이 없은여기기가 도리어 심하다드니, 그 사내는 사병들에게 노예가 되기를 강요했다.

그 아래서 미술대학생인 김형남하사와 법대생 박상덕

— 194 —

하사는 서로 유일의 친구가 되었다. 총알이 스스로 피해 간다는 중대장이 전사하고, 그들이 속한 소대도 거의 전멸하다싶이 되어, 말더듬이 어느 이등중사가 대장대리 임무를 치루지 않을수 없었던 격전도 용케 견디어 냈었다. 그래 상덕은 형남이 제대되기 반년 앞서 군복을 벗었다. 상덕은 형남에게 장차 사회에 나와 잠자리가 편편치 않으면 자기집으로 오라고 했다. 주소에다 열댓칸짜리 한식 기와집의 구조(構造)마저 그려가며, 「네가 오면 요 방을 주지」 하곤, 대문칸과 맞붙은 뜰아래방을 빨간 오일 연필로 꼭꼭 찔렀던 것이다. 「고―마운 말씀이지, 원탠 그 사나이 첩의 집이거든, 원 집은 폭격에 폭싹 녹아 버렸지, 모조리 전멸야. 웬일인지 그집 명의가, 그 사나이 이름으로 있다가 그 첩두 역시 돌아 가셨더라 그말씀이야. 기맥힌 유산이지。」 상덕은 부친을 번제나 「그 사나이」라고 불렀다. 그가 웃지도 않고 그렇게 말할때엔 형남은 가슴속이 흐뭇해지며 쾌적(快適)한 웃음이 절로 나오는 것이었다. 그들 부자사이의 따스한 체온을 느꼈고 이를테면 애정의 역설적인 해학(諧謔)으로 여겨졌던 것이다。 그는 그런 상덕이 좋았다。

그러자 형남도 군복을 벗고, 제대병에게 지급하는 곤색 팡쪽지의 작업복에 같은 감의 작업모를 눌러 쓴채, 추럭으로 청량리를 거쳐 동대문에서 내려서, 딱딱한 포장로위에 발을 디딘 순간, 꿈에서 상기덜 깬 기분이라고 할까, 어쩐지 삼년간의 군대생활이 실제 그가 체험한 것이 아닌듯, 어릴때 어머니 무릎에서 듣던 옛얘기처럼 까마득해지는 것이었다。 동대문안으로 뻗은 번화한 거리가 몹시 생소하게 보였다。 먼저 그는 영등포에 있다는 숙모를 찾았으나 그의 수첩에 적힌 주소로는 어림도 없는 일이었다。 학교시절에 가까이 지냈던 친구의 얼굴들이 더러 눈앞에 아물거렸지만 주소도 분명치 않으려니와 그런 곽락서니로 빌어 먹으러 왔네, 할 용기가 있을 리 없음은 자신이 너무도 잘 아는 일이었다。 물론 상덕의 말을 잊지는 않았다。 서울의 지리는 잊어버려도 그걸 까먹었을 리 없다。 내집으론, 이렇게 미친 개처럼 헤매다가 마침내 딩굴어 들어갈 곳이 바로 상덕이네거니 작정해 둔채, 그건 최후의 방어선으로 삼고, 될수 있는데까지 무슨 다른 도리를 강구해 보자는 심산이였다。 수첩을 소매지기 당할까 두려워하면서도 곧 찾아가지 않은 연유이다。 그러다가 길가에서 만난 것이다。 그러나 우

— 195 —

『현대문학』, 1956.11
근대서지학회 소장

1956년 잡지 『현대문학』 11월호에 실린 서기원의 단편소설이다. 전쟁으로 모든 것이 파괴되고 가치관마저 부재한 현실 속 젊은이들의 몸부림과 고뇌를 그린 작품이다. 같은 부대에서 알게 된 상덕과 형남은 상덕 집에서 같이 살게 되는데, 이 집에는 상덕과 동거하던 가출한 윤주가 있다. 윤주는 두 남자와 모두 동침하고 세 청년은 삼각관계를 이루며 갈등을 겪는다. 임신한 윤주의 중절 문제를 둘러싸고 세 사람은 의견차이를 보인 끝에 윤주는 집을 나가버리고 만다. 결말 부분 윤주의 가출을 도덕성의 회복으로 보는 시각도 있지만 세 남녀의 동거와 임신은 전쟁 후 당시 사회의 무너진 도덕관을 보여준다고 할 수 있다. 전쟁 체험에서 비롯된 지식인 청년들의 고독과 고뇌, 좌절을 그린 서기원의 초기 대표작이다. 「안락사론」(『현대문학』, 1956.6)에 이어 두 번째 작품인데, 서기원은 「암사지도」를 통해 추천 완료되어 정식으로 문단에 등단했다. 이때의 추천인은 소설가 황순원이었다.

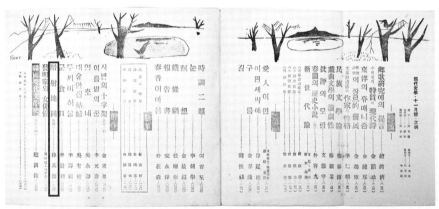

『현대문학』 2권 11호(1956년 11월) 표지 및 목차

판권

087

증인

박연희(1918~2008)

『현대문학』, 1956.2
근대서지학회 소장

1956년『현대문학』2월호에 발표된 박연희의 단편소설이다. 자유당 말기 신문기자 장준은 사사오입 개헌에 비판적인 글을 썼다가 신문사를 그만둔다. 준은 생계를 위해 대학생 현일우를 하숙생으로 들인다. 현일우는 좌익 사상에 젖어 있던 학생으로 어느 날 훌쩍 종적을 감추고, 형사들이 들이닥쳐 준을 연행해 간다. 심문을 받던 준은 신문사를 그만두게 된 경위가 밝혀져 더욱 곤욕을 치르고 병보석으로 풀려난다. 중학 동창이자 군의관인 강이 준을 치료해주지만 준은 권력의 감시라고 생각한다. 1950년대 부패한 정치와 사회를 고발해 저항의식을 담아낸 작가 박연희의 대표작이다. 1946년 7월 잡지『백민』으로 등단한 작가는 초기에는 감상적 작품을 썼으나 전쟁을 겪은 후에는 사회 부조리를 고발하는 작품들을 발표했다.

『현대문학』 2권 2호(1956년 2월) 표지

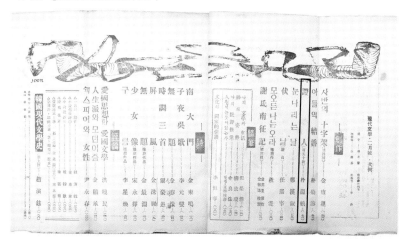

판권

088

창포 필 무렵

손소희(1917~1986)

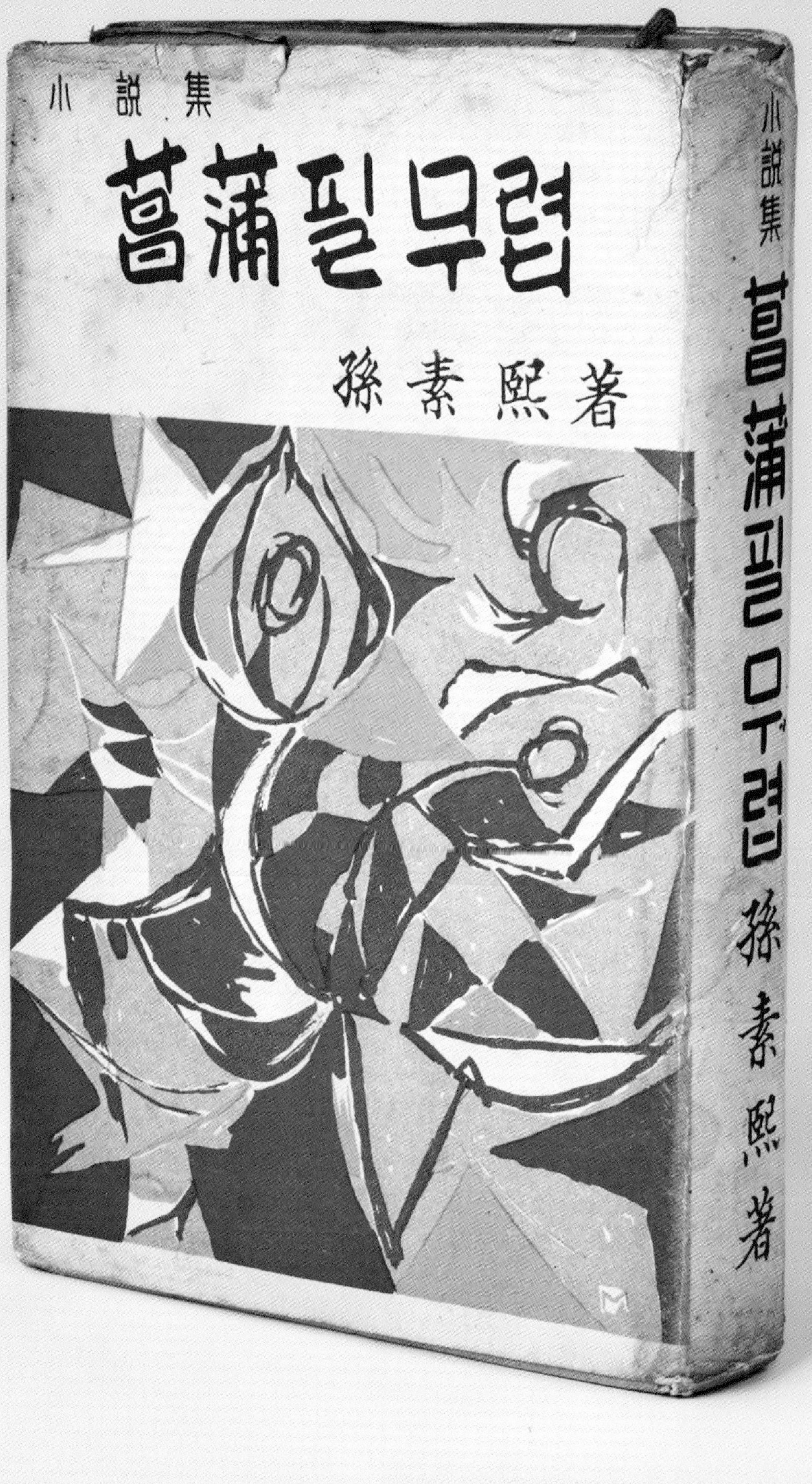
小說集
菖蒲필무렵
孫素熙著
小說集
菖蒲필무렵
孫素熙著

『창포 필 무렵』
현대문학사, 1959

장정
문학진

1958년 8월 잡지 『현대문학』에 발표된 손소희의 단편소설이다. 어린아이들의 순수한 사랑을 그린 작품으로 황순원의 「소나기」를 연상케 하는 소설이다. 서울에서 온 소녀에게 연심을 품은 소년 '경호'의 가슴앓이를 그렸다. 주인공 소녀의 죽음으로 인해 슬픈 결말을 맺게 되지만 이 작품은 작가의 다른 작품들에 비해서는 예외적으로 순수한 사랑의 서정을 그린 작품이다. 이 작품은 발표 이듬해인 1959년 현대문학사에서 나온 단행본에 수록되는데 이 작품이 표제작으로, 모두 12편의 단편이 수록되어 있다. 작가는 책의 후기에서, 이 12편은 첫 창작집 『이라기』 이후 70여 편 중에서 고른 것이며 작품집의 통일성을 기하기 위해 「샛치기」를 제외한 11편을 6·25 이후 작품 중에서 선택했음을 밝혔다.

저자 사진

목차

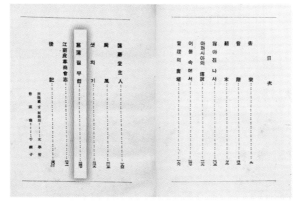

「창포 필 무렵」 본문

후기

판권

089

끝없는 낭만
최정희(1906~1990)

『끝없는 낭만』
신흥출판사, 1958

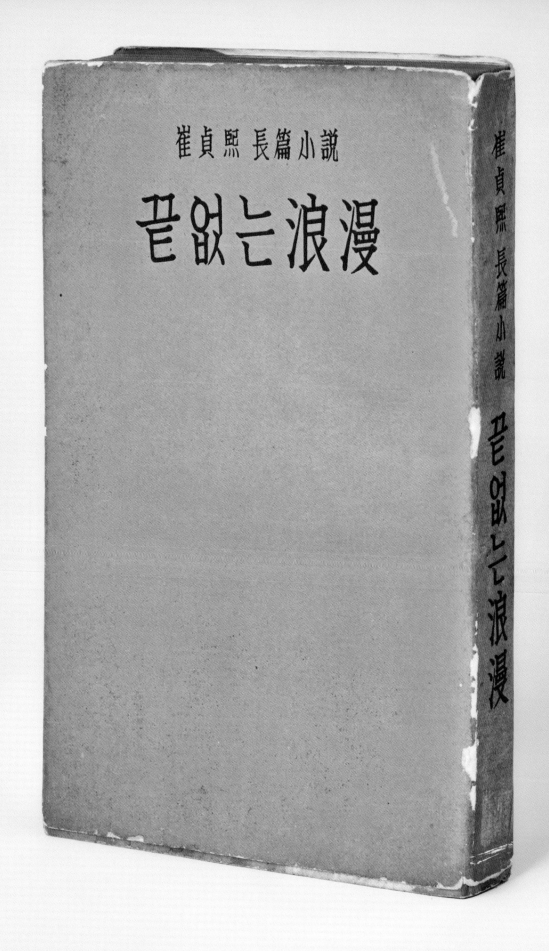

1956년 1월부터 1957년 3월까지 잡지 『희망』에 연재된 최정희의 장편소설이다. 연재 당시 제목은 '광활한 천지'였다. 이 작품은 한국전쟁 직후를 배경으로 미군 장교와 사랑에 빠진 여학생의 고뇌와 비극을 다룬 소설이다. 또한 이 작품에는 한국전쟁 후에 생겨난 이른바 '양공주'에 대한 내용도 풍부하게 담고 있어 당시 양공주에 대한 사회의 시선도 읽어낼 수 있다. 작품의 주인공은 미군과 결혼해 아이까지 낳지만 과거 정혼자가 나타나자 아이와 함께 자살을 선택한다. 이 작품은 양공주의 존재 원인인 국가나 사회 구조를 언급하는 대신 이를 여성 개인의 선택과 책임의 문제로 축소시킨다. 이는 최정희 작품 속 여성성이 체제순응적이고 가부장적 이데올로기에서 자유롭지 못함을 보여준다. 이 작품은 연재 이듬해인 1958년 신흥출판사에서 단행본으로 발행되었다. 작가는 이 책의 후기에서, 집 근처에 살던 미군 부인들과 교류하며 정을 느끼게 된 것이 이 작품을 쓴 이유임을 밝혔다.

목차

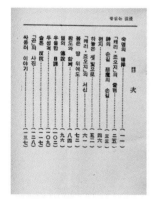

후기

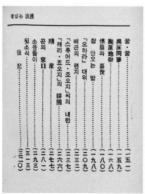

판권

090

■
오분간

김성한(1919~2010)

■
『오분간』
을유문화사, 1957

■
장정
이순재

1955년 6월 『사상계』에 발표된 김성한의 단편소설이다. 프로메테우스 신화를 차용하여 전후 황폐해진 시대상을 보여주었다. 「오분간」은 우화적 풍자 기법을 보여주는 김성한의 대표작 중 하나이다. 신의 저주를 받아 묶여 있던 프로메테우스는 스스로 쇠사슬을 끊은 후 제우스와 중립지대에서 만난다. 제우스는 세계의 질서를 회복하자고 제안하지만 프로메테우스는 이를 거부하고 5분 만에 회담을 끝낸다. 전쟁으로 모든 것이 피폐해진 현실에서 신-종교는 별 의미를 갖지 못하게 된 것이다. 이 작품은 1957년 을유문화사에서 발행된 단행본에 수록되었다. 이 작품을 표제작으로 삼은 단행본 『오분간』에는 모두 아홉 작품이 들어 있다. 작가는 서문에서 북에 있는 모친의 1년 후 환갑을 기념하기 위해 일부러 출간 시기를 1957년으로 했다는 것과, 원래 마음먹었던 책의 제목이 '귀환'이었음을 밝히고 있다. 이 책의 장정은 서양화가 이순재가, 제자(題字)는 김병설이 각각 담당했다. 김병설은 작가의 숙부라고 한다.

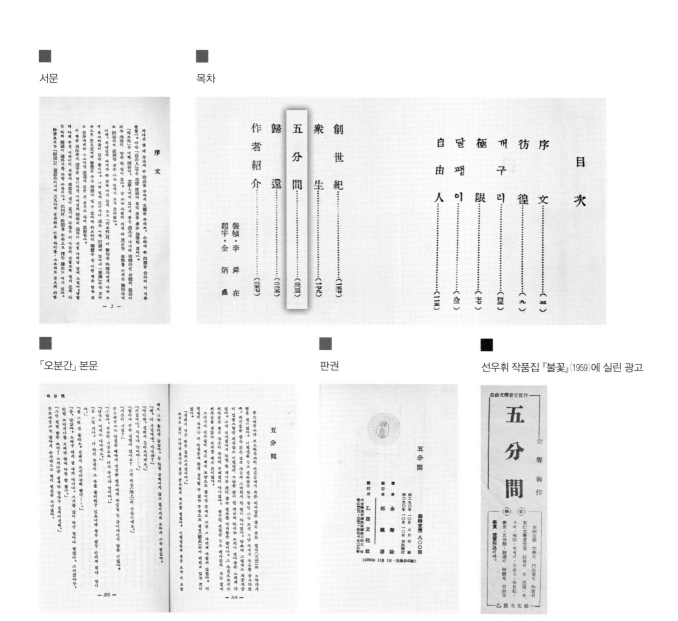

서문

목차

「오분간」 본문

판권

선우휘 작품집 『불꽃』(1959)에 실린 광고

091

불꽃

선우휘(1921~1986)

『불꽃』
을유문화사, 1959

장정
조병덕

1957년 잡지 『문학예술』 7월호에 발표된 선우휘의 단편소설이다. 『문학예술』 신인응모 당선작으로, 선우휘는 이 작품으로 제2회 동인문학상을 수상하였다. 이 작품은 주인공 집안 3대가 겪은 3·1운동부터 한국전쟁에 이르는 30여 년에 걸친 격동기를 압축시켜 보여준다. 주인공은 조부의 영향을 받아 소극적이고 방관자적인 태도를 갖는데, 학병 징병 후 돌아와 학교 교사가 되어 동료 가족이 죄도 없이 죽는 것을 보고 그동안 가졌던 태도에서 벗어나 적극적 태도로 현실과 맞서기로 한다. 이는 전쟁 후 젊은이들이 가져야 할 적극적 태도와 사고방식을 제시해준 것이라고 할 수 있다. 1975년 유현목 감독에 의해 같은 제목으로 영화화되기도 했다. 이 작품을 표제작으로 1959년 을유문화사에서 나온 단행본 『불꽃』에는 총 열한 작품이 들어 있다. 작가는 '습작'을 제목으로 하려 했는데 출판사 사장과 수필 「딸깍발이」 저자 이희승의 권유로 '불꽃'으로 제목을 삼았음을 책의 서문에서 밝히고 있다. 이 책은 1951년 장편 『성화』를 쓴 소설가 안동민에게 증정한 저자 친필 서명본이다.

목차

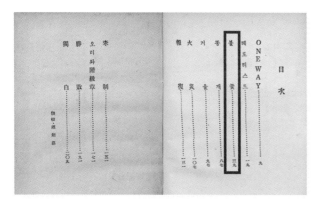

「불꽃」본문

판권

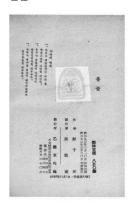

시나리오 〈불꽃〉(유현목 감독, 남아진흥㈜, 1975.12. 하명중·김진규 주연 개봉). 근대서지학회 소장

1957년 제2회 동인문학상을 수상한 선우휘의 원작소설을 이은성, 윤삼육이 각색한 시나리오. 유현목 감독의 연출로 1975년 12월에 공개되었다. 외화 수입 쿼터를 획득하기 위해 제작된 반공영화로 분류되지만, 원작과 연출력, 영상미가 조화를 이룬 영화로 평가된다. 하명중, 김진규, 고은아 등이 출연했다. 제14회 대종상 최우수 작품상, 남우주연상(하명중), 미술상, 조명상을 수상했다. 선우휘의 소설을 영화화한 것으로는 〈불꽃〉 외에도 〈싸리골의 신화〉(이만희, 1967), 〈13세 소년〉(신상옥, 1974), 〈깃발 없는 기수〉(임권택, 1979) 등이 있다.

092

쏘리킴

송병수(1932~2009)

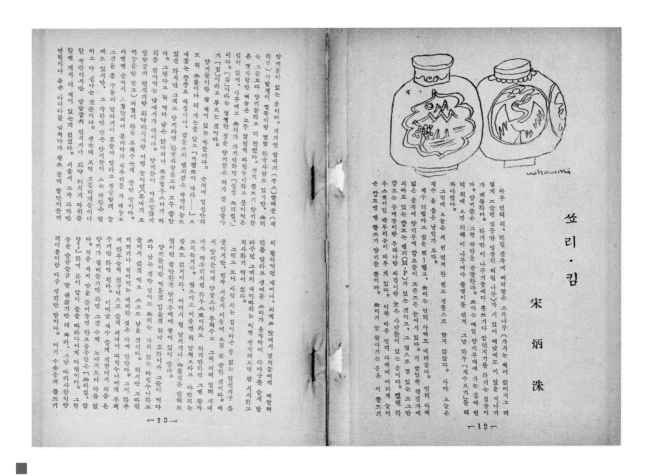

『문학예술』, 1957.7

1957년 7월 잡지『문학예술』신인특집에 당선·수록된 단편소설로, 송병수의 데뷔작이다. 전쟁고아 쏘리 킴은 미군부대에 기생하며 미군들의 구두 닦이, 청소 등 잔일을 하며 생계를 잇는데, 나이에 비해 무척 되바라져 있다. 따링 누나는 이른바 양공주인데 그녀의 처지는 쏘리 킴과 비슷하다. 주위 의 황폐하고 거친 분위기 속에서 두 사람은 남매 같은 정을 주고 받는다. 하지만 성병에 걸려 따링은 쫓겨나고 두 사람은 이별을 맞는다. 이 작품은 미 군부대 주변에 기생하는 군상들을 통해 전쟁 후의 사회적 혼란과 거칠고 비뚤어진 도덕관념을 보여준다. 이러한 부정적 요소를 어린이를 통해 부각 시킴으로써 그 효과는 보다 강력하게 제시된다. 하지만 등장인물들의 어린이다운 순수성도 아울러 제시되어 전후 황량한 현실에서도 인간에 대한 신 뢰를 놓지 않는 모습을 보여준다. 이 작품을 실은『문학예술』은 이 작품을 가리켜 '아담한 또 하나의 역작'이며 심사위원들의 대단한 찬사를 받았음을 편집후기에서 밝히고 있다. 이 작품은 영화로 제작될 예정으로 시나리오 작업까지 마쳤으나 결국 영화로 만들어지지는 못했다.

『문학예술』 4권 6호(1957년 7월) 표지 및 목차

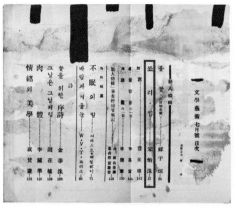

판권

시나리오 〈쑈리킴〉(조문진 각본, 태창흥업). 근대서지학회 소장

소년 쑈리 킴과 양공주 따링 누나를 통해 한국전쟁의 참상과 전후의 세
태를 그린 송병수의 원작을 각색한 시나리오. 시나리오를 집필한 조
문진은 수도영화사 연출부로 영화계에 입문해 이병일, 이성구, 김수
용 감독의 조감독으로 일했다. 특히 문예영화를 많이 연출한 김수용 감
독 밑에서 20여 편의 조감독과 시나리오 작가를 맡았다. 〈쑈리킴〉은
1960~1970년대 전성기를 이루었던 영화제작사 태창흥업에서 기획
했으나 영화화되지는 않았다. 송병수 원작으로 영화화된 것으로는 〈초
심〉(김기, 1969)과 〈해변의 정사〉(신봉승, 1970, 원작 '권태스러운 여름')가
있다.

093

백지의 기록

오상원(1930~1985)

『백지의 기록』
동학사, 1958
근대서지학회 소장

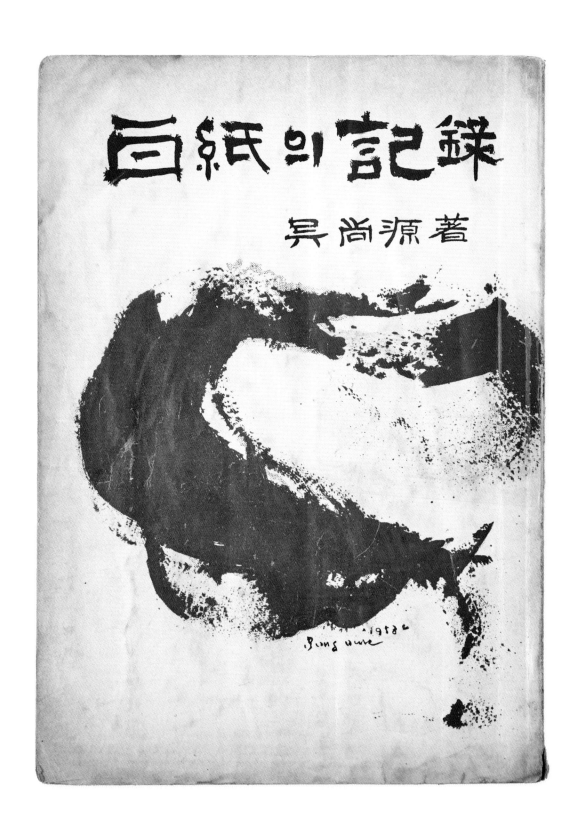

장정
한봉덕

1957년 잡지 『사상계』 5〜7월호에 연재·발표된 오상원의 대표적인 장편소설이다. 전쟁에 참전한 중섭과 중서 형제가 전쟁으로 인한 상처를 치유하고 극복하는 과정이 작품의 중심을 이룬다. 전쟁 전으로 돌아갈 수 없음에 좌절해 방탕한 생활을 하던 끝에 자살을 시도하는 형제 이야기에서 읽어낼 수 있는 것은 작가 특유의 휴머니즘과 삶에 대한 긍정적 시선이다. 이 작품은 연재 이듬해인 1958년 동학사에서 이 작품을 표제작으로 한 단행본으로 출간되었다. 이 책에는 단편 세 작품 포함 총 네 작품이 수록되어 있고, 서양화가 한봉덕이 책의 장정을 담당했다.

목차

『백지의 기록』 본문

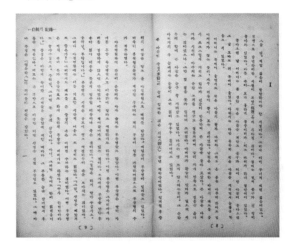

판권

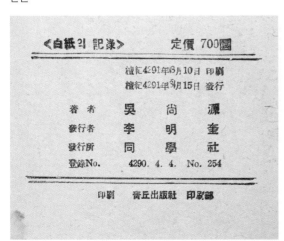

094

수난이대

신춘문예당선소설집

하근찬(1931~2007)

『신춘문예당선소설집』
신지성사, 1959

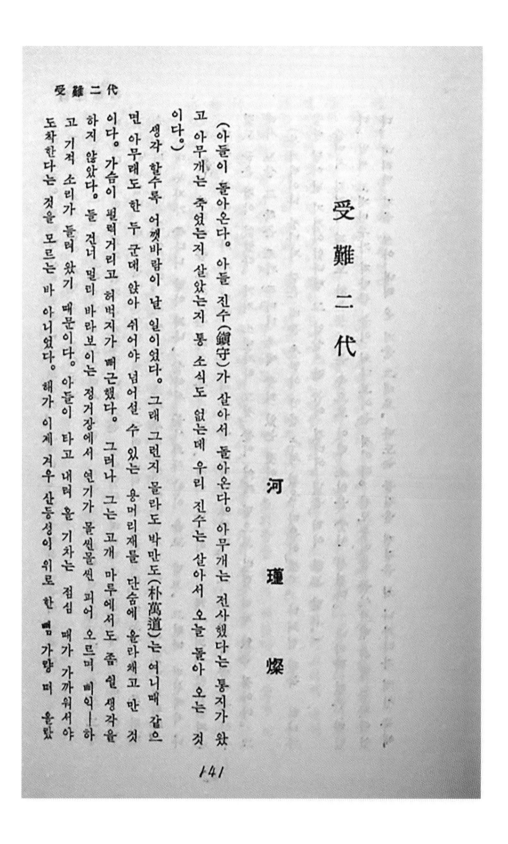

受難二代

河 瑾 燦

（아들이 돌아온다。아들 진수(鎭守)가 살아서 돌아온다。아무개는 전사했다는 통지가 왔고 아무개는 죽었는지 살았는지 통 소식도 없는데 우리 진수는 살아서 오늘 돌아 오는 것이다。）

생각 할수록 어깻바람이 날 일이었다。그래 그런지 몰라도 박만도(朴萬道)는 여니때 같으면 아무래도 한 두 군데 앉아 쉬어야 넘어설 수 있는 용머리재를 단숨에 올라채고 만 것이다。가슴이 펄럭거리고 허벅지가 뻐근했다。그러나 그는 고개 마루에서도 좀 쉴 생각을 하지 않았다。들 건너 밀리 바라보이는 정거장에서 연기가 물씬물씬 피어 오르며 삐익—하고 기적 소리가 들려 왔기 때문이다。아들이 타고 내려 훈 기차는 점심 때가 가까워서야 도착한다는 것을 모르는 바 아니었다。해가 이제 겨우 산등성이 위로 한 뼘 가량이 올랐으며

141

1957년 〈한국일보〉 신춘문예에 당선된 하근찬의 단편소설로 작가의 등단작이다. 일제강점기 강제징용에 나가 팔을 잃은 아버지와 한국전쟁에 참전했다 다리를 잃은 부자 2대에 걸친 수난의 이야기이다. 하근찬은 농촌을 배경으로 민중들의 수난을 작품의 주요 제재로 삼아 작품 활동을 한 작가이다. 「수난이대」는 일제 말기와 한국전쟁으로 인해 겪은 민족의 고통을 짧은 단편 속에 감동적으로 형상화한 작품이다. 중고교 교과서에 오랫동안 실릴 수 있었던 것은 바로 이 때문이라 할 수 있다. 이 작품은 1959년 『신춘문예당선소설집』에 실려 처음 단행본으로 출간되었다. 이 책에는 정한숙, 김성한, 전광용, 오상원 등 여덟 작가의 단편 여덟 작품이 수록되어 있다. 백철은 이 책의 서문에서 해방 후 등장한 수많은 신인 중 추리고 추려 시대의 문학사를 대표할 만한 작가들을 선별한 것이 이 8인의 작가라고 하고 있다.

『신춘문예당선소설집』(신지성사, 1959) 표지 및 목차

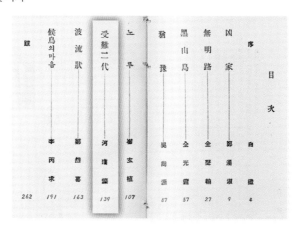

저자 사진 및 약력

판권

■

095

불신시대
박경리(1926~2008)

『불신시대』
동민문화사, 1963
개인 소장

■

장정
천경자

1957년 8월 잡지 『현대문학』에 발표된 박경리의 단편소설이다. 이 작품은 한 여성의 눈으로 본 전후의 온갖 부조리한 세태를 보여준다. 주인공의 남편은 전쟁 통에 죽고 외아들도 돌팔이 의사로 인해 죽는다. 주인공 본인도 폐결핵을 앓고 있다. 성당과 절에서도 오로지 돈이 제일이고 병원에서도 약의 용량을 속인다. 작품 제목이 말해주듯이 주인공에게 현실은 그야말로 그 어떤 것도 믿을 수 없는 '불신(不信) 시대'인 것이다. 한 여성의 눈에 비친 타락하고 악으로 가득 찬 전후 현실을 고발하는 이 작품은 1950년대 문단의 빼어난 문제작이다. 작가는 이 작품을 통해 제3회 현대문학 신인문학상을 수상하였다. 이 작품은 1963년 동민문화사에서 발행된 단행본 『불신시대』에 수록되었다. 작가의 세 번째 창작집이자 첫 번째 단편집인 이 책에는 모두 15편의 단편이 있는데 박경리의 초창기 문학세계를 대표하는 작품들이다. 작가는 책의 후기에서 「불신시대」를 쓸 당시 너무나 '처참한 심정'으로 스스로 '악마'라고 생각했었는데 단행본 수록을 위해 다시 보니 그때의 심정이 되살아나 며칠 잠도 못 잤음을 고백하고 있다. 책의 장정은 작가와 친분이 있었던 천경자의 작품이다.

목차

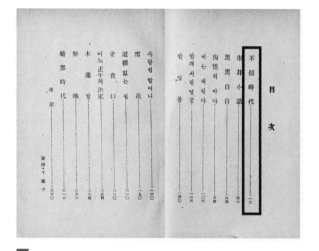

「불신시대」 본문

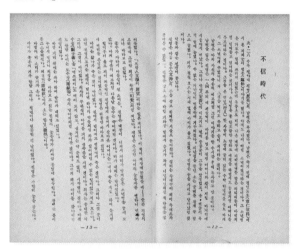

후기

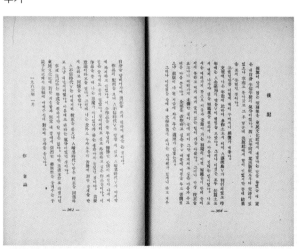

판권

096

북간도

안수길(1911~1977)

『북간도』 제1부
춘조사, 1959

長篇小說

北間島

第一部

安壽吉著

春潮社

안수길이 쓴 대하 장편소설로 총 5부로 되어 있다. 제1부는 『사상계』 1959년 4월호에, 제2부는 1961년 『사상계』 1월호에, 제3부는 『사상계』 1963년 1월호에 연재되었고, 제4~5부는 1967년 전작 작품으로 발표되었다. 제1부는 1959년 11월 춘조사에서 단행본으로 간행되었다. 조선 후기인 1870년 부터 광복 때까지 한 가족의 4대에 걸친 수난과 투쟁 등 북간도에 삶의 터전을 마련하기 위한 이민 정착기가 중심 내용이다. 간도에서 척박한 땅을 개척하는 한국 이주민들이 청나라 사람들과 갈등을 겪으며 처절한 삶을 사는 와중에도 민족 정체성을 지켜나가는 모습을 사실적으로 그렸다. 작가 안수길은 중학을 간도에서 마쳤으며 1936년부터 1945년까지 기자 생활을 하며 만주에 체류한 적이 있다. '만주국 조선인 작가의 대표적 존재'라는 칭호에서 알 수 있듯 그의 문학활동에서 만주는 떼려야 뗄 수 없는 공간이다. 백철은 1959년 1부 단행본 서문에서 '1959년도의 작품을 골라서 베스트 텐을 매긴다면 1위에 갈 작품이 북간도'이며, '해방 뒤 10여 년래의 우리 문학사에 있어서 가장 뛰어난 작품이 북간도'라 하여 이 작품을 고평한 바 있다. 이 작품은 일제강점기 민족의 역사를 서사와 공간을 확장하여 사실적으로 형상화했다는 점에서 한국 대하소설의 또 다른 원형 및 가능성을 보여주었다고 할 수 있다.

백철의 서문

목차

『북간도』 제1부 본문

판권

097

오발탄

이범선(1920~1981)

『오발탄』
신흥출판사, 1959

李範宣第二創作集

誤發彈

誤發彈

新興出版社版

1959년 10월 잡지 『현대문학』에 발표된 이범선의 단편소설이다. 박봉의 사무직원으로 일하면서 양심과 성실을 좌우명으로 삼고 사는 송철호가 주인공이다. 철호의 어머니는 북쪽을 그리워하다 실성해버렸고, 아내는 아이를 낳다 죽었다. 강도질을 하다 체포된 남동생과 양공주인 여동생을 둔 철호는 이러한 불행 속에서 끝내 좌절하고 만다. 이는 전쟁 직후의 피폐해진 사회 현실을 한 가족의 모습으로 응축시켜 재현한 것이다. 당시 암울한 사회상을 짧은 단편 속에 사실적으로 담아 소설이라는 방법으로 고발하고 있다. 이범선의 대표작이기도 한 이 작품은 작품성을 인정받아 제5회 동인문학상을 수상했다. 또한 「오발탄」은 1961년 유현목 감독에 의해 영화로 제작되었는데 작품의 의도에 찬동한 전 스태프와 등장인물이 무보수로 출연하여 화제가 되었다. 이범선의 두 번째 창작집인 이 책에는 표제작 「오발탄」을 포함해 총 열 작품이 수록되어 있다.

목차

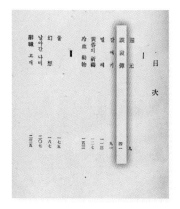

「오발탄」 본문

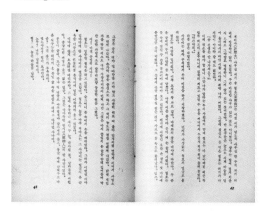

판권

098

나무들 비탈에 서다

황순원(1915~2000)

『나무들 비탈에 서다』
사상계사, 1960

1960년 잡지『사상계』1월부터 7월까지 연재된 뒤 같은 해 사상계사에서 단행본으로 출판된 황순원의 장편소설이다. 작품은 2부로 나누어져 있는데 동호와 현태가 각각 1부와 2부의 중심인물이다. 작품의 배경은 한국전쟁이 끝나갈 무렵이다. 동호는 술집 여자와 동침한 뒤 죄책감을 느낀 끝에 자살한다. 현실에 적응하지 못하는 현태는 동호의 애인 숙을 겁탈해 임신시키고 숙은 아이를 낳기로 결심하며 결말을 맞는다. 전쟁으로 인해 정신적 상처를 입은 젊은이들의 내면을 섬세하게 그린 이 작품은 전쟁이 결국은 한 인간을 죽음(자살)과 끝없는 방황으로 몰아넣는 것임을 이야기하고 있다. 이 작품은 최하원 감독에 의해 1968년 영화화되었는데, 이순재가 현태 역을 맡아 열연했다. 작가는 이 작품으로 발표 이듬해인 1961년 예술원상을 수상했다.

표지

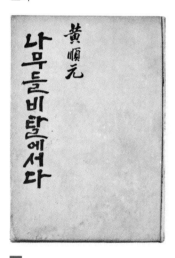

저자 사진

『나무들 비탈에 서다』본문

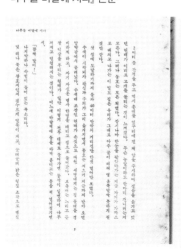

판권

099

젊은 느티나무

강신재(1924~2001)

『사상계』, 1960.1
근대서지학회 소장

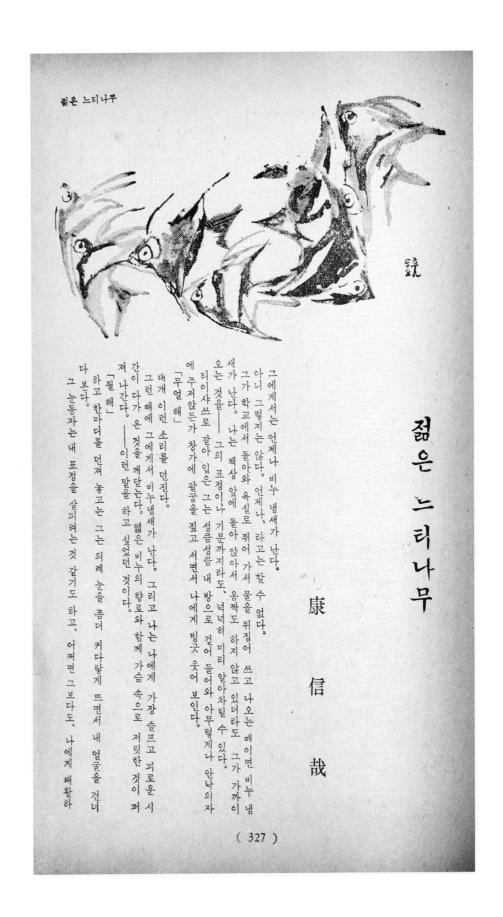

젊은 느티나무

康信哉

그에게서는 언제나 비누 냄새가 난다.

아니 그렇지는 않다. 언제나, 라고는 할 수 없다.

그가 학교에서 돌아와 욕실로 뛰어 가서 물을 뒤집어 쓰고 나오는 때이면 비누 냄새가 난다. 나는 책상 앞에 돌아 앉아서 꼼짝도 하지 않고 있더라도 그가 가까이 오는 것을──그의 표정이나 기분까지라도, 넉넉히 미리 알아차릴 수 있다.

티이샤쓰로 갈아 입은 그는 성큼성큼 내 방으로 걸어 들어와 아무렇게나 안락의자에 주저앉든가 창가에 팔꿈을 짚고 서면서 나에게 빙긋 웃어 보인다.

「무얼 해」

대개 이런 소리를 던진다.

그런 때에 그에게서 비누냄새가 난다. 그리고 나는 나에게서 가장 슬프고 괴로운 시간이다가 온 것을 깨닫는다. 엷은 비누의 향료와 함께 가슴 속으로 저릿한 것이 퍼져 나간다.──이런 말을 하고 싶었던 것이다.

「뭘 해」

하고 한마디를 던져 놓고는 그는 의례 눈을 좀더 커다랗게 뜨면서 내 얼굴을 건너다 본다.

그 눈동자는 내 표정을 살피려는 것 같기도 하고, 어쩌면 그보다도, 나에게 쾌활하

1960년 1월 잡지 『사상계』에 발표된 강신재의 단편소설이다. 부모의 재혼으로 남매가 된 남녀의 순수한 사랑을 여성 주인공의 입장에서 그린 작품이다. 생물학적으로는 전혀 문제가 없지만 가족 안의 사랑이라는 파격적인 내용이었기 때문에 당시 문단에 큰 파란을 일으켰다. 전후의 암울한 시대 상황이나 이데올로기 문제를 주 소재로 했던 당시 문단에서 젊은 남녀의 금지된 사랑을 다룬 이 작품은 단연 이채를 띠었다. 세련되고 감각적인 문장과 등장인물의 사랑을 표현하는 감수성도 놀라운데, 발표된 지 60년이 지난 지금 읽어도 전혀 위화감이 들지 않는다. 금지된 사랑을 다루었지만, 눈물과 절제되지 않은 감정 토로가 범람하는 통속 신파로 떨어지지 않은 점도 이 작품의 미덕이다. 또한 이 작품은 "그에게서는 언제나 비누 냄새가 난다"는 첫 문장으로도 유명한데, 당시 젊은이들 사이에서 '비누 냄새'라는 말을 유행시켰을 정도이다. 이 작품은 1968년 이성구 감독에 의해 영화로 제작되었다. 신성일과 문희가 남녀 주인공을 맡았으며, 안성기가 아역으로 출연하여 화제가 되었다.

『사상계』 8권 1호(1960년 1월) 표지 및 목차

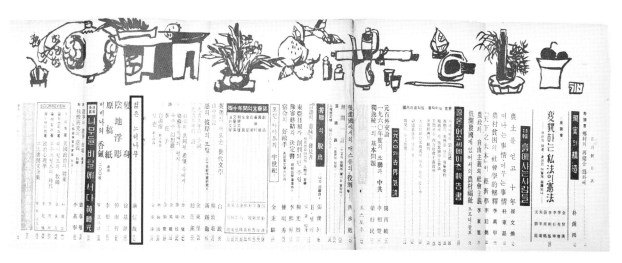

광장

최인훈
(1936~2018)

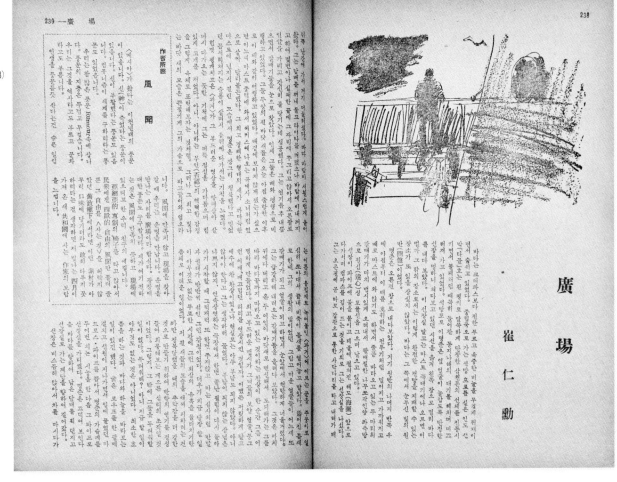

『광장』
『새벽』. 1960.11
근대서지학회 소장

최인훈의 장편소설로 1960년 11월 잡지 『새벽』에 발표되었고 1961년 정향사에서 단행본으로 간행되었다. 발표 당시에는 600매 분량의 중편소설이었는데, 지금까지 무려 십수 회의 개작을 거치며 현재의 장편 규모로 불어났다. 젊은 철학도인 주인공 이명준은 아버지가 북에서 활동하는 공산주의자임이 판명되어 혹독한 고문과 취조를 받게 된다. 이로 인해 이명준은 남한에는 자신만의 밀실이 없다는 것에 깊은 회의를 느끼고, 얼마 후 월북하여 아버지를 찾아가지만 북한에도 마찬가지로 개인의 밀실이 없고 오로지 사회적 광장만 존재한다는 것에 다시 한번 절망하게 된다. 결국 이명준은 제3국인 중립국을 선택한다. 제3국으로 가던 배 안에서 극한의 고독을 느낀 명준은 바다를 광장이라고 생각한다. 그리고 그날 밤, 배에서는 한 명의 실종자가 발생한다. 4·19 세대 소설가의 대표 격인 최인훈의 이 소설은 분단 현실에 대한 날카로운 인식을 선보이는 동시에 이념적 문제를 균형감 있게 풀어내며 개인과 시대의 고뇌를 적절하게 묘사한 한국문학의 기념비적 작품이다. 이 작품은 잡지 게재 이듬해인 1961년 정향사에서 단행본 초판이 발행되었는데, 이때 잡지 게재본에 비해 원고지 200매 분량이 추가되어 비로소 장편이라 부를 수 있게 되었다. 1973년에는 민음사에서 두 번째 단행본이 나왔는데 이때 한자어를 한글로 바꾸는 개작이 이루어졌다. 문학평론가 김현은 1960년을 『광장』의 해'라고 명명했을 정도로 당시 평단은 이 작품에 대해 찬사를 아끼지 않았다. 『광장』의 문학적 성취와 인기는 현재까지 이어져 205쇄(2022년 4월 현재)를 넘긴 한국문학 초유의 스테디셀러가 되었다.

『새벽』 7권 11호(1960년 11월) 표지 및 목차, 판권

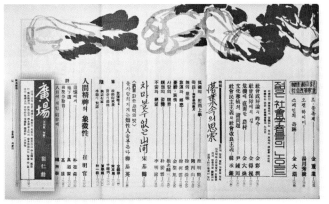

단행본(정향사, 1961) 표지 및 저자서명, 작가의 말

단행본 후기(정향사, 1961)

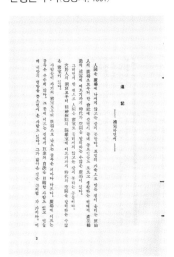
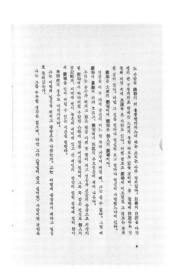

특별코너

한국 근현대소설 앤솔로지

여러 작가의 작품을 일정한 기준하에 한 권에 모아놓은 것을 선집選集, anthology이라고 합니다. 한국 근대소설사는 단편소설이 주류입니다. 신문이나 잡지에 먼저 실린 뒤 여러 단편소설을 묶어 단행본으로 내는 것이 일반적인 출판 관행이었습니다. 한 작가의 단독 작품집도 있지만, 여러 작가의 소설을 모은 선집도 다양하게 간행되었습니다. 한 작가의 소설 세계를 깊이 있게 맛볼 순 없지만 여러 작가의 작품을 한 번에 볼 수 있다는 장점이 있습니다. 이곳에서는 한국 1960년까지 발행된 소설 선집을 소개합니다. 찬찬히 보시며 어떤 기준으로 누구누구의 작품을 묶었는지 살펴보시기를 바랍니다.

001

금공작의 애상

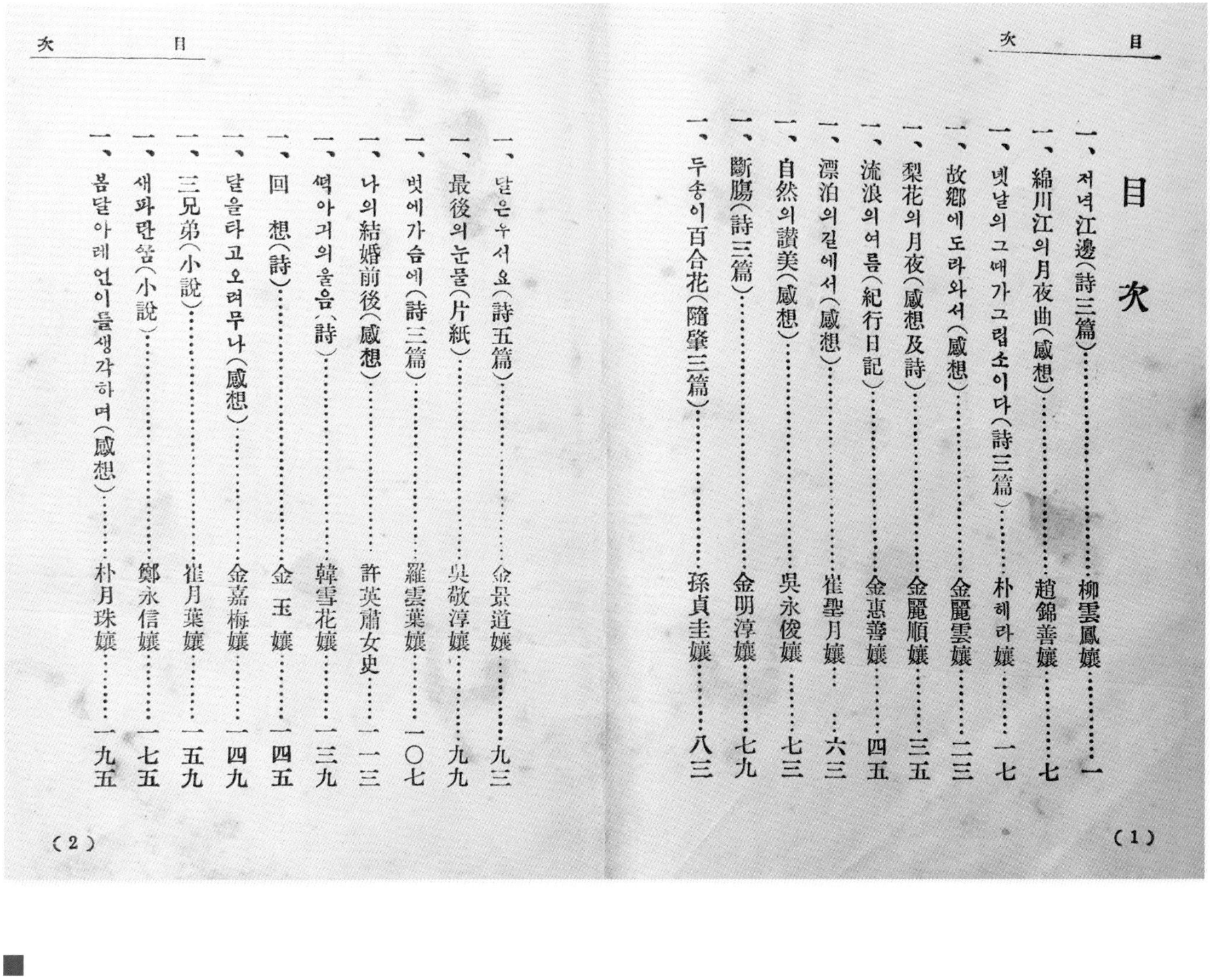

目次

(1)

(2)

노자영 편
창문당서점, 1930
근대서지학회 소장

시, 소설, 수필, 기행문, 편지 등 근대 여성 문인이 쓴 다양한 장르의 글을 모은 책으로, 한국 근대문학 최초의 여성 문인 앤솔로지라는 데 의의가 있다. 초판은 1925년 청조사에서 발행되었으며, 이번 전시 자료는 1930년 창문당서점에서 발행된 책이다. '천재 여류 문사 20인 창작집'이라는 창문당서점 발행본 부제에서 앤솔로지의 성격이 잘 드러난다. 시인 겸 수필가였던 편집자 노자영은 서문에서 이 작품집을 엮기 위해 여러 여성 문인의 글을 2년여나 모았지만 아직 완전히 수집했다고 보기 어렵다는 아쉬움을 전한다. '숨은' 여성 문인의 글을 수집했다는 말대로 이 책에 글을 실은 작가 유설봉, 조금선, 박혜라, 김여운, 김여순, 김혜선, 최성월, 오영준, 김명순, 손정규, 김경도, 오경순, 나운엽, 허영숙, 한설화, 김옥, 김가매, 최월엽, 정영신, 박월주 이상 20명 중에는 아직 활동 전모가 잘 알려지지 않은 이들이 많다.

서문

본문

판권

002

현대명작선집

원고본

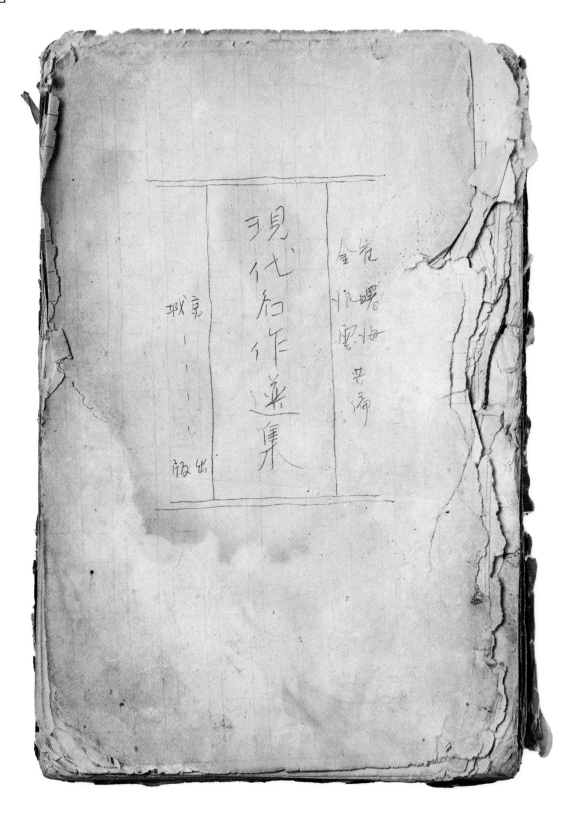

김낭운 · 최서해 편
1926

'빈곤'을 소재로 한 소설들로 1920년대 두각을 나타냈던 소설가 김낭운과 최서해가 1926년 10월 당대 한국문학 중 걸작을 직접 선정하여 엮은 앤솔로지다. 아쉽게도 실제 출판에까지 이르지는 못한 것으로 보인다. 최서해와 김낭운이 직접 작품을 고르고 준비한 원고본인데, 실제 필사자가 누구인지는 좀 더 확인이 필요하다. 이 자료가 실제 출판으로 이어졌다면 한국 최초의 근대소설 앤솔로지가 되었을 가능성이 크다. 서문에서 편집자는 각 작가의 세계를 가장 잘 대표할 수 있는 작품들을 선정하려 했다고 밝혔다. '신작(新作)과 구작(舊作)의 구분 없이 현재 문단에서 가장 평(評)이 높은' 작품들을 골랐다는 편집자의 말대로 이광수의 「가실」, 염상섭의 「암야」, 김동인의 「감자」, 현진건의 「B사감과 러브레터」등 이 책에 수록된 총 열다섯 개 작품은 지금까지도 근대문학을 대표하는 단편소설들로 남아 독자의 사랑을 받고 있다. 사용된 원고지는 '생장사용지(生長社用紙)'인데, 『생장』은 시인 석송 김형원이 1925년 1월 창간한 문예잡지이다.

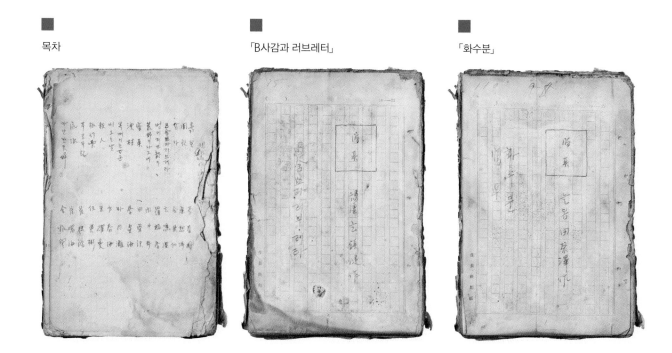

목차

「B사감과 러브레터」

「화수분」

003

여명문예선집

나도향 외
여명사, 1928
근대서지학회 소장

이 책은 1925년 7월 창간되어 1927년 폐간된 잡지 『여명』에 수록되었던 글을 선별하여 엮은 책이다. 『여명』은 대구에서 발행되었던 문예교양지로서 김기진, 염상섭, 이광수, 조명희, 최서해 등 근대 주요 문인들이 동인으로 참여하였다. '새벽녘'을 뜻하는 '여명(黎明)'이라는 제호처럼 '신시대의 여명'을 구하는 '우리 조선인'의 잡지를 표방하며 출발했지만, 당시 총독부의 엄혹한 검열로 인해 많은 고초를 겪었다. 『여명문예선집』은 잡지 폐간 이듬해인 1928년에 발행되었다. 나도향의 「벙어리 삼룡이」를 비롯해 평론, 시, 소설 등 『여명』의 세계를 대표하는 다양한 장르의 총 68개 글을 수록하고 있다. 이 선집조차 당국의 검열 삭제 처분으로 인해 말소된 부분이 있으니 독자의 양해를 구한다고 밝힌 편집자의 말을 통해 당시의 철두철미한 검열 정책을 엿볼 수 있다.

목차

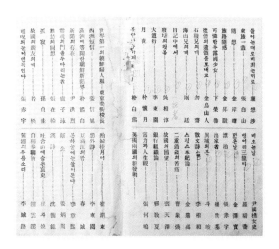

판권

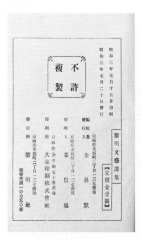

004

캅프작가칠인집

이기영 외
조선프롤레타리아예술가동맹문학부 편. 1932
국립중앙도서관 제공

1920~1930년대 중반까지 한국문학의 양대 산맥이었던 '프로문학'(프롤레타리아문학)의 정수를 담은 앤솔로지다. 책 제목의 '카프(KAPF)'란 '조선프롤레타리아예술가동맹(Korea Artista Proleta Federation)'의 약칭으로, 사회주의를 표방한 문예운동가의 조직을 말한다. 카프는 '예술을 무기로 한 조선민족의 계급적 해방'을 목표로 활동했으나, 일제의 탄압으로 인해 1935년 해산되었다. 『카프작가7인집』에는 카프가 '당(黨)의 문학'을 표방하며 투철한 정치성을 강조하던 시기의 소설과 희곡이 수록되어 있다. 이기영, 조명희, 윤기정, 조중곤, 김남천, 한설야, 송영이 카프 작가 7인으로 참여했고, 박영희가 서문을 썼다. 한설야와 이기영이 두 작품씩 써 총 아홉 작품이 실려 있다. 1925년에서 1931년 사이의 작품을 고른 것이다. 급격히 산업화되어 가는 시대를 배경으로 노동조합 파업 투쟁, 농민 소작쟁의, 노농동맹 등 자본가에 맞선 계급적 투쟁을 소재로 한 작품이 주를 이룬다. 박영희는 이 책을 노동자, 농민에게 계급적 이데올로기와 마르크스주의적으로 싸워나갈 방향을 지시하기 위해 출판하는 것이라 밝히고 있다. 또한 그는 이 책을 '카프 작가집 제1집'이라 하고 있고, 곧 '제2집'에 착수할 것이라 하는 것으로 보아 일종의 카프 총서로 기획한 것 같으나 이 책을 끝으로 그 이상은 실현되지 못한 듯하다.

속표지

서문

목차

판권

005

농민소설집

이기영 외
별나라사, 1933
근대서지학회 소장

대표적인 카프 작가 이기영, 송영, 권환의 작품 다섯 편을 모아 1933년 별나라사에서 발행한 앤솔로지다. 당시 한국문학의 주류이던 '프로문학'의 주요 논제 중 하나는 농촌 생활과 문제에 초점을 맞춘 '농민문학론'이었는데, 이 책에 실린 소설들은 그 창작 경향을 잘 보여준다. 이 앤솔로지에 이기영은 「홍수」와 「부역」 두 작품, 권환은 「목화와 콩」 한 작품, 송영은 「군중정류」와 「오전 9시」 두 작품을 각각 실었다. 대체로 조선의 가난한 농촌 현실을 비판적으로 그리면서 관청이나 지주 등의 부당한 권력에 맞서 가난한 농민이 일어나 결집하는 과정을 소재로 삼고 있다. 정치적 각성을 집단적 결집으로 이어가는 전개가 당시 '프로문학'의 방향성을 잘 보여준다.

목차

판권

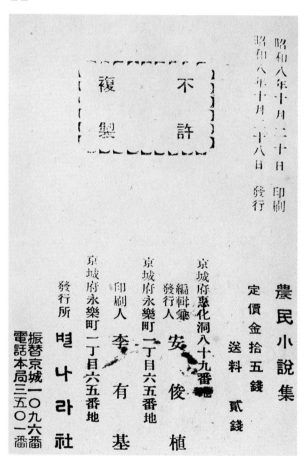

006

조선명작선집

김동환 편
삼천리사, 1936

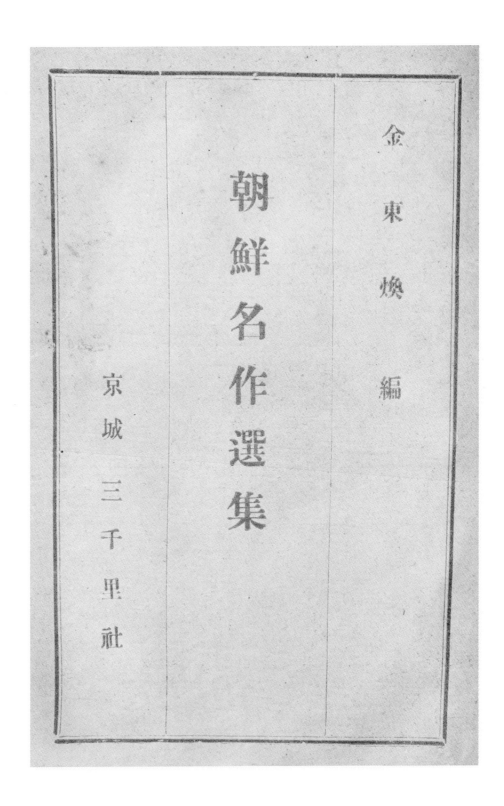

"조선문단에 있어 최대 걸작인 명시가, 명소설 등 오십여 편"을 모은 "반도문단 최대의 호화판이며 집대성"을 표방하며 삼천리사가 기획·출간한 앤솔로지다. 삼천리사는 1929년 6월 창간되어 1942년 1월 폐간까지 꾸준한 사랑을 받았던 대중잡지 『삼천리』를 발간하였고, 1930년대에는 『명작소설 30선』, 『신문학선집』, 『조선명작선집』, 『조선문학전집』 등 한국 근대문학선집·전집류도 적극적으로 기획하면서 출판 저변을 넓혀갔다. 서문에서 편집자는 이인직, 이광수에서 시작하여 '이십여 년 성장의 역사를 가지게 된 우리 신문예'의 자취를 한꺼번에 보리라는 기대를 밝혔으며 가난과 고독 등 어려운 환경에서 이 정도 작품이 나왔음을 매우 자랑스럽게 언급하고 있다. 시가편, 소설편, 희곡편으로 나누어 이인직, 이광수, 염상섭, 김동인, 박영희, 나도향, 현진건, 최서해, 이태준, 이효석, 김소월, 정지용, 임화 등 한국 근대문학을 화려하게 수놓은 작가들의 대표작 총 44개의 작품을 수록하고 있다. 이 중 소설은 22편으로 딱 절반을 차지하고 있다.

표지

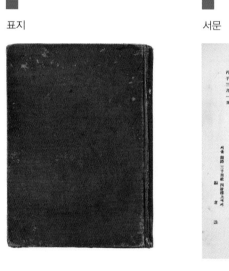

서문

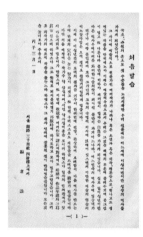

목차

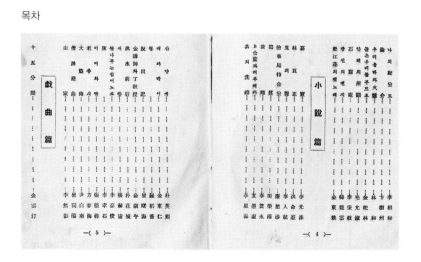

판권

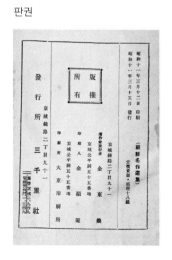

007

현대조선여류문학선집

강경애 외
조선일보사출판부. 1937

集選學文流女鮮朝代現

朝鮮日報社出版部發行

장정
정현웅

『현대조선여류문학선집』은 1937년 조선일보사가 기획·발간한 앤솔로지다. 시, 시조, 소설, 수필 등 다양한 장르에서 활동했던 여성 작가들의 작품을 충실히 망라하여 소개하려 했다. 강경애, 김말봉, 김오남, 김자혜, 노천명, 이선희, 모윤숙, 박화성, 백국희, 백신애, 장덕조, 장영숙, 장정심, 주수원, 최정희 등 15명의 쉰세 작품이 수록되어 있다. 이 중 소설은 총 8편이다. 실제 책 안을 들여다보면 작가 이름의 가나다 순서대로 '강경애 편', '김말봉 편', '김오남 편' 등으로 편집한 구성이 돋보인다. 작가 각각의 수록 편수는 1편에서 6편 정도로 글의 장르와 성격에 따라 다소 편차가 있지만, 대신 독자가 작가만의 고유한 색깔을 잘 알아볼 수 있게끔 묶여 있어 당대를 대표하는 여성 문인의 세계를 한눈에 일별하는 재미가 있다. 〈가고파〉, 〈성불사의 밤〉 등의 시조로 유명한 노산 이은상이 자부심이 넘치는 서문을 썼고, 정현웅이 책의 장정을 맡았다. 이 책은 당시 독자들에게 꽤 인기가 있었던 듯한데 초판 발행 약 보름 후 재판을 찍었다.

목차

서문

판권

008

현대조선문학전집 단편집

상·중·하

■

이태준 외
조선일보사출판부. 1938~1939
근대서지학회 소장

■

장정
정현웅

『현대조선문학전집』은 1938년 조선일보사가 기획·출판한 전집으로 총 7권으로 이뤄져 있다. 당시 문단에서 왕성하게 활동하던 작가들의 작품을 단편, 시가, 수필기행, 희곡, 평론 다섯 개 장르로 분류하여 엮었으며, 이 중 35편을 수록한 단편집은 총 7권 중 3권으로 가장 큰 규모를 차지한다. 이광수, 나도향, 박화성, 이태준, 박태원, 장덕조, 엄흥식, 이기영, 이효석, 김동인, 이상 등 당대 한국문학의 다종다양한 스펙트럼을 보여주는 작가의 작품이 고루 수록되어 있다. 이효석의 「메밀꽃 필 무렵」, 이상의 「날개」, 주요섭의 「사랑 손님과 어머니」, 현진건의 「B사감과 러브레터」 등 오늘날 독자에게도 친숙한 작품이 많다. 이 총서는 하드커버로 되어 있으며, 책 등을 천으로 감싼 호화판이다. 각 책 앞부분에는 이상범 등 화가들의 그림 1점씩이 있으며, 책의 장정은 정현웅이 담당했다. 각 책들이 평균 3판이상을 찍는 등 상당한 인기가 있었던 총서이다.

상권 목차 및 판권

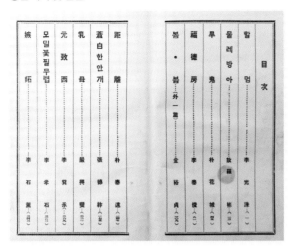

중권 목차 및 판권

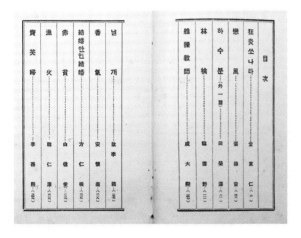

하권 목차 및 판권

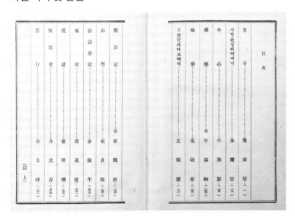

009

신인단편걸작집

정비석 외
조선일보사출판부. 1939

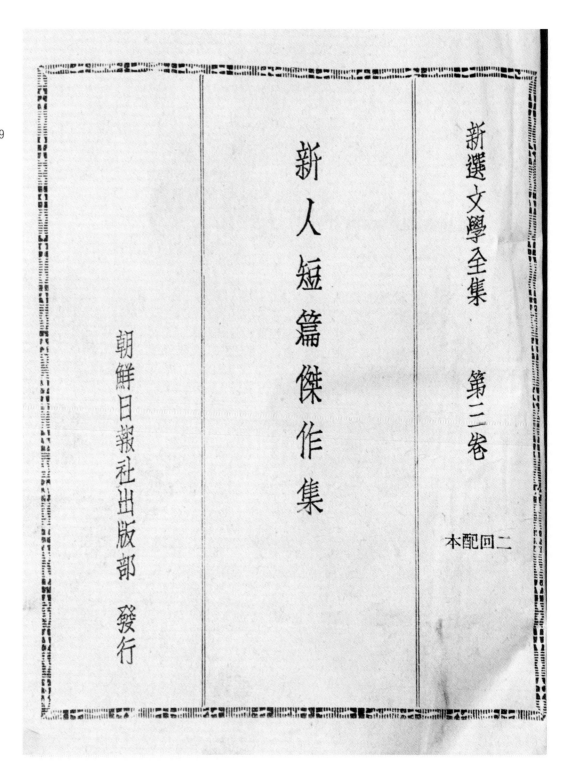

新選文學全集　第三卷

本配回二

新人短篇傑作集

朝鮮日報社出版部　發行

장정
정현웅

『신인단편걸작집』은 1930년대 조선일보가 총 4권으로 기획한『신찬문학전집』중 한 권이다. 이 책은 당시 문단에서 새롭게 주목받는 작가 현덕, 정비석, 박노갑, 허준, 김소엽, 김연한, 차자명, 김동리, 계용묵, 현경준, 박영준의 작품 11편을 수록하고 있다. 이들은 대개 1930년 이후 등단한 작가들로 문단경력이 10년 이내에 해당하는 사람들이다. 책에 실린 11편 중 현대 독자에게까지 잘 알려진 작품으로는 계용묵의「백치 아다다」와 현덕의「남생이」를 꼽을 수 있다. 각 작가들마다 '자서소전(自敍小傳)'이라는 제목의 짧은 자기 자신에 대한 소개와 작가 사진이 작품 시작 전 위치해 있다. 편집자 이훈구는 '내일의 조선문단'을 짊어지고 '세계문학의 수준'까지 나아갈 신진 작가들의 걸작을 모아 엮었다고 서문에 밝혔다. 독자에게는 이 책이 현재 조선 문학의 수준을 가늠할 선물이 되리라는 패기가 만만하다. 책의 장정은 정현웅이 담당했다. 초판 발행 1년 만에 재판을 찍는 등 꽤 인기가 있었던 작품집이라고 할 수 있다.

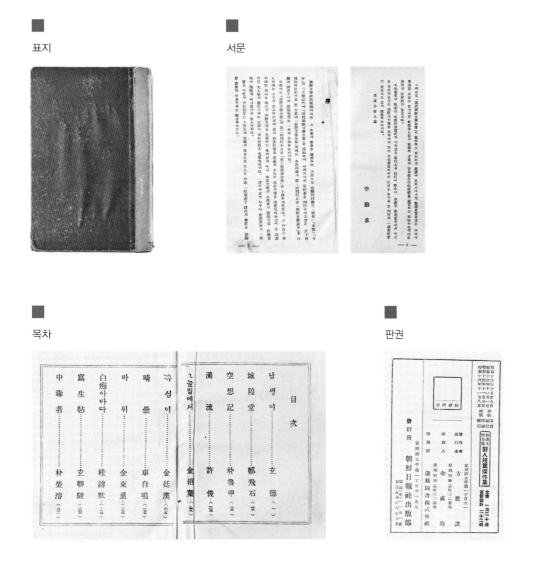

표지

서문

목차

판권

010

여류단편걸작집

박화성 외
조선일보사출판부, 1939
근대서지학회 소장

장정
정현웅

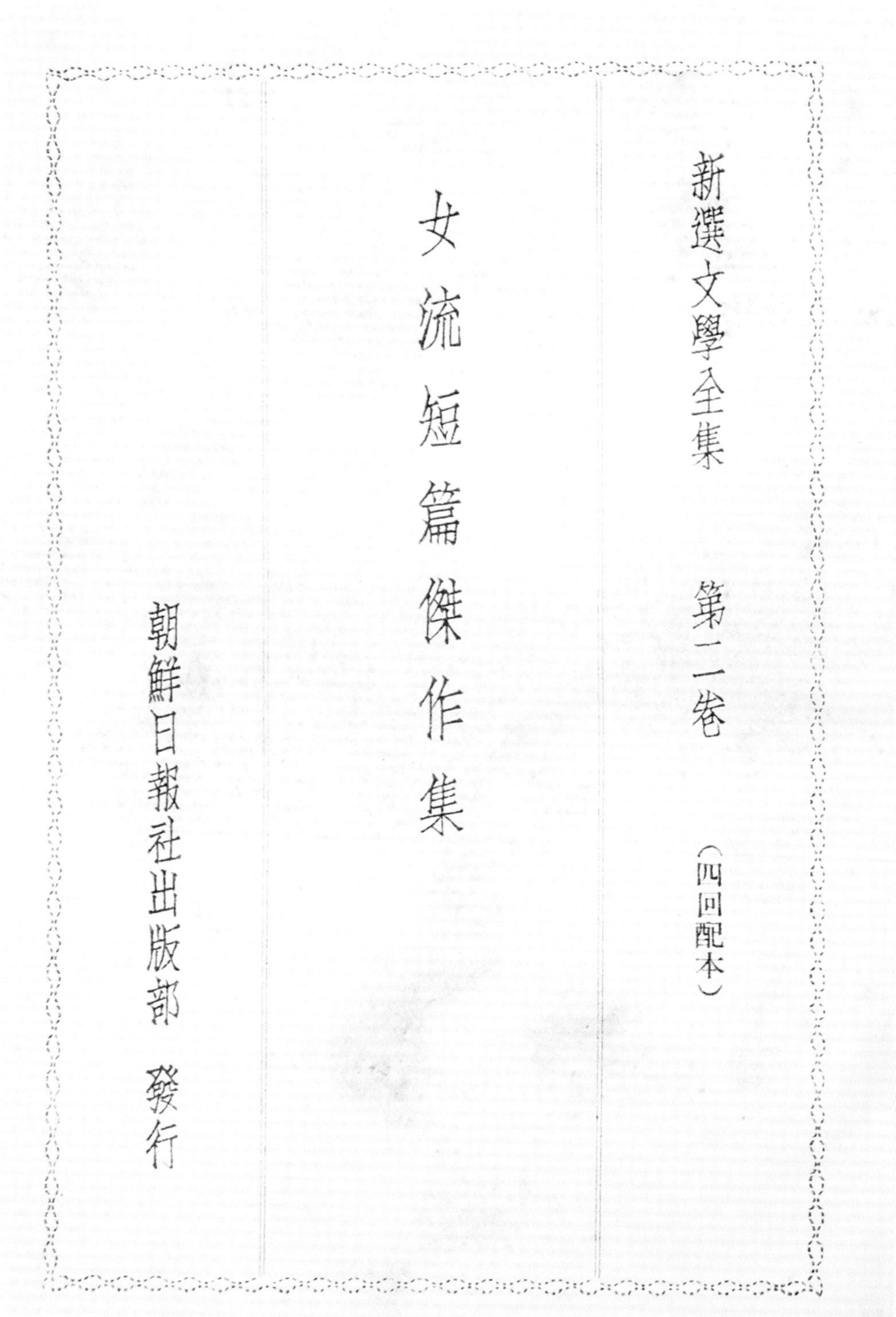
新選文學全集 第二卷 (四回配本)

女流短篇傑作集

朝鮮日報社出版部 發行

『여류단편걸작집』은 조선일보가 총 4권으로 기획한 『신찬문학전집』 중 한 권이다. 한국 근대문학 최초로 여성 작가의 단편소설만 모은 앤솔로지이기도 하다. 일곱 작가의 작품 8편이 수록되어 있는데, 이는 작가들이 자신의 작품 중 가장 자신 있는 작품을 추천한 것이다. 강경애, 장덕조, 이선희, 박화성, 최정희, 노천명의 작품이 각 1편, 그리고 백신애가 2편을 수록했다. '여성의 섬세한 문학'이라는 고루한 스테레오타입을 벗어난 작품이 주를 이룬다. 편집자 이훈구는 이 책이 '여류문학의 정화'이자 '규수문학의 주옥'이라 하며, 비단 여성문학만이 아닌 실로 '조선문학계의 한 긍지'임을 강조하고 있다. 정현웅이 책의 장정을 담당했다.

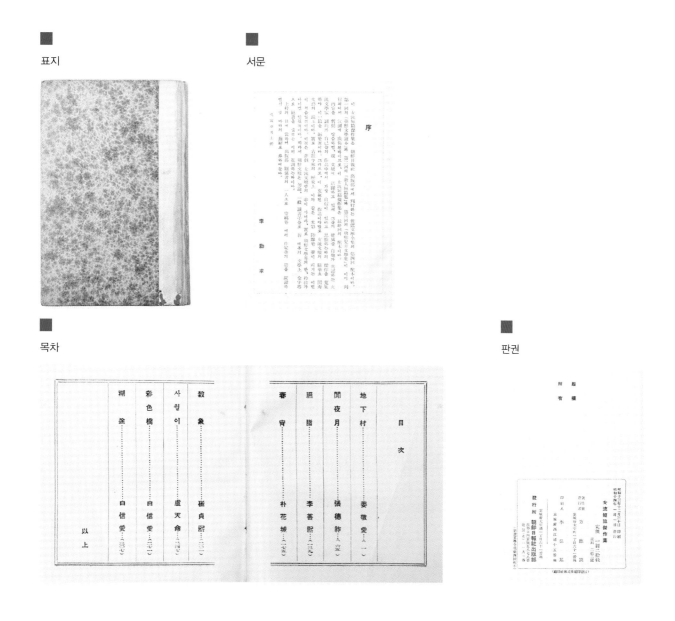

표지

서문

목차

판권

011

조선문학선집
1~3

장혁주 편
赤塚書房, 1940

장정
다니나카 야스노리(谷中安規)

『조선문학선집』은 1940년 일본 아카츠카쇼보(赤塚書房)에서 총 3권으로 간행된 한국소설 앤솔로지다. 1930년대 일본에서 일문으로 활동한 소설가 장혁주가 엮은 책으로, 일본의 극작가 아키타 우쟈쿠(秋田雨雀)가 1권의 서문을 썼다. 서문에서 아키타는 조선 문학이 일본문학에 뒤지지 않는 훌륭한 문학으로서 '조선적 리얼리티를 신선한 리얼리즘적 방법'으로 그린 작품들을 소개한다고 썼지만, 발간 환경을 가늠해 볼 때 이 앤솔로지는 조선 문학을 '제국'에 포함된 '식민지'의 문학으로 소개하는 성격이 강하다. 이 작품집은 아키타 우쟈쿠 외에 소설가 무라야마 도모요시(村山知義), 장혁주, 유진오 등 4명이 책임편집을 맡았다. 이태준, 유진오, 이효석, 강경애, 이광수, 장혁주, 최정희, 박태원, 김남천, 김동인, 한설야, 안회남, 염상섭, 이석훈, 김사량, 최명익 등 15명 작가의 작품 총 16편이 수록되었고, 각 권 말미에 '작가 약력 소개'가 붙어 있다. 판권면에는 모두 인지가 붙어 있는데 3권 모두 장혁주의 도장이 찍힌 인지라는 점이 흥미를 자아낸다. 일본 대표적 근대 판화가 다니나카 야스노리가 이 책의 장정을 담당했다.

제1권 목차 및 판권

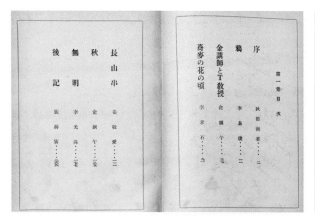  

작가 약력 소개 - 이광수

제2권 목차 및 판권

작가 약력 소개 - 김남천, 박태원

제3권 목차 및 판권

작가 약력 소개 - 최명익, 염상섭

012

조선소설대표작집

신건 편역
教材社, 1940
근대서지학회 소장

장정
입강홍(入江弘)

이 책은 1940년 도쿄 교자이사(敎材社)에서 발행한 앤솔로지로, 신건(申建)이라는 사람이 번역 및 편집자로 이름을 올렸다. 편역자는 '조선을 더 알리기 위해, 최근 3~4년간 작품 중 조선 생활 감정과 인간적 공감이 잘 드러나는' 소설을 선정했다고 밝혔다. 『조선소설대표작집』은 김남천의 「소년행」을 필두로 한 단편소설 13편으로 이루어져 있다. 하지만 유진오(俞鎭午)를 '유진석(俞鎭石)'으로 오기하거나 안회남의 소설 제목 '투계(鬪鷄)'를 '군계(軍鷄)'로 오기하는 등 눈에 띄는 오류가 많다. 가장 먼저 나오는 「소년행」은 한국어 원작과 앤솔로지 수록 내용이 아예 다를 정도이다. 심지어 이 앤솔로지가 원저자들과의 교섭 없이 독단적으로 출판된 '부정출판물'임을 비판하는 기사가 1940년 4월 『인문평론』에 실리기도 했다. 일종의 해적판인 셈이다. 저작권을 침해하고 '조선 작가를 깔보고' 한 행위라는 것이다. 일제 말기 '제국'이 '식민지'의 소설을 포섭해가는 흥미로운 단면을 볼 수 있다. 표지 가장자리에 한글 자모를 두른 장정도 눈길을 끈다. 이 책을 편집한 신건과 장정을 담당한 입강홍(入江弘)에 대해서는 그다지 알려진 바가 없다.

속표지

목차

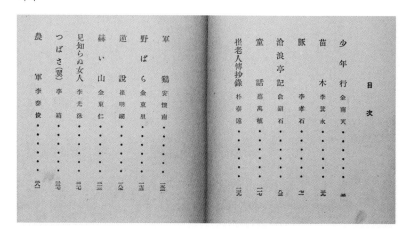

판권

013

조선국민문학집

조선문인협회 편
동도서적주식회사, 1943
근대서지학회 소장

1943년 조선문인협회가 일본어로 발간한 '국민문학' 앤솔로지로, 이광수의 「산사 사람들(山寺の人々)」을 필두로 한 9작가의 9편의 소설을 수록하고 있다. 이 책의 필자들 9명은 이광수 등 조선인 작가 6명과 조선에서 활동하는 일본인 작가 3명으로 이루어져 있다. 일제 말기 창작된 '국민문학(國民文學)'에서 '국민'이란 일본 제국의 '황국 신민'을 가리킨다. 즉 '국민문학'은 내선일체론과 같이 제국의 존재와 전쟁 수행을 정당화하는 지배 이데올로기를 충실히 받아적은 문학을 말한다. 이 앤솔로지를 발간한 조선문인협회는 1939년 이광수 등이 모여 조직한 친일 어용문인단체다. 이광수, 박영희, 이기영, 유진오, 주요한, 이태준 등 당대의 주요 문인을 망라하여 "황군적(皇軍的) 신문화(新文化) 창조"를 기치로 내걸고 결성되었다. 이 책의 서문에서 조선문인협회는 '흥아(興亞)의 문화진전'을 목표로 하고 있으며, 수록된 작품들은 이를 실현하려는 '아름다운 싹'임을 천명하고 있다. 이들이 조선어 대신 제국의 언어인 일본어로 창작한 수록작들은 오늘날 독자에게 일제 말기의 생생한 시대적 분위기를 전해준다. 이 책 끝부분에는 간단한 작가 약력이 있는데 이광수의 경우, 앞부분 차례에는 '이광수', 약력에는 '가야마 미쓰로(香山光郎)'라는 창씨명이 기재되어 있어 흥미를 끈다.

속표지

목차

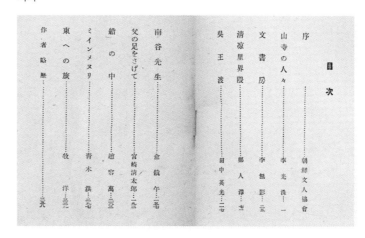

작가 약력

판권

014

방송소설명작선

김동인 외
조선출판사, 1943

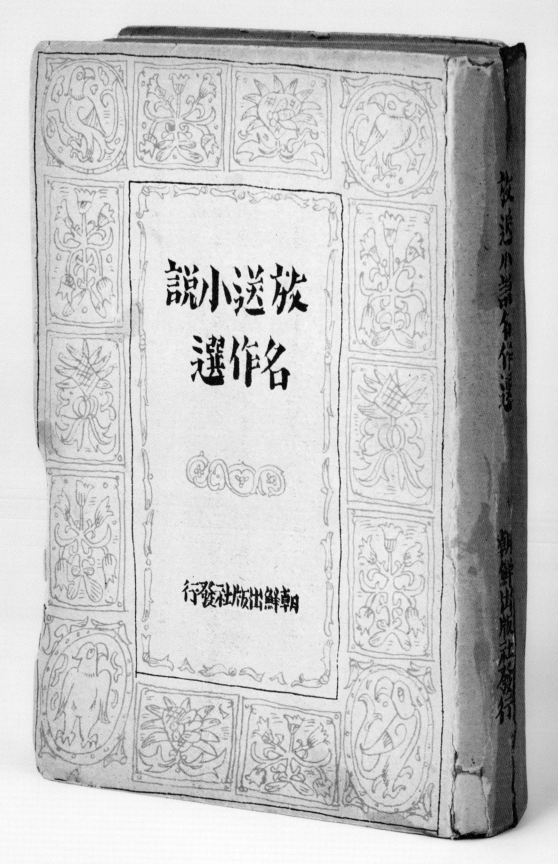

장정
정현웅

일제 말기 라디오에서 방송되었던 소설을 모아 1943년 조선출판사가 간행한 앤솔로지다. 태평양전쟁을 수행하는 총력전 체제하에서 '국민' 대중을 상대로 선전되었던 '총후봉공(銃後奉公)' 등 군국주의 이데올로기가 충실히 반영된 작품들로, 일제 말기를 휩쓴 '친일'의 분위기를 읽을 수 있다. 김동인, 박태원, 이선희, 정인택, 안회남, 장덕조, 김내성, 정비석, 계용묵, 이기영 등 10명 작가가 르포, 연작소설, 추리소설 등 다양한 형식을 활용한 작품 17편을 수록하였는데, 모두 당대 명성을 떨치던 문인이었다는 데서 더욱 씁쓸함이 느껴진다. 일제가 수행하던 전쟁의 정당성을 옹호하거나 전쟁 동원을 고취하고, 이를 지탱하는 후방 '국민'의 바람직한 자세 등을 그린 작품들이다. 정현웅이 책의 장정을 담당했다.

목차

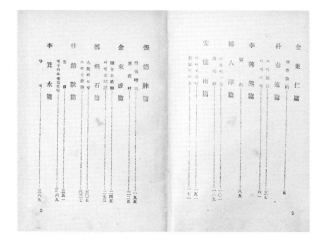

판권

「남경조약」(김동인) 제목면 및 본문

015

반도작가단편집

유진오 외
조선도서출판주식회사, 1944
근대서지학회 소장

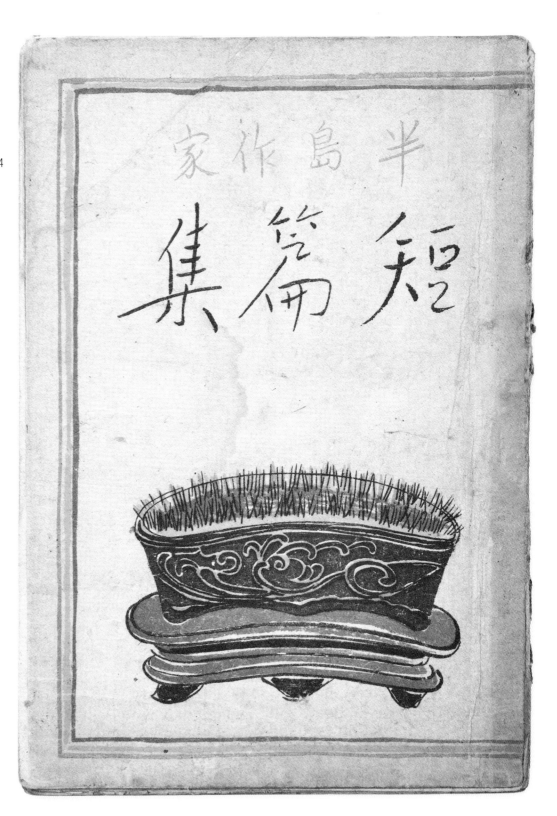

장정
이승만

『반도작가단편집』은 1944년 조선도서출판주식회사가 발행한 앤솔로지로 정비석, 정인택, 이광수, 조용만, 다카노 자이젠(高野在善), 장덕조, 유진오, 이무영 이상 8명의 일본어소설을 1편씩 총 8편을 수록하고 있다. 목차의 작가명을 보면 재조 일본인 작가인 다카노 자이젠을 제외하고도 가야마 미쓰로(香山光郎)라는 일본 이름이 눈에 띈다. 가야마 미쓰로란 사실 한국 근대문학에서 가장 유명한 문인인 이광수가 일제 말기 창씨개명한 이름이다. 책의 끝부분 저자소개 페이지에 '향산광랑(구 이광수)'이라 되어 있는 것은 이를 단적으로 보여준다. 이광수가 직접 「창씨와 나」(《매일신보》 1940.2.20)라는 글에서 밝힌 바에 따르면 그는 '香山光郎이 조금 더 천황의 신민다운' 이름이라고 믿으며, '내지인과 조선인의 차별'을 제거하기 위해 성명을 고쳤다고 한다. 이 일화에서 엿보이듯 일제 말기에 이르러 더욱 가혹해진 문화적 압력이 이 책의 수록작에도 짙게 드리워 있다.

목차

저자 소개

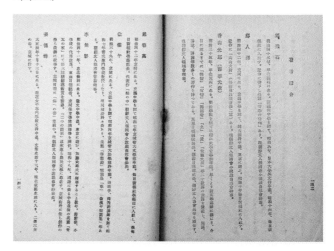

판권

■

016

신반도문학선집

1~2

■

최재서(石田耕造) 편
인문사, 1944

1941년부터 1945년까지 발행되었던 친일 문학 잡지 『국민문학』에 실렸던 소설을 중심으로 엮은 앤솔로지다. '국민문학작품'이란 부제가 달려 있다. 1944년 5월에 1권, 12월에 2권이 인문사에서 발행되었고 편집자로는 이시다 코조(石田耕造)라는 일본 이름이 올라있는데, 사실 이는 영향력 있는 평론가이자 소설가로 잘 알려진 근대 문인 최재서다. 이 앤솔로지에는 이광수, 이태준, 함세덕 등 당대 조선 문단의 유명 작가를 비롯해 시오이리 유사쿠나 미야자키 세이타로처럼 1940년대 조선 문단에서 활동한 재조(在朝) 일본인 작가의 작품도 수록되어 있다. 총 2권에 실린 15개 작품은 당시 일본이 선전하던 군국주의 이데올로기를 충실히 반영한 소설들로서 특히 조선인의 군대 지원과 조선인 징병제 실시를 정당화하려는 성격이 강하다. 이 책의 판권면 발행일 표시 옆에 '용지승인번호'가 병기되어 있는데, 이는 일제 말기 용지난으로 인해 이들 책 같은 '국민문학' 작품에만 종이가 공급되었음을 말해준다.

■

제1권 목차 및 판권

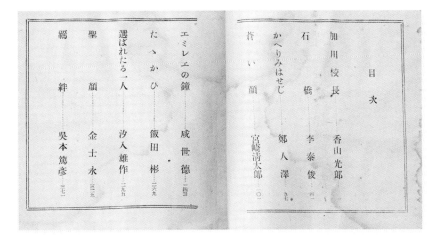
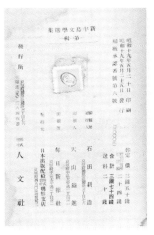

■

제2권 목차 및 판권

017

방송소설걸작집

박태원 외
선문사, 1946

장정
최정한

1946년 선문사에서 발행된 책으로, 해방 이후 서울중앙방송국에서 방송되었던 소설을 모아 엮은 앤솔로지다. 속표지에 '제1집'이라고 씌어 있어 시리즈로 기획되었음을 짐작게 하지만 후속 권은 나오지 않았다. 오늘날 독자에게는 시인으로 잘 알려진 김억이 서문을 썼다. 해방 전 서울중앙방송국은 경성중앙방송국으로 불렸는데, 김억은 1932년 이곳에 입사하여 후일 부국장까지 지내기도 했다. 서문을 쓴 당시의 직함은 편성부장이다. 그는 '귀로만 듣는 방송소설을 다시 눈으로 보고 감흥을 새롭게 하기' 위해 이 책을 만들었다고 밝혔다. 방송소설이란 라디오를 통해 소설을 낭독하여 방송한 것을 말한다. 라디오가 보급되어 있던 당시 대중이 소설을 즐기던 또 다른 방식이다. 인기리에 방송되었던 김내성, 박태원, 유호, 윤백남, 김영수, 안회남, 조용만, 박계주의 작품이 각 1편씩 수록되어 있으며, 이 작품들은 모두 실제 방송국에서 방송된 작품들이다. 각 작품 맨 앞에는 방영일 및 시간과 낭독한 사람의 이름이 부기되어 있다. 김내성의 「부부일기」는 토월회 멤버이자 유명 영화배우였던 복혜숙이 낭독했다. 붉은색 바탕에 피에로 가면이 인상적인 이 책의 장정은 최정한의 작품이다.

서문(권두일언)

목차

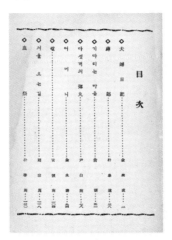

판권

「부부일기」(김내성) 제목면 및 본문

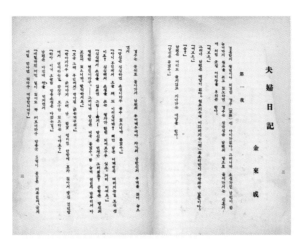

018

조선단편문학선집

이무영 외
범장각. 1946

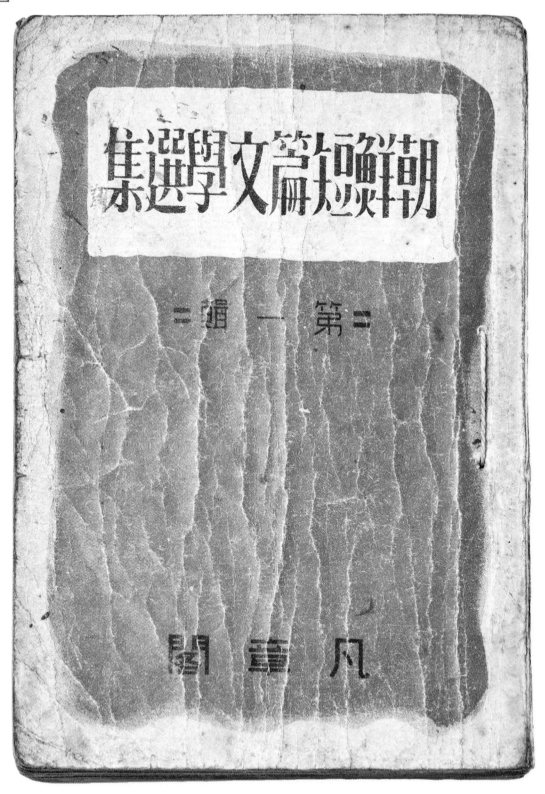

해방 후인 1946년 범장각에서 발행된 책으로, 식민지 시대의 다양한 현실 인식을 보여주는 단편소설을 중심으로 엮은 앤솔로지다. '제1집'이라는 표지의 표기로 보아 시리즈로 기획되었으리라 짐작되지만 2집은 확인되지 않는다. 목차 말미에 '1페이지부터 56페이지까지는 사정상 넣지 않았다'는 안내 문구가 적혀 있어 보는 이의 흥미를 자아낸다. 과연 어떤 사정이었는지는 밝혀지지 않았지만 실리지 않은 작품들을 제외하고, 57페이지부터 정비석, 김동리, 한설야, 이기영, 이무영, 김연한, 김영수, 이태준, 박노갑, 안회남, 채만식, 이효석, 김남천, 박태원, 계용묵, 정인해, 황순원의 작품이 각 1편씩 수록되어 있다. 해방 후 시점에서 식민지 시대의 조선 문학을 돌아보며 나름대로 정리해보려 한 당시의 문학사적 시도가 엿보이는 구성이다.

목차

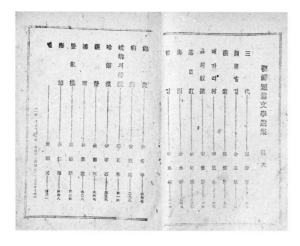

속표지

「삼대」(정비석) 본문

판권

275

019

현대조선문학전집 단편집
상·중·하

이상 외
조광사, 1946
개인 소장

장정
홍우백

『현대조선문학전집』은 해방 후인 1946년 조광사에서 발간된 앤솔로지다. 전집 제1권은 수필 편이며, 단편집은 제2권부터 제4권까지 상·중·하로 구성되어 있다. 상권에는 이태준, 김유정, 박태원, 이기영, 이효석, 나도향이, 중권에는 김동인, 전영택, 한설야, 이상, 안회남, 이선희가, 하권에는 주요섭, 현진건, 최학송, 채만식, 최명익, 김말봉 이상 18명의 작가가 각 1편씩 수록했다. 유미주의, 사회주의, 모더니즘, 리얼리즘 등 한국 근대문학을 수놓은 다양한 문학 사조와 경향을 일별할 수 있는 구성으로, 오늘날 독자에게도 잘 알려진 「메밀꽃 필 무렵」, 「날개」, 「봄·봄」, 「사랑 손님과 어머니」, 「B사감과 러브레터」 등의 작품이 포함되어 있다. 책의 장정은 홍우백이 담당했는데, 홍우백은 해방 전 조선미술전람회에서 16회나 수상해 최고의 화가로 명성을 얻은 바 있고 해방 후 을유문화사의 로고도 그의 작품이다.

상권 목차 및 판권

중권 목차 및 판권

하권 목차 및 판권

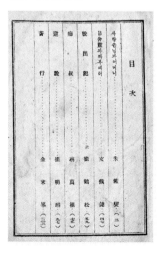 

020

조선소설집

조선문학가동맹 소설부 위원회 편
아문각, 1947
근대서지학회 소장

장정
향파 이주홍

해방 후인 1946년 조선문학가동맹 소설부 위원회가 엮은 앤솔로지다. 다만 표지와 속표지 등에 모두 '1946년판'이라고 표기되어 있지만, 실제 인쇄와 발행은 1947년 6월에 이뤄졌다. 조선문학가동맹은 1946년 설립된 진보 문학 운동 단체로, 전신인 조선문학건설본부와 조선프롤레타리아문학동맹 모두 사회주의 계열 단체였다. 서문에서 편집자는 이 앤솔로지를 일제의 압제에서 해방된 8·15 이후 일궈 온 우리 문학의 수준을 알리고자 기획하였다고 밝혔다. 이를 위해 1945~1946년 1년간 발표된 작품 중 '최고 수준의 것'을 추렸는데, 아쉽게도 출판 사정상 지면 제약이 있어 단편소설만을 모아 출간한다는 것이다. 채만식, 박태원, 안회남, 박영준, 김만선, 박계주, 김영석, 박노갑, 안동수, 홍구 10명 작가의 작품이 각 1편씩 수록되어 있다. 고깔을 쓴 농악놀이를 그린 책의 장정은 아동문학가로 유명한 향파 이주홍의 작품이다.

속표지

서문

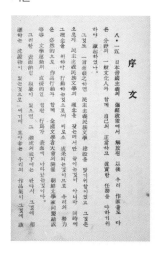

목차

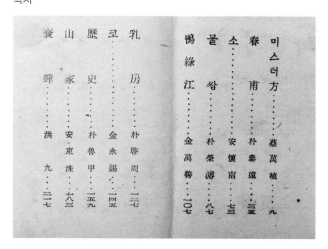

판권

뒤표지

021

해방문학선집

염상섭 외
종로서원, 1948

장정
수화 김환기

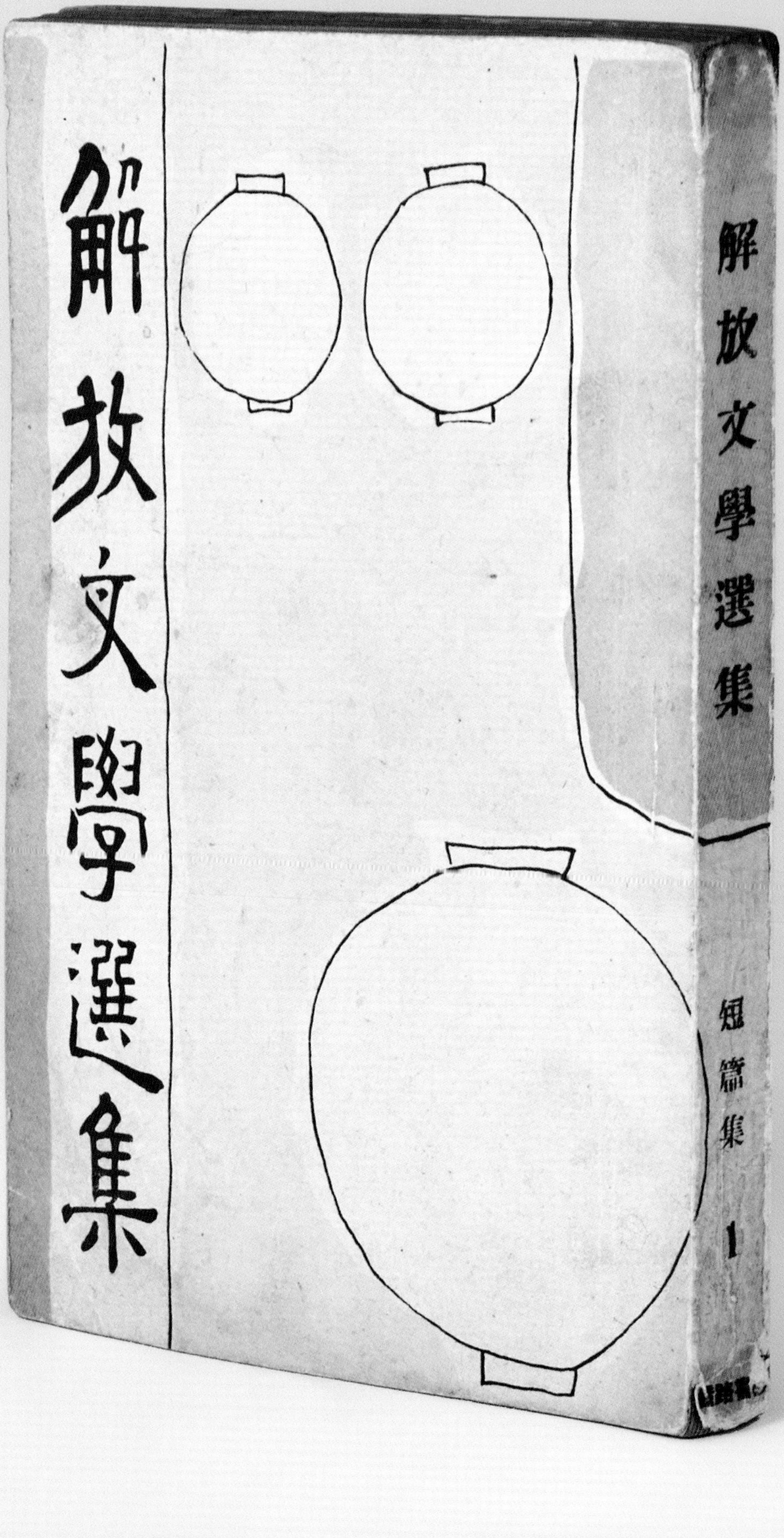
解放文學選集
解放文學選集
短篇集
1

1948년 12월 종로서원이 해방을 기념해 발행한 단편소설 앤솔로지로 김동리, 계용묵, 박종화, 염상섭, 이태준, 이선희, 이근영, 정비석, 채만식 9명 작가가 각 1편씩 수록했다. 농민, 중산층 지식인 등 해방 이후 각계각층의 시민이 겪게 된 복잡하고 다양한 현실을 리얼하게 그려낸 작품이 주를 이루고 있다. 이태준의 「해방전후」, 채만식의 「논 이야기」, 염상섭의 「양과자갑」 등이 잘 알려져 있다. 이 책의 표지는 오늘날 한국 추상미술의 선구자로 평가받는 화가 김환기가 그렸다. 단순한 선으로 묘사된 백자 항아리가 연한 분홍색, 하늘색으로 채색된 평면에 배치된 그림이다. 이 책의 속표지와 삽화를 그린 김용준 역시 김환기와 마찬가지로 당대 명성이 높았던 화가다. 문학뿐만 아니라 미술사적으로도 흥미로운 책이다.

속표지

표지 장정가 및 삽화가명

목차

판권

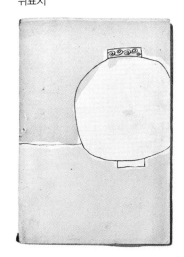

뒤표지

022

사병문고 단편소설집

김동리 외
육군본부 정훈감실. 1951
근대서지학회 소장

1951년 육군본부 정훈감실에서 발행한 단편소설 앤솔로지다. 발간사에 의하면 '사병문고' 제1집은 대구 거주 작가 10명의 소설을, 그리고 전시본인 제2집은 부산 거주 작가 10명의 소설을 모아 엮은 책이다. 전시 중 사병들에게 읽히기 위해 육군본부 정훈감실에서 기획한 앤솔로지인 만큼 최후까지 싸우자며 군인의 사기를 고취하는 내용, 자유를 수호하고 공산주의를 격파하자는 이데올로기적 무장 내용 등이 주를 이루고 있다. 이 책에는 김동리, 김말봉, 김송, 박계주, 손소희, 오영수, 윤금숙, 이선구, 최태응, 한무숙 10명의 작가가 각 1편씩 작품을 수록하였다. 「희망의 전열(戰列)」, 「사변(事變)과 소녀」, 「젊은 전사들」, 「군복」과 같은 작품 제목으로부터 동시 진행 중인 전쟁의 분위기가 생생히 전달된다.

발간사

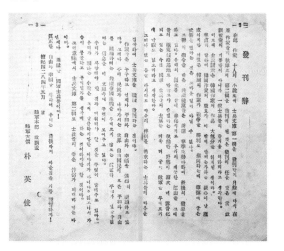

목차

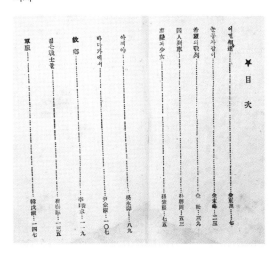

「어떤 상봉」(김동리) 제목면 및 본문

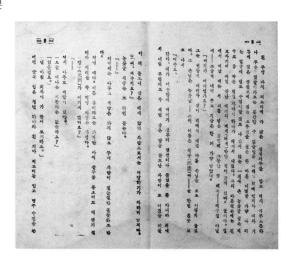

023

전시문학독본

장덕조 외, 김송 편
계몽사, 1951

1951년 계몽사에서 발행한 앤솔로지다. 전쟁 중인 시대 상황을 상기시키는 표지의 검은 전투기 그림이 강한 인상을 준다. 편집 후기는 6·25 사변 이후 거의 1년에 이르도록 문화 활동이 단절되다시피 한 상황 속에서 '문학 애호가들에게 정신적 양식'을 제공하기 위해 이 책을 기획하였다고 밝히고 있다. 또한 중등학교 학생들의 빈곤한 교재 사정에도 일조가 될 것임을 밝혀 당시 국어 혹은 문학 교재로 사용되었음을 알 수 있다. 총 31편의 수록작은 크게 수필 및 감상 편, 시편, 수난(受難) 및 종군기 편, 단편소설 편, 논설 및 평론집 편으로 분류하여 수록되어 있다. 이무영, 박목월, 장만영, 모윤숙, 장덕조, 김송, 이헌구, 조연현 등 당대 유명 문인들이 글을 실었다. 소설은 총 3편이 실려 있는데 장덕조와 최인욱, 김송의 작품이다. 피난, 전쟁, 군인 등 당시 전쟁에 관한 우파 계열 문인의 현실 인식을 반영한 글이 주를 이룬다.

목차

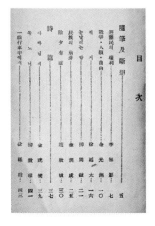 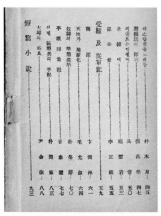 

후기

판권

024

농민소설선집

황순원 외
대한금융조합연합회, 1952

協同文庫
2-4
農民小說選集
(1)

金 金 廉 李 朴 崔 黃
東 想 無 榮 貞 順
里 松 涉 影 潾 熙 元
共 著

장정
유윤상

대한금융조합연합회가 발행한 협동문고 2-4로 1952년 발행된 앤솔로지다. '협동문고'는 서책을 대중화함으로써 학문과 예술을 보급하고 농민 대중을 계몽하자는 목적의식 아래 기획된 출판 시리즈물이다. 특이하게 판권지면에도 '본 문고는 대중 계몽을 위하여 특히 실비(實費)로 반포하는 것이니 반가(頒價) 이상으로 판매함을 금함'이라는 주의 문구가 들어가 있다. 당시 전쟁 상황으로 인해 대체로 피난지에서 제작되었던 다른 책들처럼 이 앤솔로지도 부산에서 인쇄·발행되었다. 표지와 속표지에 모두 (1)이라는 권호가 적혀 있어 시리즈로 기획되었음을 알 수 있다. 김동리, 김송, 염상섭, 이무영, 박영준, 최정희, 황순원 7명 작가의 작품 1편씩이 수록되었으며, '농민소설'을 표방한 만큼 농촌이 배경인 소설이 주를 이룬다. 각 작품 시작 부분에는 작가 사진과 간단한 약력이 있다. 책의 제자(題字)는 김동리의 『실존무』(1958)의 제자를 담당한 배길기가 했으며, 장정은 한국전쟁 당시 국방부 정훈국 종군작가단에 소속되었던 화가 유윤상이 담당했다.

목차

간행사

판권

287

025

전시소설집

최독견 외
해병대 정훈감실. 1955

1955년 해병대 정훈감실에서 해병문고 제1집으로 발행한 소설 앤솔로지다. 한국전쟁 당시 부산에서는 해군종군작가단이 결성되어 활동했는데, 1953년 12월까지 총 7호로 『전선문학』을 발간한 육군종군작가단이나 1952년 8월 공군문고 소설집 『훈장』을 발행한 공군본부 정훈감실에 비해 해군 종군작가단의 실적은 미미한 편이었다. 그러나 휴전 이후 해병대 사령부 정훈감실은 『해병장병문예집』을 4집까지 연속 발간하고, 또 해병문고 1집으로 『전시소설집』을 발간하는 등 활동에 박차를 가했다. 서문에는 이 책이 '우리나라 중견 작가들이 발표한 소설 중에서 가장 인간 자체의 본질과 민족적인 이념을 고도로 앙양시킨 작품'을 모았다고 소개되어 있다. 한국전쟁을 배경으로 '정신적, 육체적인 투쟁을 감행하며 쓰여진 역작'으로서, '앞으로도 싸워야 할 전 장병의 좋은 반려'가 되리라는 것이다. 이무영, 최독견, 김말봉, 김광주, 김내성, 김동리, 김송, 장덕조가 각 1편씩 총 8편의 소설을 실었다.

서문

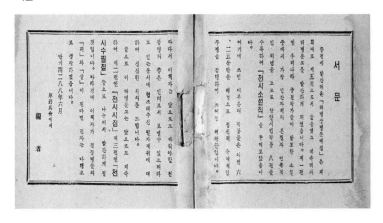

목차

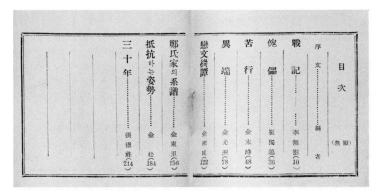

판권

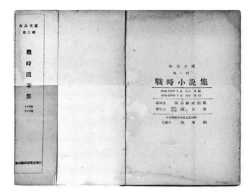

026

한국기독교문학선집

한국기독교문학인클럽 편
대한기독교서회, 1955

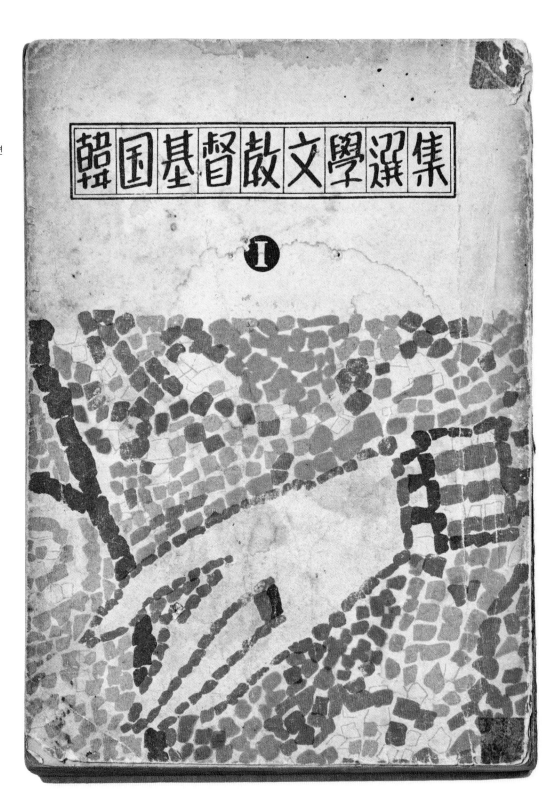

1955년 한국기독교문학인클럽이 엮고 대한기독교서회에서 발행한 앤솔로지 제1집이다. 1955년은 한국 기독교 역사상 초창기 선교사 아펜젤러 · 언더우드의 입국 70주년이 되는 해로, 앞서 이를 기념하여 대한기독교서회는 예수 전(傳) 현상모집, 기념 논문 및 설교집 간행, 신약 성경 주역 편찬이라는 세 가지 사업을 진행하고 있었다. 한국기독교문학인클럽은 이 주요 사업에 더해 70년간 성장해 온 기독교문학 앤솔로지를 자체 발간하여 선교 70주년을 기념키로 한 것이다. 이 책에 실린 글들은 평론, 소설, 동화, 시, 수필, 희곡 장르별로 나뉘어 있으며, 총 29편의 글이 수록되어 있다. 전영택, 김말봉, 박계주, 강소천, 박두진, 박목월, 윤동주 등 오늘날 독자에게도 잘 알려진 근현대 문인들의 글이 실려 있다. 이 중 소설은 『창조』 동인이었던 전영택과 『순애보』로 유명한 박계주의 작품 등 총 6편이다. 전영택이 책의 발문을 썼는데 기독교문학인클럽의 대표로 표기되어 있다.

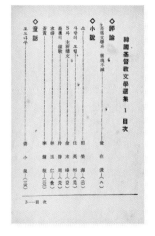

목차

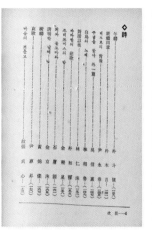
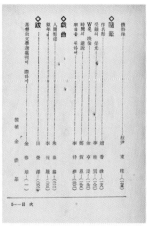

판권

027

현대한국문학전집

1~18

오영수 외
신구문화사, 1965
근대서지학회 소장

전 18권으로 신구문화사가 간행한 앤솔로지다. 1권부터 17권까지는 한국전쟁 휴전 후 발행된 최초의 소설 선집으로서 1950년대 한국소설을 대표하는 작품들이 실려 있고, 18권에는 52명 시인의 시가 실려 있다. 수록 소설은 작가별로 분류되어 있다. 1권은 오영수, 박연희, 2권은 유주현, 강신재, 3권은 손창섭, 4권은 장용학, 5권은 정한숙, 전광용, 6권은 김광식, 이범선, 7권은 오상원, 서기원, 8권은 이호철, 9권은 차범석, 오유권, 10권은 곽학송, 최일남, 박경수, 권태웅, 11권은 박경리, 이문열, 정인영, 12권은 선우휘, 13권은 하근찬, 정연희, 한말숙, 14권은 최상규, 송병수, 김동입, 15권은 이병구, 한남철, 남정현, 이영우, 강용준, 16권은 최인훈의 작품이며, 17권은 13명 작가의 단편소설을 모아 실었다. 이 총서의 간행에 관여했던 염무웅의 회고에 의하면 당시 신구문화사 편집고문이었던 시인 신동문이 총괄 기획과 책임을 맡았다고 한다.

028

한국전후문제작품집

이호철 외
신구문화사, 1963

1960년대 신구문화사는 『세계전후문학전집』 간행을 기획하면서 1963년 그 1권으로 『한국전후문제작품집』을 간행하였다. 당대 문단에 영향력이 컸던 백철, 안수길, 최정희, 이어령이 편집위원으로 참여하였다. '전후문학'이란 '전쟁 이후의 문학'이라는 뜻처럼 주로 전쟁이 인간에 미친 영향을 다룬 문학을 말한다. 원래 제1·2차 세계대전을 겪은 서구 문인들이 전쟁의 공포와 인간에 대한 불신을 문학화한 경향을 말했는데, 한국전쟁 이후 이는 한국문학에서도 주류가 되었다. 장용학, 손창섭, 서기원, 오상원, 박경리, 이범선 등이 한국 전후문학을 대표하는 작가들이다. 바로 이들 '전후세대'의 현실 인식을 담은 작품들이 『한국전후문제작품집』에 '문제 작품'으로 수록되었다. 총 21편 소설 '문제 작품'과 이에 대한 해설 격인 백철, 이어령, 안수길의 평론이 실려 있고, 독특하게도 「작가는 말한다」라는 코너가 별도로 있어 작가들이 수록작에 대해 말한 글도 함께 읽을 수 있다. 편집위원들은 맨 앞 '이 책을 읽는 분에게'에서 이 책은 '해방 후 15년간의 모든 문제작을 조감'할 수 있는 '살아 있는 전후 15년의 문학사'이며, '한 시기를 그을 수 있는 문제작'을 고른 작품집임을 밝혔다.

표지

목차

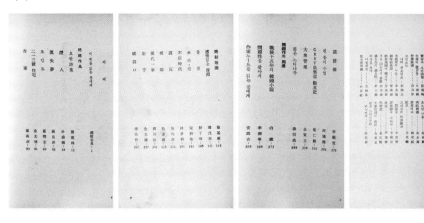

판권

전시를 마무리하며

여러분은 한국인들을 울고 웃게 했던 우리 근현대 명작소설 100편을 만나보셨습니다. 초창기 신소설을 읽으며 나라와 민족을 위하는 애국심에 불타올랐으며, '연애'라는 말만 들어도 얼굴을 붉히던 100년 전 청년들은 이불을 뒤집어쓰고 소설을 읽으며 남몰래 자유연애의 꿈을 꾸었을 것입니다. 우리 말과 글을 빼앗겼던 일제 말기와 광복 후의 혼란스러웠던 시기를 넘어 한국전쟁 후 모든 것이 파괴되었던 전후 시기, 딱히 즐길 거리가 없었던 사람들은 소설을 읽으며 고된 일상을 견뎠던 것입니다. 소설은 재미의 원천이기도 하지만 시대와 현실을 반영하는 거울이자 자화상입니다. 또한 오늘날 전 세계를 휩쓰는 한국 노래와 드라마는 결국 이야기라는 점에서 우리 근현대소설은 K컬처 — 한류이 중요한 뿌리 — 원천이라고 할 수 있습니다. 힘든 일상을 잠시나마 잊게 하고 현실을 견디는 힘을 준 한국소설의 매력에 흠뻑 젖어보시기를 바랍니다.

논고

임헌영

오영식

정종현

100편의 소설, 그리고 새로운 이정표

『100편의 소설, 100편의 마음 - 『혈의누』에서 『광장』까지』에 부쳐

임헌영(민족문제연구소 소장)

한국소설 100편은 한 마디로 줄이면 제국주의 열강들의 침략전쟁에서 출발하여 민족 내분으로 치른 전쟁으로 끝난다고 할 수 있다. 근대소설의 첫걸음인 『혈의누』의 시대적인 배경이 청일전쟁이고, 최인훈의 『광장』은 한국전쟁이기 때문이다.

역사가 범죄와 우매와 불행의 기록이란 지적에는 많은 진실들이 승자들에 의하여 취사선택 당해 알맹이는 묻히고 쭉정이만 기록된다는 뜻도 포함된다. 이렇게 왜곡 당하거나 사라진 역사의 알맹이들을 발굴, 재생시키는 역할은 문학의 몫이다. 그러나 문학 역시 당대의 제도권에 의하여 가위질이나 먹칠을 당하거나 심하면 아예 분서갱유 당하기도 하지 않았던가. 이런 악순환의 문학적 환경을 거쳐 온 것이 지난 시대 우리의 100년이었다. 자랑스러워야 할 근대문학기부터 가혹한 검열 아래서 잉크가 아닌 피로 쓴 게 우리의 문학사였음은 그만큼 문학이 지닌 역할이나 영향이 중대했음을 반증해준다. 더구나 식민지의 각박한 삶 위에다 전쟁까지 겹쳤고 그 이후 냉전체제 아래서 금서작가가 세계사상 가장 많았던 시련을 거치면서 소중한 문학사료들이 휴지처럼 사라져버린 게 우리문학 100년사라고 해도 지나치지 않다.

이런 처지에서도 사료의 중요성을 깨닫고 온갖 어려움 속에서 꾸준히 각종 자료들을 발굴, 수집해온 고마운 분들이 있는데, 그중 오영식 선생은 보관의 차원을 넘어 연구자들에게 널리 제공, 소개해주기로도 명성이 높다. 그 자신이 탁월한 비평적인 안목까지 갖췄기에 이미 이 분야에서 간과할 수 없는 중요한 저서도 여럿인데다 근대서지학회까지 꾸려가는 열성은 올바른 문학사 복원을 위한 헌신에 다름 아니다.

오영식·엄동섭 편저 『한국 근현대시집 100년』소명출판, 2021에 이어 『100편의 소설, 100편의 마음 - 『혈의누』에서 『광장』까지』는 쌍곡선을 이룬다. 우리 소설이 성취했던 개화기 - 일제 식민지 시대 - 8·15와 분단, 그리고 한국전쟁이란 민족사의 애환을 그대로 전해주는 자료다.

『혈의누』의 배경인 청일전쟁을 마감하는 시모노세키조약 제1조는 "청국은 조선

이 완전무결한 자주독립국임을 인정한다. 따라서 자주독립에 해가 되는 청국에 대한 공헌, 전례 등은 장래에 완전히 폐지한다"라는 것으로, 이 조항은 조선에 대한 트로이 목마로 작용했다. 그래서 국호를 대한제국으로 바꾸면서 환호작약하도록 착시현상을 낳았다. 그게 일제 침탈의 마취제였음을 간파하기에는 개화파들의 국제 정치 감각에 한계가 있었고, 이게 『혈의누』 이후 이 시기의 상당수 소설에 그대로 반영되었다.

일본 유학에서 문학이 아닌 '일본식 정치학'을 고마츠 미도리小松緑로부터 익혔던 이인직은 조선침탈의 마지막 관문이었던 러일전쟁의 역사적인 의미를 정확히 알았는지 몰랐는지는 모르겠으나 그때 스승의 권유로 일군의 통역관이 되어 귀국한 사실은 그의 인생행로가 확정된 거나 진배없었다. 그가 이완용·조중응과 보조를 맞춰 일제에 헌신했음은 『친일인명사전』에 자상히 나와 있기에 여기서는 생략한다.

이 『혈의누』, 청을 비판하며 일군을 비호하는 사건전개와 유학으로 민족의 진로를 탐구하는 입장은 이광수의 『무정』에 그대로 되풀이된다. 둘 다 계몽주의적인 설교 문학이라는 범주에 속한다는 것, 문명개화를 위해 유학일본과 미국과 기독교문명의 수용, 미신타파라는 명목으로 전통문화 비판, 자유연애 등등이 너무나 닮았다.

이인직과 이광수 두 작가가 일본유학에서 익힌 친일의식화도 닮았다. 이광수의 생애 중 가장 빛나고 멋진 존경할만한 시기는 아마 오산학교 교사 시절과 그 직후 중국과 러시아 방랑 무렵일 것이다. 2차 일본유학에서 그는 일본문명에 도취하여 어린 올챙이 시절의 고난의 꼬리를 깡그리 잊고 〈매일신보〉에다 독립투사를 냉소하며 일본 통치를 두둔하는 「대구에서」란 기행문 한 편으로 노골적인 친일 본성을 드러냄으로써 식민지 초기의 조선 문화침탈의 브레인이었던 아베 미츠이에-도쿠도미 소호와 깊은 인연을 맺을 수 있었다. 그들의 배려로 (이광수는) 대학생 신분이면서 국내 단 하나뿐인 한글 일간지였던 총독부 기관지 〈매일신보〉에다 장편 『무정』을 연재하는 영광을 누릴 수 있었다. 유일한 신문에 연애소설을 연재함으로써 그의 명성은 일약 조선 제일의 유명 문사가 될 수 있었다.

이런 제도권 내의 문학과는 달리 박은식·신채호의 민족주체적인 자주 개화파들에 의한 역사소설은 비제도권 문학으로 한 흐름을 형성했다.

이처럼 우리 소설사는 오욕과 영광을 역사의 용광로에 녹여가며 100년을 축적해왔다.

단군 이래 처음으로 범민족적인 일체감이라는 공감대를 형성했던 황홀한 3·1

혁명이 쟁취한 여러 성과 중 하나가 조선문학이 식민통치 아래서나마 제도권 내에서 활성화될 여건을 갖춘 것이었다. 이 민족공동체로서의 연대감은 왕조시대에서는 창출 불가능한 현상으로, 근대 시민국가가 형성된 뒤에라야 이룩할 수 있는 근대적인 민족의식의 응집력과 폭발력이었다. 이런 시민국가로서의 여건은 독립 민주국가여야 가능한 것이기에 우리는 도저히 그런 민족사적인 영광을 누릴 겨를이 없었다. 왕조시대에서 바로 근대적인 제국주의의 식민지로 전락해버렸던 조선으로서는 민주주의조차 몰랐던 처지에서 일제의 가혹한 식민통치에 대한 저항의식이 불붙어서 3·1혁명으로 발화된 것이다. 이 사건이 혁명인 것은 바로 상하이 임시정부가 수립되어 '민주공화국'임을 선포했고, 이를 계기로 왕정복고는 영원히 매장되어 버렸기 때문이다. 유럽에서조차 그 왕정 타도를 위해 그렇게 오랫동안 혁명을 반복하면서도 여전히 왕국이 존재하는 데 비하여, 우리는 3·1혁명이 비록 발단은 왕의 장례식이었으나 너무나 폭발력이 강해서 한 왕의 장례식이라기보다는 왕권체제를 매장시킨 절차가 된 셈이 되었다.

소설계 역시 이광수의 화려한 독무대는 사양화되기 시작했고, 우리 소설은 유럽이 몇 세기에 걸쳐 발생-성장-쇠퇴시켰던 고전주의와 낭만주의, 자연주의, 사실주의, 모더니즘, 전위주의를 비롯한 모든 문예사조를 불과 반세기도 안 되는 단기간에다 훑었다. 이와 같은 국내에서의 소설사적인 성장과 함께 지나치지 말아야 할 중요한 흐름은 나라 밖에서 이뤄진 소설의 성과다. 동북3성^{통칭 만주}에서 이뤄진 여러 작품들을 비롯해 소련의 조명희와 미주의 강용흘, 독일의 이미륵의 소중한 민족문학적인 결실은 매우 소중하다. 셋 다 민족의식이 투철했던 작가였는데 특히 강용흘은 8·15 직후 미군정 요원으로 내한, 조국 분단을 전제로 한 미국의 대한 정책을 정면으로 비판했다가 귀국 후 대학 강단에서 추방당해 후반생을 극빈 속에서 보냈다.

식민지 시대 문학의 연장선에서 8·15 이후의 소설사의 결실들이 형성되었다.

8·15 이후의 소설문학은 미군정-이승만 통치-한국전쟁-사월혁명-장면 정권이라는 역사적인 좌표도로 이어진다. 8·15 직후 소설문학의 주류는 '해방'이란 휘황찬란한 무지개가 금방 사라진 채 광복조차도 허울뿐이어서 얻은 것은 혼란과 기아와 절망이라는 줄거리들이었다. 8·15를 맞은 지 불과 3년 만에 식민지시대에도 강인하게 유지했던 동족의식의 유대감이 갈기갈기 찢어진 참담함을 우리 소설은 충실히 담아냈다.

사월혁명이 이런 남북관계의 냉각화 현상을 해빙시켜 줄 것으로 기대했으나 1961년 5·16쿠데타는 이승만 독재체제보다 민족사를 더 후퇴시켜 버렸다. 최인훈의 『광장』은 바로 사월혁명이 낳은 깜짝 민주화의 덕분에 탄생할 수 있었던 현대 소설사의 선물이었다. 이명준이 지금 서울에 등장한다면 어떻게 했을까라는 상상에서 오늘의 한국소설의 출구가 보일지 모른다.

소설책 115년 지상 전시회

목록과 장정 이야기를 중심으로

오영식(근대서지학회 회장)

1. 소설책

이인직의 『혈의누』[1907]로 시작된 한국소설책은 올해로 115년의 역사를 맞이하였다. 최초 시집 『오뇌의 무도』[1921]가 지난해 백 주년을 맞이했으니 문학책의 출판역사는 소설책이 선도해온 셈이다. 한국근대문학관이 기획하여, 근대서지학회와 공동으로 개최하는 〈100편의 소설, 100편의 마음〉 전시회는 한국소설에 담긴 마음들을 들여다보는 소중한 전시회이면서 동시에 한국소설책의 역사를 엿볼 수 있는 귀중한 자리가 되리라 생각한다.

명실상부 오롯한 전시회가 되려면 전시 대상 유물을 모두 갖추어야 하겠지만 그것은 현실적으로 불가능에 가까운 일일 것이다. 안타깝지만 이번 전시회도 예외일 수 없다. 그래서 필자는 이번 전시를 보완하는 의미에서 또 다른 지상 전시회를 마련하려 한다. 신문, 잡지에 발표된 '작품'보다는 단독으로 출판된 작품집(소설책)을 중심으로 하고, 특히 장정과 관련해 주목할 만한 자료를 우선하려 한다. 아울러 소설책 목록을 시기별로 간략히 정리하였다. 지난해 전시회를 가졌던 '시집 100년'의 경우에는 신뢰할 만한 시집목록이 정리되어 있다.[1] 그런데 필자가 알기로는 그에 걸맞은 '소설책 목록'은 작성되지 못하고 있는데 가장 큰 이유는 시집과는 비교가 안 될 정도로 많은 소설책의 종수種數 때문일 것이다.[2]

시집과 소설책의 효시 작품을 살펴보면 둘의 심각한 차이를 더욱 뚜렷이 확인할 수 있다. 이인직의 『혈의누』는 초판이 1907년 발행되었으나 현재 남아 있지 않고, 재판[1908년]만 네 책 확인되고 있다.[3] 이에 반해 1921년에 발행된 최초의 시집 『오뇌의 무도』는 장정가를 밝힌 최초의 양장본으로, 초판도 적지 않은 부수가 남아 있고, 개판

1 하동호, 「한국근대시집총림서지정리」, 『한국학보』 제28집, 1982.9.15, 145~174쪽.

2 하동호 목록에 의하면, 1921년부터 1950년 6월 이전에 출판된 시집은 400종을 넘지 않는다. 그에 비해 1907년부터 1950년 6월까지 출판된 소설책의 총수(總數)는 미상(未詳)이라고 할 수밖에 없을 것이다. 거기에는 여러 가지 이유가 있는데, 특히 1910년대에 폭발적으로 출판되어 1960년대까지 지속된 속칭 딱지본류에 대한 정리가 부족하고, 정본과 이본, 초판과 이후 판본, 일제강점기 후기 일본어 작품집, 월북작가 작품집 등의 문제가 아직 충분히 해결되지 않고 있기 때문이다.

3 현재 파악된 것으로 국립중앙도서관, 화봉문고, 현담문고, 개인 수집가가 소장하고 있다.

改版에 해당하는 재판¹⁹²³년은 흔하다고 할 정도로 잔존부수가 많다.⁴ 이렇듯 소설책의
역사는 시집에 비해 불비不備한 점이 적지 않다. 이러한 어려움 속에 열리는 이번 전
시회는 모처럼 원본을 만나보는 소중한 자리가 될 것이다. 원본의 아우라를 통해 작
품, 작가, 시대현실을 오롯이 느껴보는 귀중한 기회가 되기를 기대한다.

2. 『혈의누』부터 신문관을 거쳐 1920년까지

이 시기는 '장정裝幀'이란 용어를 찾을 수 없는 것으로 보아 그 개념이 성립되지
않았던 것으로 보인다. 다만 표지화나 삽화를 확인할 수 있을 뿐이다. 그리고 이 시기
출판물들은 소위 하드커버hard cover라고 하는 양장본보다는 소프트커버soft cover인 지장
본紙裝本⁵이 대부분이었다. 제작비가 많이 드는 양장본 소설책은 1930년대에 들어 본
격적으로 나타난다. 먼저 이 시기 대표적 작가와 소설책을 살펴보면 다음과 같다.

① 대표적인 작가—작품⁶
이인직 『혈의누』¹⁹⁰⁷.³.¹⁷, 『귀의성』¹⁹⁰⁷.¹⁰.⁰³⁷, 『치악산』¹⁹⁰⁸.⁹.²⁰, 『은세계』¹⁹⁰⁸.¹¹.²⁰
안국선 『금수회의록』¹⁹⁰⁸.⁰², 『공진회』¹⁹¹⁵
이해조 『화성돈전』¹⁹⁰⁸.⁴, 『빈상설』¹⁹⁰⁸.⁷.⁵, 『구마검』¹⁹⁰⁸.¹², 『철세계』¹⁹⁰⁸.¹¹.²⁰, 『홍도화』¹⁹⁰⁸
김교제 『치악산』下¹⁹¹¹, 『목단화』¹⁹¹¹, 『비행선』¹⁹¹², 『란봉기합』¹⁹¹³, 『일만구천방』¹⁹¹³
이상협 『재봉춘』¹⁹¹², 『눈물』上·下¹⁹¹⁷, 『해왕성(譯)』¹⁹²⁵, 『정부원(譯)』¹⁹²⁵
조중환 『불여귀(譯)』上·下¹⁹⁰⁸, 『장한몽』¹⁹¹³, 『쌍옥루』上·中·下¹⁹¹³, 『菊의 향』上·下¹⁹¹⁴
최찬식 『추월색』¹⁹¹², 『금강문』¹⁹¹⁴, 『안의성』¹⁹¹⁵, 『도화원』¹⁹¹⁸, 『능라도』¹⁹¹⁹, 『춘몽』¹⁹²⁴
이상춘 『박연폭포』¹⁹¹³, 『서해풍파』¹⁹¹⁴

② 초기 소설책
역자미상 『라란부인전』¹⁹⁰⁷.⁸ / 박은식(譯) 『瑞士建國誌』¹⁹⁰⁷.⁸⁸ / 장지연 『애국부인전』
¹⁹⁰⁷.¹⁰.³ / 이채우(譯) 『애국정신담』¹⁹⁰⁸.¹ / 신채호 『을지문덕』¹⁹⁰⁸.⁵.³⁰ / 우기선 『강감찬
전』¹⁹⁰⁸.⁷.¹⁵ / 유원표 『몽견제갈량』¹⁹⁰⁸.⁸ / 김찬(譯) 『나빈손표류기』¹⁹⁰⁸.⁹.¹⁰ / 현공렴
『경국미담』¹⁹⁰⁸.⁹, 『동각한매』¹⁹¹¹ / 이보상(譯) 『이태리소년』¹⁹⁰⁸.¹⁰.²⁸ / 육정수 『송뢰
금』¹⁹⁰⁸.¹⁰.²⁵ / 김필수 『경세종』¹⁹⁰⁸.¹⁰.³⁰ / 김연창(譯) 『彼得大帝』¹⁹⁰⁸.¹¹.⁵

4 아울러 최초의 근대 장편소설
이란 평가를 받는 이광수의 『무
정』도 국립중앙도서관 소장
의 1920년 재판만 확인되다가
2017년 고려대 도서관에 초판
(1918년)이 기증되면서 비로
소 그 존재를 확인할 수 있었다.
1938년 8판까지 발행된 『무정』
은 당대 베스트셀러였지만 현재
판본별로 충분한 자료가 남아 있
지 않다.

5 반양장(半洋裝)이라고도 한다.

6 대부분 딱지본류로 종수가 많아
가급적 생략했으며, 특히 이해조
의 작품은 양이 많아 선택적으로
제시하였다.

7 하편은 1908.7.25 발행.

8 국한문본은 대한매일신보사, 한
글본은 박문서관(1907.11.11)
발행.

③ 신문관 번역소설

신문관 『걸리버유람기』[1909.2.12]/최남선(譯) 『불상한 동무』[1912.6.3]

『만인계』[1912.9]/『자랑의 단추』[1912.10.15]/이광수(譯) 『검둥의 설음』[1913.2.18]

『허풍선이 모험기담』[1913.5]/박현환(譯) 『해당화』[1918.4]

장정가	작품(작가)
관재 이도영	몽견제갈량 삽화(유원표), 치악산 上(이인직), 구마검, 홍도화, 쌍옥적, 옥중화, 봉선화(이상 이해조), 계명성(이풍호), 성산명경(최병헌), 쌍옥적(이해조), 월하가인, 황금탑, 쌍옥루(이상 보급서관), 옥호기연, 십오소호걸, 추풍감수곡, 행락도(이상 동양서원), 두견성(선우일), 강상월(회동서관), 박연폭포(이상춘), 채봉감별곡(황갑수), 형월, 강상기우(박문서관), 옥란빙(이규용), 천추원(동미서시), 옥중가인(지송욱), 조선요리제법(방신영)
碧虛 이도영	화중화(광동서국), 부벽루(보급서관)
今村雲嶺 이마무라운레이	彼得大帝(김연창), 고목화(현공렴), 원앙도(박문관)
學田	서해풍파(이상춘), 菊의 香(조중환), 춘원단편소설집(이광수)
소림 조석진	철세계(이해조)
晩軒	松籟琴(육정수)
芸齋	치악산 下(김교제)
蘭坡	산천초목(유일서관)
碧皐	소양정(이해조)

9 이도영은 貫齋, 碧虛子 등의 아호를 사용하였는데 대부분 '관재'로 표기하였고, '벽허'는 두 책에서 확인하였다.

　　표에서 보는 것처럼 이 시기 소설책을 꾸민 대표적인 화가는 관재 이도영[9]이다. 이도영은 심전 안중식 문하에서 그림을 배우고 1906년 보성중학교 도화교사로 부임하여 1921년까지 15년 근속하였다. 1908년 이도영은 보성사(社)에서 교과서의 편집과 제작에 참여해 삽화를 그리고 시사만화를 발표하는 등 전통회화를 벗어나 인쇄출판과 관련된 미술활동을 폭넓게 펼쳤다. 이도영이 표지화나 삽화를 그린 작품들은 『치악산』, 『구마검』 등 대부분 신소설들이지만 번안류 『십오소호걸』 십오소년표류기, 최초의 근대요서 『조선요리제법』, 월간지 『중성』 2호의 표지 등 매우 다양하다. 1908년 공업전습소 촉탁으로 있던 소림 조석진은 이해조의 번안소설 『철세계鐵世界』의 표지화를 그렸는데, 이것이 이도영에게 긍정적인 영향을 끼쳤을 것으로 추정된다.[10]

10 김예진, 『관재 이도영의 미술활동과 회화세계』, 한국학중앙연구원 박사논문, 2012.9.

　　이 무렵에는 경성京城에서 활동하고 있는 일본인 화가들도 적지 않았다. 그들 가운데 정동에 거주하는 시미즈 도운淸水東雲이 중심인물이었는데, 그 제자 이마무라 운레이今村雲嶺는 당시 계동 소재 龍谷여학교 도화교사로 있으면서 『피터대제』 등 소설책의 표지화를 그렸다. 그밖에 1924년 『춘원단편소설집』의 표지화를 그린 '學田'이라는 화가가 눈에 띄는데, 누구의 필명인지 아직 확인하지 못하고 있다.

　　한편 이 시기 출판미술의 새로운 움직임은 최남선의 신문관을 통해 구체화되었다. 신문관에서 발행한 일련의 잡지들 가운데 『붉은 저고리』[1913.1~1913.6]에 소림 조석진과 심전 안중식의 삽화가 등장하기 시작한 것이다. 1913년 9월에 창간된 『아이들보이』에는 심전 안중식의 원색 그림을 표지로 삼았고, 1914년 10월에 창간된 육당의 다섯 번째 잡지 『青春』에 이르러 최초의 서양화가 고희동이 그린 표지화가 등장했다. 육당이 만든 잡지는 표지 이미지가 동일했는데[11] 『青春』은 1호부터 3호까지(고희동), 4호와 6호가 동일하며(고희동)(5호는 미발굴), 7호부터 종간호인 15호까지(안중식)가 동일하다. 소설책 가운데에는 『불상한 동무』나 『검둥의 설움』은 제목 타이포로만 구성되어 있고, 전시된 '십전총서'와 '육전소설' 외에 『자랑의 단추』[1912], 『허풍선이모험기담』[1913], 『해당화』[1918], 『무궁화』[1918] 등은 회화적인 표지 이미지로 출판되었다.

전시도록에 오른 이 시기 '100편의 소설' 외에 『라란부인전』, 『이태리소년』, 『철세계』, 『십오소호걸』, 『서해풍파』, 『자랑의 단추』, 『아이들보이』, 『조선요리제법』[1917][초판] 들의 이미지를 추가로 제시한다. 『라란부인전』과 『이태리소년』, 『자랑의 단추』는 표지화가를 알 수 없고, 『철세계』는 조석진이, 『서해풍파』는 學田이 그렸으며, 『아이들보이』는 안중식, 『십오소호걸』과 『조선요리제법』은 이도영이 표지화를 그렸다. 『아이들보이』와 『조선요리제법』[12]은 소설책은 아니지만 신문관 도서의 표지 구성 변화를 보여주는 자료라 생각되어 제시하였다.

11 『소년』, 『붉은 저고리』의 표지는 모두 디자인이 동일하거나 유사하다. 다만 『아이들보이』는 종간호인 13호(1914.9)만 표지가 다르다.

12 『조선요리제법』은 초판(1917년)만 원색표지로 출판되었고, 재판(1918년)은 흑백이다.

역자미상, 『라란부인전』, 1907.8

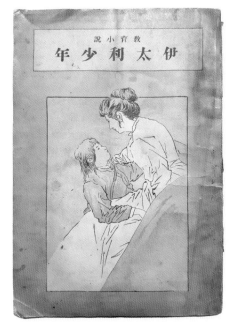

이보상, 『이태리소년』, 1908.10.28

이해조, 『철세계』, 1908.11.20

민준호(譯述), 『십오소호걸』, 1912.2.5

이상춘, 『서해풍파』, 1914

역자미상, 『자랑의 단추』, 1912.10.15

『아이들보이』 제2호, 1913.10

방신영, 『조선요리제법』, 신문관, 1917

3. 『墮落者』부터 해방 이전까지

1) 1920년대 소설과 장정

1921년을 새로운 시기의 출발로 잡은 이유는 장정가를 밝힌 최초의 단행본 『오뇌의 무도』가 발행되었기 때문이다. 이 책을 장정한 유방 김찬영은 동경미술학교 출신의 화가 겸 문인으로 앞 시기 신문관 잡지에 표지화를 그린 고희동과 시동인지 『영대』[1924]에 내제화를 그린 김관호, 염상섭의 『견우화』와 『조선문단』 12호[1925.10]의 표지화를 그린 나혜석 등과 함께 초기 문단과 화단을 넘나든 대표적인 인물이다.

한국 근현대소설책은 1918년 춘원의 『無情』에서 출발한다. 1918년에 출판된 초판과 1920년 재판의 표지는 서지사항(작가명, 서책명, 출판사명 등)만을 타이포로 디자인하여 페이퍼커버로 제작되었고, 회동서관 중심으로 낸 3판[1922]부터 6판[1925]까지는 포의布衣 장정, 박문서관에서 낸 7판[1934]은 클로스cloth 장정, 정현웅 화백의 장정으로 꾸민 8판[1938]은 하드커버로 제작되어 재질이 다양하게 바뀌어왔음을 알 수 있다.

『無情』 이후 1920년대 들어 본격적으로 소설책이 출판되기 시작하는데, 중요 작품집을 살펴보았으나, 장정가를 밝혔거나 특별한 장정이라 할 수 있는 소설책이 의외로 많지 않다. 먼저 1920년대 출판된 주요 소설책[13]을 살펴보면 다음과 같다.

현진건 『타락자』[1922], 『첫날밤』[1925], 『지새는 안개』[1925], 『조선의 얼골』[1926], 『재활(譯)』[1928]
이광수 『개척자』[1922], 『어둠의 힘(譯)』[1923], 『순원난선소설십(譯)』[1924], 『허생전』[1924], 『再生』[1926],
『마의태자』[1928]
전영택 『생명의 봄』[1926] / 최서해 『혈흔』[1926] / 최승일(譯) 『봄물결』[1926]
양백화(譯) 『노라』[1922], 『사랑의 각성』[1923] / 박용환 『흑진주』[1922] / 김동인 『목숨』[1923]
나도향 『진정』[1923], 『환희』[1923], 『카르면』[1925], 『청춘』[1927] / 이기영 『민촌』[1927]
진학문 『암영』[1923] / 홍난파 『향일초』[1923] / 민태원(譯) 『무쇠탈』[1923]
염상섭 『남방의 처녀』[1924], 『해바라기』[1924], 『만세전』[1924], 『견우화』[1924], 『금반지』[1926]
김명순 『생명의 과실』[1925], 『애인의 선물』[1929(?)] / 이종명 『유랑』[1928]
조명희 『김영일의 死』[1923], 『산송장』[1924], 『그 전날밤』[1925], 『낙동강』[1928]
이익상 『흙의 세례』[1926], 『汝等의 背後에서(譯)』[1926] / 최독견 『승방비곡』[1929]

이 가운데 장정과 관련 깊은 작품들은 다음과 같다.

작가	작품	내용
현진건	타락자, 재활(譯)	회화적 이미지가 있으나 정보 없음.
이광수	개척자, 어둠의 힘(譯), 춘원단편소설집	『개척자』와 『어둠의 힘』에는 회화적 이미지가 있으나 정보 없음. 『춘원단편소설집』은 學田 표지화
양백화	노라(譯), 사랑의 각성(譯)	회화적 이미지가 있으나 정보 없음.
나도향	진정, 환희, 카르면(譯)	『진정』, 『카르면』은 회화적 이미지가 있으나 정보 누락, 『환희』는 두 가지 판본이 있으나 모두 정보 없음.
홍난파	향일초, 어대로 가나(譯)	영국 삽화가 비어즐리의 『살로메』(오스카와일드) 삽화를 패러디한 표지화. 정보 없음.
염상섭	해바라기, 견우화	『견우화』는 장정가를 밝힌 최초의 소설책, 『해바라기』는 매우 화려하나 정보 없음.
조명희	김영일의 사, 낙동강	『김영일의 사』(희곡집)는 남준우의 장정, 『낙동강』은 회화적 이미지가 있으나 정보 없음.
이익상	여등의 배후에서(譯)	안석영 장정
최승일	봄물결(譯)	안석영 장정
이종명	유랑	임화 장정
최독견	승방비곡	안석영으로 추정.
이기영	민촌	회화적 이미지가 있으나 정보 없음.
이경손	백의인	회화적 이미지가 있으나 정보 없음.

예상대로 장정가를 정확히 밝힌 작품집은 매우 드문 편인데, 1920년대 시집들과 큰 차이가 없는 양상이다.[14] 특이한 것은 나도향의 『환희』는 이미지가 단순한 페이퍼커버 판본과 화려한 하드커버 판본이 함께 존재한다는 점이다.[15] 그리고 홍난파의 『향일초』 표지화는 외국서적[16]을 패러디한 것으로 보이는데 확인하지 못하고 있다.

學田이 표지화를 그린 『춘원단편소설집』[1924.1]이 존재하지만 장정가를 밝힌 최초의 소설책은 염상섭의 『견우화』로 보는 것이 무난할 듯하다. 다만 『견우화』를 장정한 나혜석을 모델로 했다는 작품으로 알려진 『해바라기』의 표지화가 매우 화려한데 누가 그렸는지는 알 수 없다. 임화는 보성고보 동창인 이종명의 영화소설책 『유랑』의 장정을 하였고, 영화 〈유랑〉의 주인공을 맡았다.

최승희의 오빠로도 유명한 최승일의 번역소설 『봄물결』과 이익상의 번역소설 『汝等의 背後에서』는 안석영의 표지화로 꾸며져 박문서관에서 출판되었다. 1920년대 후반 장안의 기생들을 휘어잡았다는 최독견의 『승방비곡』도 당대 최고의 삽화가 안석영의 작품으로 보인다. 이렇게 볼 때 1920년대를 대표하는 장정가는 안석영이라고 할 수 있겠다.

총독부의 시정방침 변화로 1920년대 문학과 출판상황은 이전 시기에 비해 훨

14 『오뇌의 무도』(1921), 『애련모사』(1924), 『백팔번뇌』(1926), 『안서시집』(1929), 『(3인)시가집』(1929)

15 필자가 소장하고 있는 판본은 소프트(페이퍼)커버이다. 그런데 삼성출판박물관 소장본은 도록으로 보기에는 하드커버로 보인다. 각각의 표지 이미지는 매우 대조적이다. 참고로 『진달래꽃』(매문사, 1925) 초판본의 경우에도 꽃그림 있는 한성도서 총판본과 제목글씨만 있는 중앙서림 충판본이 함께 존재한다.

16 오스카 와일드의 『살로메』로 추정됨.

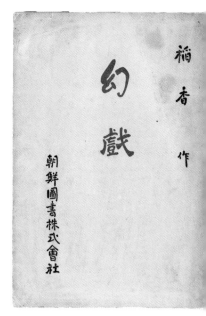

이광수, 『춘원단편소설집』, 1924.1   나도향, 『환희』, 1923, 하드커버 판본   나도향, 『환희』, 1923, 페이퍼커버 판본

나도향(譯), 『카르멘』, 1925   염상섭, 『해바라기』, 1924

최승일(譯), 『봄물결』, 1926

이익상(譯), 『汝等의 背後에서』, 1926

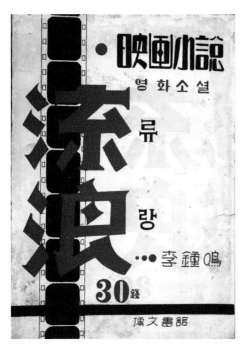

이종명, 『유랑』, 1928

이기영, 『민촌』, 1927

씬 더 다양해졌다. 소설책의 출판도 본격화되었고, 출판물의 겉모습도 화려해지기 시작하였다. 도록 외의 추가 이미지로 선정한 것은 위에서 언급한『환희』의 두 가지 판본과『춘원단편소설집』,『카르멘』,『해바라기』,『봄물결』,『여등의 배후에서』,『유랑』,『민촌』 들이다. 이 가운데『환희』,『카르멘』,『해바라기』,『민촌』은 표지 화가를 알 수 없고, 나머지는 학전, 안석영, 임화가 표지를 그렸다. 임화가 그린『유랑』은 영화소설의 특징을 제대로 반영하였다.

2) 1930년대부터 해방 이전까지의 소설과 장정

장정은 기본적으로 출판환경의 산물이다. 1910년대에 비해서는 많이 개선되었지만 1920년대 출판환경과 문화 인식이 장정을 발전시키기에는 한계가 있었다. 그러나 1930년대에 들어 이러한 과제들이 극복되면서 '아름다운 책'들이 탄생하게 된다. 먼저 30년대 이후 해방 전까지의 대표적인 작가와 소설책 출판상황부터 살펴보자.

박영희『소설·평론집』[1930]/최서해『홍염』[1931]/한인택『선풍시대』[1935]

이광수『혁명가의 아내』[1930],『흙』[1933],『유정』[1935],『그 여자의 일생』[1935],『그의 자서전』[1937],『사랑』[1938],『세조대왕』[1940],『삼봉이네 집』[1941]/홍명희『임거정』 1~4[1939]/염상섭『이심』[1939]

이효석『노령근해』[1931],『聖畵』[1939],『벽공무한』[1942],『황제』[1943]/나도향『어머니』[1939]

김동인『여인』[1932],『감자』[1935],『왕부의 낙조』[1941],『배회』[1941],『대수양』[1943],『백마강』[1944]

이기영 外『카프작가7인집』[1932]/송영 外『농민소설집』[1933]/황순원『황순원단편집』[1940]

이태준『달밤』[1934],『가마귀』[1937],『구원의 여상』[1937],『황진이』[1938],『딸 삼형제』[1939],『청춘무성』[1940],『왕자호동』[1943],『돌다리』[1943],『세동무』[1943],『별은 창마다』[1945]

박화성『백화』[1934],『破鏡(공저)』[1940]/심훈『영원의 미소』[1935],『상록수』[1936],『직녀성』[1937]

이기영『고향』[1936],『서화』[1937],『신개지』[1938],『어머니』[1939],『인간수업』[1941],『생활의 윤리』[1942],『동천홍』[1943],『광산촌』[1944],『처녀지』[1944]/김소엽『갈매기』[1942]

김팔봉『청년 김옥균』[1936],『해조음』[1938],『재출발』[1942]/이근영『고향 사람들』[1943]

이무영『취향』[1937],『명일의 포도』[1938],『먼동이 틀 때』[1939],『靑瓦の家』[1943],『흙의 노예』[1944]

윤백남『眉愁』[1936],『대도전』[1937],『해조곡』[1940],『흑두건』[1941]/홍효민『인조반정』[1944]

박태원『소설가 구보씨의 일일』[1938],『천변풍경』[1938],『지나소설집』[1939],『아름다운 봄』[1942],『여인성장』[1942],『삼국지(譯)』[1943]/현진건『적도』[1939],『무영탑』[1939]

박종화『금삼의 피』[1938],『대춘부』[1939],『다정불심』[1942],『여명』[1944]

함대훈『폭풍전야』[1938], 『순정해협』[1938], 『무풍지대』[1938], 『북풍의 정열』[1943]

엄흥섭『길』[1938], 『봉화』[1943], 『인생사막』[1943]/박계주『순애보』[1939], 『애로역정』[1943]

김내성『백가면』[1938], 『마인』[1939], 『백가면과 황금굴』[1944]/김말봉『찔레꽃』[1939], 『밀림』[1942]

윤승한『만향』[1938], 『조양홍』[1940], 『대원군』[1942]/김남천『대하』[1939], 『사랑의 수족관』[1940]

채만식『탁류』[1939], 『3인장편전집(공저)』[1940], 『金의 情熱』[1941], 『집』[1943], 『배비장』[1943]

한설야『청춘기』[1939], 『귀향』[1939], 『황혼』[1940], 『초향』[1941], 『탑』[1942]

김유정『동백꽃』[1938]/유진오『봄』[1940], 『화상보』[1941]/안수길『북원』[1943]

방인근『명랑』[1940], 『화심』[1940], 『새출발』[1942], 『동방의 새봄』[1943]

안회남『탁류를 헤치고』[1942], 『대지는 부른다』[1944]/현경준『마음의 琴線』[1943]

1930년대 한국소설은 내용과 형식 면에서 앞 시기와 비교할 수 없을 정도로 다양해졌기 때문에 작품집을 일일이 소개하는 방식으로는 지면이 부족하다. 따라서 이 시기 대표적인 장정가를 중심으로 소설책의 장정을 소개하겠다.

장정가	작품(작가)
강호	서화(이기영)
구본웅	무영단편선집(이무영)
길진섭	딸 삼형제(이태준), 화상보(유진오), 탁류를 헤치고(안회남)
김규택	세조대왕(이광수), 초향(한설야), 봉화(엄흥섭), 배비장(채만식), 광산촌(이기영)
김용준	달밤, 가마귀, 황진이(以上 이태준), 해조음 케이스(김팔봉), 이심(염상섭), 복덕방 모단니폰사판, 돌다리(以上 이태준), 배회(김동인)
김주경	醉香(이무영)
김환기	폭풍전야(함대훈)
노수현	영원의 미소 내제화(심훈), 대원군(윤승한)
안석영	어린페테(최청곡), 선풍시대(한인택), 해조음(김팔봉), 상록수 작가소묘(심훈)
윤희순	어머니(이기영), 탑(한설야)
이병현	해송동화집 삽화(마해송), 적도(현진건)
이상범	이순신 삽화(이광수), 상록수 표지화(심훈), 흑두건(윤백남)
이승만	대춘부(박종화), 왕부의 낙조(김동인), 순애보(박계주), 다정불심(박종화), 靑瓦の家(이무영), 王子好童 상하(이태준), 仁祖反正(홍효민), 半島作家短篇集(이광수外), 黎明(박종화)
이승철	長恨夢(조중환), 熱情(白南信), 효자도(이윤혁), 怪賊團(강하형)
이여성	생활의 윤리(이기영), 상록수 면화(심훈)
이주홍	김동인야담집, 깨여진 물동이(以上 김동인), 眉愁(윤백남), 길(엄흥섭), 深苑의 長恨(윤승한), 정열기(엄흥섭), 金의 情熱(채만식), 인생사막(엄흥섭), 남한산성(임경일), 김유신(윤승한), 마음의 금선(현경준), 스파이의 마수(삼문사편집부), 백마강(김동인), 낙랑공주(이동규)
임홍은	이차돈의 사(이광수), 화심(방인근)

장정가	작품(작가)
정현웅	현대조선여류문학선집(강경애 外), 그의 자서전(이광수), 久遠의 女像(이태준), 무풍지대(함대훈), 사랑(이광수), 無情 8版(이광수), 小說家 仇甫氏의 一日(박태원), 천변풍경(박태원), 여류단편걸작집 新選文學全集 第2卷(강경애 外), 支那小說集(박태원 역), 晩香(윤승한), 烽火 新版(윤백남), 濁流(채만식), 魔人(金來成), 여자대학생(방인근), 청춘무성(이태준), 明朗(방인근), 사랑의 수족관(김남천), 甄萱 新撰歷史小說全集 第4卷(김동인), 海王星 6판(이상협), 泗沘水(신정언), 벽공무한(이효석), 황제(이효석), 三國志 卷之一(박태원 譯), 고향 사람들(이근영), 집(채만식), 방송소설명작선(김동인 外), 병풍에 그린 닭이(계용묵), 대지는 부른다(안회남 外), 흙의 노예(이무영), 어머니의 승리(金相德), 세동무(이태준), 대수양(김동인)
翠雲夢人	白花(박화성)[17]
현재덕	암야의 등불(김상덕), 처녀지(이기영)
홍우백	무영탑(현진건), 별은 창마다(이태준)

표에서 보다시피 작품 수로 보면 정현웅이 압도적이며 이주홍, 김용준 등이 뒤를 잇고 있다. 숫자로는 일본 유학을 다녀온 화가들[18]이 다수였고, 작업량으로는 신문사, 잡지사에 소속된 삽화가들[19]이 많은 작품을 남겼다. 그 밖에 연극인 강호姜湖, 제2고보 출신으로 판화부터 산업미술까지 작업한 이병현李秉玹, 딱지본부터『똘똘이의 모험』[1946]까지 장정한 화성華醒 이승철李承喆, 화가라기보다는 학자, 사상가의 길을 걸었던 이여성李如星, 창작과 삽화 사이에서 종횡무진 활약했던 이주홍李周洪 등이 있는데, 이들의 면모는 아직 밝혀지지 않은 것이 많다. 여기에서는 가급적 다양한 장정가의 작품을 감상하도록 하겠다.[20]

『어린페터』,『선풍시대』,『황진이』,『서화』,『폭풍전야』,『마인』,『탁류』,『딸삼형제』,『화상보』,『배비장』,『적도』,『무영탑』,『괴적단』들의 도판을 제시하였는데『어린페터』는 책표지에 장정가를 밝힌 최초의 책이 아닌가 싶다. 1930년 10월 30일 유성사서점에서 출판된 이 책은 최초로 거죽에 장정가를 별도로 밝혔다. 책에 있어서 '장정'이 그만큼 중요해졌다는 것을 증명하는 자료가 아닐까 생각한다. 수화 김환기의 첫 장정 단행본인『폭풍전야』, 1930년대 이후 대표적 장정가로 자리매김한 정현웅의『마인』,『탁류』을 비롯하여 김규택, 길진섭, 이병현, 홍우백, 이승철의 작품들이 이 시기를 대표한다고 하겠다.

17 '취운몽인'은 주식회사조선창문사(1934.2.13)에서 나온『백화』를 '장정·도안'하였는데 본명은 알려지지 않았다. 모윤숙의 첫 시집『빛나는 지역』(조선창문사, 1933.10.15)도 장정한 바 있다.

18 구본웅, 길진섭, 김규택, 김용준, 김환기, 안석영, 임홍은, 정현웅 등

19 노수현, 김규택, 이상범, 이승만, 정현웅, 현재덕, 홍우백 등이 이에 속한다.

20 가장 많은 작품을 남긴 정현웅에 대해서는 필자의『틀을 돌파하는 미술』(소명출판, 2012)을 참조하기 바란다.

최청곡(譯), 『어린페터』, 1930.10.30

한인택, 『선풍시대』, 1935

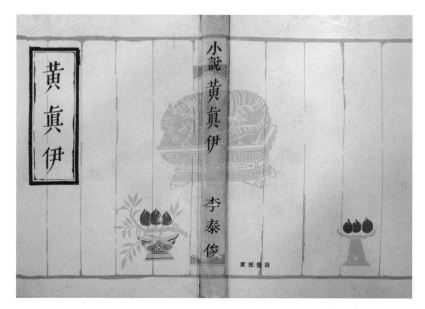
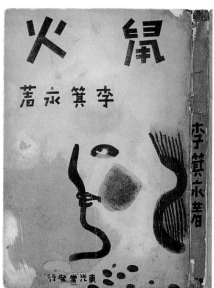

이태준, 『황진이』, 1938

이기영, 『서화』, 1937

함대훈, 『폭풍전야』, 1938

김내성, 『마인』 내제화, 1939.12.15

채만식, 『탁류』, 1941

이태준, 『딸 삼형제』, 1939

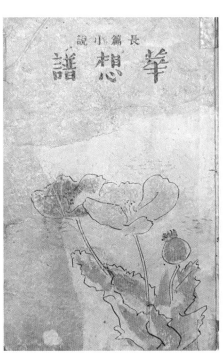

유진오, 『화상보』, 1941

채만식, 『배비장』, 1943

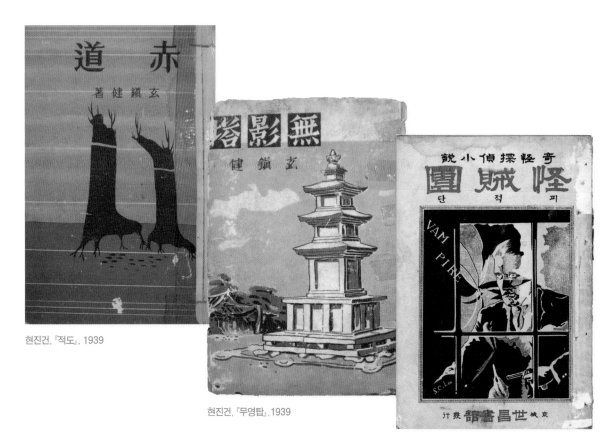

현진건, 『적도』, 1939

현진건, 『무영탑』, 1939

강하형(편), 『괴적단』, 1934

4. 해방 이후부터 1960년대까지

1) 해방 이후 한국전쟁 이전까지

해방은 이념으로 민족을 갈라놓았고, 결국 남북으로 국가를 분열시켰다. 이 시기는 문학이 역사 현실을 외면할 수 없는 시기였다. 좌우익 간에 치열한 갈등과 분쟁은 1948년 8월을 기점으로 한고비를 넘기고, 남북 각지에서 불안한 동거를 유지하다가 마침내 1950년 6월 전쟁이 터지고 말았다. 일제에 빼앗겼던 우리의 말과 글을 되찾았지만 대립과 갈등 속에서 혼돈을 거듭해서인지 이 시기에는 대작이라고 할 만한 작품은 출현하지 않았다. 이 시기 소설책 목록을 살펴보면 다음과 같다. 다만 일제강점기 출판된 작품집의 재판은 장정 관련 사항에 특이점이 없는 경우 생략하였다.

김동인 『태형』[1946], 『김연실전』[1946], 『광화사』[1947], 『발가락이 닮았다』[1948], 『수양대군』[1948], 『화랑도』[1949] / 안회남 『전원』[1946], 『불』[1947], 『봄이 오면』[1948] / 허준 『잔등』[1946]
이태준 『사상의 월야』[1946], 『해방전후』[1947], 『복덕방』[1947], 『농토』[1948], 『구원의 여상』[1948], 『제2의 운명』[1948], 『신혼일기』[1949] / 김송 『무기 없는 민족』[1946], 『남사당』[1949], 『순정기』[1950]
정비석 『파도』[1946], 『고원』[1946], 『성황당』[1948], 『제신제』[1948], 『장미의 계절』[1949]
김내성 『백가면』[1946], 『똘똘이의 모험』[1946], 『광상시인』[1947], 『행복의 위치』[1947], 『진주탑』[1947], 『마인』[1948], 『비밀의 문』[1949], 『청춘극장』[1949] / 김동리 『무녀도』[1947], 『황토기』[1949]
계용묵 『백치 아다다』[1946], 『별을 헨다』[1949], 『청춘도』[1949] / 최명익 『장삼이사』[1947]
채만식 『제향날』[1946], 『아름다운 새벽』[1947], 『잘난 사람들』[1948], 『태평천하』[1948], 『탁류』[1949], 『황금광시대』[1949] / 박태원 『천변풍경』(再)[1947], 『이순신 장군』[1948], 『금은탑』[1949]
현덕 『포도와 구슬』[1946], 『집을 나간 소년』[1946], 『토끼삼형제』[1947], 『남생이』[1947], 『고요한 동(譯)』[1949] / 박계주 『처녀지』[1948], 『진리의 밤』[1949], 『순애보』(49판)[1949]
주요섭 『웅철이의 모험』[1946], 『승리의 날(譯)』[1947], 『김유신(譯)』[1947], 『어머니의 사랑(譯)』[1948], 『사랑손님과 어머니』[1948] / 함대훈 『청춘보』[1947], 『밤주막(譯)』[1949], 『순정해협』[1950]
염상섭 『삼대』[1948], 『삼팔선』[1948], 『신혼기』[1948], 『만세전』[1948], 『모란꽃 필 때』[1949], 『해방의 아들』[1949], 『애련(譯)』[1950] / 박화성 『고향 없는 사람들』[1948], 『홍수전후』[1948]
최정희 『천맥』[1948], 『풍류 잡히는 마을』[1949] / 이근영 『제3노예』[1949] / 지하련 『도정』[1948]
방인근 『새출발』[1948], 『애정』[1948], 『복수』[1948], 『젊은 아내』[1949], 『생의 비극』[1949], 『정조와

여학생』[1949], 『악마』[1949], 『방랑의 가인』[1950] / 윤승한 『김유신』[1948], 『월광부』[1949], 『장희빈』[1950]

이광수 『이순신』[1948], 『애욕의 피안』[1949], 『단종애사』[1950] / 홍명희 『임거정』 1~6[1948]

황순원 『목넘이 마을의 개』[1948], 『별과 같이 살다』[1950] / 임서하 『감정의 풍속』[1948] / 손소희

『이라기』[1949] / 김소엽 『갈매기』[1949] / 홍효민 『태종대왕』[1948], 『양귀비』[1948], 『여걸민비』[1948]

이무영 『세기의 딸』[1949], 『산가』[1949], 『향가』[1949], 『먼동이 틀 때』[1949]

이들 가운데 장정가를 알 수 있는 소설책은 다음과 같다.

장정가	작품(작가)
길진섭	장삼이사(최명익), 삼대(염상섭)
김규택	태평천하(채만식), 동물농장(김길준譯)
김기창	새로운 城 내제화(박영만), 인간수업 내제화(이기영), 장미의 계절(정비석), 순정기(김송), 장희빈(윤승한)
김만형	무기 없는 민족(김송), 삼일운동(김남천), 감정의 풍속(임서하)
김영주	남사당(김송)
김용준	잔등(허준), 무녀도(김동리), 복덕방(이태준), 임거정 1~6(홍명희), 해방문학선집 삽화(염상섭外), 약혼자에게(김동인)
김용환	제신제(정비석), 향가(이무영)
김천혜	세기의 딸(이무영)
김태형	갈매기(김소엽)
김호성	이순신(이광수), 어머니(이기영), 인조대왕(홍효민), 신혼일기(이태준), 먼 동이 틀 때(이무영)
김환기	고원(정비석), 제신제 내제화(정비석), 해방문학선집(염상섭外), 발가락이 닮았다(김동인), 화랑도(김동인), 별을 헨다(계용묵), 풍류 잡히는 마을(최정희)
남관	황토기(김동리)
박계주	순애보 49판(박계주), 진리의 밤(박계주)
박문원	천변풍경再(박태원), 남생이(현덕)
박광진	양귀비(홍효민), 대춘부(박종화)
박성규	광상시인(김내성), 성황당(정비석), 진주탑(김내성)
박영선	농민소설선집 면화(김동리外)
서헌(徐軒)	새로운 城(박영만)
안석영	사랑손님과 어머니(주요섭)
오지호	목화씨 뿌릴 때(박영준)
윤희순	사상의 월야(이태준)
이병현	김좌진장군전(서정주)
이승만	민족(박종화)
이승철	똘똘이의 모험(김내성), 홍도야 설워 마라(박루월), 꿈속의 꿈(명주), 촌색씨(김춘광)
이주홍	해방전후(이태준), 조선소설집(문학가동맹), 고향 6판(이기영), 토지(문학가동맹), 홍도의 반생(김동진)
임동은	삼팔선(염상섭), 신혼기(염상섭)
장환	만세전(염상섭), 마인(김내성)
정종여	노원장(백제현)

장정가	작품(작가)
정현웅	제향날(채만식), 전원(안회남), 맥(김남천), 불(안회남), 낮이나 밤이나(곽하신譯), 목넘이 마을의 개(황순원), 구원의 여상(이태준), 소복(김영수), 아름다운 새벽(채만식), 애생금(심승), 별과 같이 살다(황순원), 봄의 노래(정인택), 비밀의 문(김내성)
조병덕	애정(방인근)
최근배	청춘승리(박종화)
최영수	진주탑(김내성), 코(최영수)
홍우백	희망의 계절(함대훈)

이상 33명의 장정가 작품을 찾아보았다. 이 시기에도 단연 두각을 나타낸 이는 정현웅이다. 김용준과 김환기가 그 뒤를 이었고, 김기창, 김호성, 이주홍 등도 많은 작품을 남겼다. 소설가 박태원의 동생 박문원의『천변풍경』(해방 후판) 장정은 당시 청계천의 모습을 구체적으로 보여주었고, 앞 시기 대표적인 삽화가 임홍은의 동생 임동은 역시 빼어난 작품을 남겼는데 전쟁 중에 사망하였다. 이들 가운데 안석영, 윤희순, 이병현, 임동은은 이 시기에 작고하였고, 길진섭, 김만형, 김용준, 정종여, 정현웅은 월북하여 1960년대까지 북한미술을 이끌었으며, 김환기, 남관, 박영선, 오지호 등은 남쪽 화단의 중추가 되었다.

『천변풍경』(재판),『복덕방』,『임거정』재킷,『태평천하』,『어머니』(재판),『발가락이 닮았다』,『고향』(5판),『삼팔선』,『맥』속표지,『사랑의 수족관』(재판)를 추가 이미지로 제시하였다.『복덕방』과『임거정』모두 일제강점기에 나온 책인데, 전자는 마해송의 모던니폰사에서 일본어판이 출판된 적이 있고,『임거정』은 조선일보사출판부에서 네 책의 포의布衣장정으로 출판되었다. 해방 후 단편집『복덕방』은 새로운 장정으로,『임거정』은 여섯 책의 새로운 장정으로 출판되었다. 특히『임거정』재킷의 매화도는 요즘에는 구해 보기 쉽지 않다. 그밖에 강렬한 느낌을 주는 김호성의『어머니』(재판), 김환기의『발가락이 닮았다』, 향파 이주홍의『고향』(5판), 임동은의『삼팔선』모두 훌륭한 회화 작품이라고 할 수 있다. 끝으로 이 시기까지 휩쓴 정현웅의『맥』속표지도 인상적이며,『사랑의 수족관』(재판)은 장정가 표시가 없지만 일제강점기 초판도 정현웅이 장정한 것으로 보아 재판 역시 정현웅의 작품이 아닌가 생각한다.

2) 한국전쟁 이후

전쟁으로 인해 많은 사람들이 죽었으며, 모든 산업시설이 파괴되었다. 많은 작가들이 전쟁을 겪으면서 월북하거나 납북되었고, 대부분의 출판시설은 북한군에 의

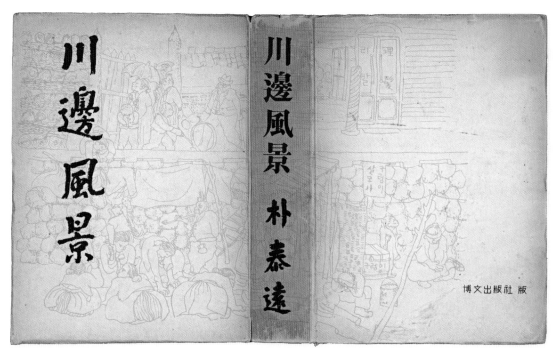

박태원, 『천변풍경』, 1947

이태준, 『복덕방』, 1947

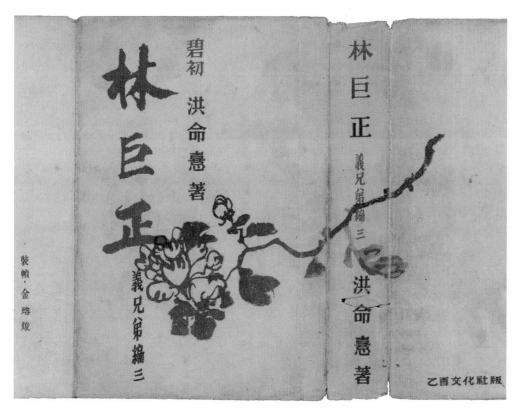

홍명희, 『임거정』 재킷, 1948

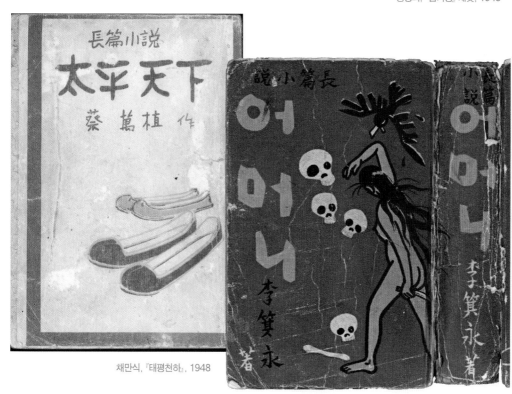

채만식, 『태평천하』, 1948

이기영, 『어머니』, 1948

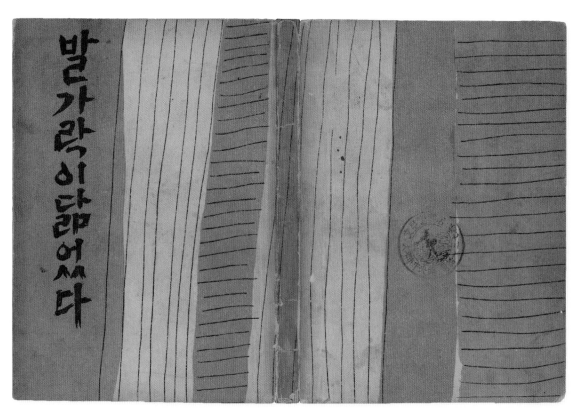

김동인, 『발가락이 닮았다』, 1948

이기영, 『고향』 상, 1947(5판)

염상섭, 『삼팔선』, 1948

김남천, 『맥』 내제화, 1947

김남천, 『사랑의 수족관』, 1949

해 약탈되거나 파괴되었다. 『한국출판연감1963』대한출판문화협회, 1963.9.10. 611쪽에 의하면 '1948년 1,136種, 1949년 1,754種'이던 연도별 출판종수가 1960년이 되어서야 1,606種을 거쳐 1961년에 2,290種으로 회복되고 있음을 알 수 있다. 따라서 이 시기에는 먹고사는 문제가 우선이었고, 책을 낸다는 것은 사치에 가까운 일이었다. 그럼에도 불구하고 전쟁의 상흔을 극복하려 노력한 소설책들이 적지 않게 나타났다. 1960년대까지 나타난 주요 소설책을 살펴보면 다음과 같다.

김동리 『귀환장정』¹⁹⁵¹, 『실존무』¹⁹⁵⁵, 『사반의 십자가』¹⁹⁵⁸

황순원 『기러기』¹⁹⁵¹, 『곡예사』¹⁹⁵², 『카인의 후예』¹⁹⁵⁴, 『학』¹⁹⁵⁶, 『인간접목』¹⁹⁵⁷, 『잃어버린 사람들』¹⁹⁵⁸, 『나무들 비탈에 서다』¹⁹⁶⁰, 『너와 나만의 시간』¹⁹⁶⁴

이무영 『B녀의 소묘』¹⁹⁵¹, 『농민』¹⁹⁵⁴, 『역류』¹⁹⁵⁴, 『삼년』¹⁹⁵⁶, 『벽화』¹⁹⁵⁸

장덕조 『훈풍』¹⁹⁵¹, 『낙화암』¹⁹⁵⁹/김광주 『결혼도박』¹⁹⁵², 『연애제백장』¹⁹⁵³

정비석 『여성전선』¹⁹⁵², 『청춘산맥』¹⁹⁵², 『색지풍경』¹⁹⁵⁴, 『자유부인』¹⁹⁵⁴, 『홍길동전』¹⁹⁵⁴, 『민주어족』¹⁹⁵⁵, 『비정의 곡』¹⁹⁶⁰/김송 『영원히 사는 것』¹⁹⁵², 『탁류』¹⁹⁵³, 『청개구리』¹⁹⁵⁹

박영준 『그늘진 꽃밭』¹⁹⁵³, 『자살미수』¹⁹⁵³, 『푸른치마』¹⁹⁵⁶

안수길 『제3인간형』¹⁹⁵³, 『초연필담』¹⁹⁵³, 『화환』¹⁹⁵⁵, 『북간도』¹⁹⁵⁹, 『풍차』¹⁹⁶³

최태응 『전후파』¹⁹⁵³/최인욱 『저류』¹⁹⁵³, 『행복의 위치』¹⁹⁵⁷

유주현 『자매계보』¹⁹⁵³, 『태양의 유산』¹⁹⁵⁸/선우휘 『불꽃』¹⁹⁵⁹, 『반역』¹⁹⁶⁵

염상섭 『신혼기』(再)¹⁹⁵⁴, 『취우』¹⁹⁵⁴, 『일대의 유업』¹⁹⁶⁰/전광용 『흑산도』¹⁹⁵⁹

김성한 『암야행』¹⁹⁵⁴, 『오분간』¹⁹⁵⁷, 『이성계』¹⁹⁶⁶/오영수 『머루』¹⁹⁵⁴, 『갯마을』¹⁹⁵⁶, 『명암』¹⁹⁵⁸, 『메아리』¹⁹⁶⁰/주요섭 『사랑손님과 어머니』¹⁹⁵⁴, 『미완성』¹⁹⁶²

최정희 『녹색의 문』¹⁹⁵⁴, 『바람 속에서』¹⁹⁵⁵, 『끝없는 낭만』¹⁹⁵⁸, 『인간사』¹⁹⁶⁴

곽학송 『독목교』¹⁹⁵⁵, 『자유의 궤도』¹⁹⁵⁶/김정한 『낙일홍』¹⁹⁵⁷

한무숙 『역사는 흐른다』(再)¹⁹⁵⁶, 『월훈』¹⁹⁵⁶, 『감정이 있는 심연』¹⁹⁵⁷, 『빛의 계단』¹⁹⁶⁰

정한숙 『애정지대』¹⁹⁵⁷, 『묘안묘심』¹⁹⁵⁸, 『황진이』¹⁹⁵⁸/오상원 『백지의 기록』¹⁹⁵⁸

이범선 『학마을 사람들』¹⁹⁵⁸, 『오발탄』¹⁹⁵⁹, 『피해자』¹⁹⁶³/추식 『인간제대』¹⁹⁵⁸

전영택 『하늘을 바라보는 여인』¹⁹⁵⁸, 『전영택창작선집』¹⁹⁶⁵

손소희 『창포 필 무렵』¹⁹⁵⁹, 『태양의 계곡』¹⁹⁵⁹, 『태양의 시』¹⁹⁶², 『그날의 햇빛은』¹⁹⁶²

손창섭 『낙서족』¹⁹⁵⁹, 『비 오는 날』¹⁹⁵⁹, 『부부』¹⁹⁶², 『이성연구』¹⁹⁶⁷

한말숙 『신화의 단애』¹⁹⁶⁰, 『하얀도정』¹⁹⁶⁴, 『이 하늘 밑』¹⁹⁶⁵

장정가	작품(작가)
권영우	흑산도(전광용)
김영주	귀환장정(김동리), 진주탑(김내성), 전후파(최태웅), 초연필담(안수길), 민주어족(정비석), 구원의 성화, 지옥의 시(理想 박계주), 인간실격, 여인백경(以上 정비석)
김용환	이순신과 제갈량(민소청), 돈키호테(이원수), 삼국지(최영해)
김의환	청춘극장 제1부(김내성),
김창렬	단편4인집(김동리 外)
김호성	흑두건(윤백남)
김환기	곡예사, 카인의 후예, 학(以上 황순원), 천맥 52년판(최정희), 머루 초판재판(오영수), 화환, 풍차(以上 안수길), 인간보(이종환), 월훈, 빛의 계단(한무숙), 그날의 햇빛은, 태양의 시(以上 손소희)
김훈	진성여왕(박용구), 사상의 장미(김내성)
문학진	감정이 있는 심연(한무숙), 인간제대(추식), 살아가는 인간(유선아), 창포 필 무렵(손소희), 현해탄은 말이 없다(한운사)
박고석	환상곡(김광식), 벽화(이무영), 주인 없는 성(김동립)
박래현	비정의 곡(정비석), 이성연구(손창섭)
백영수	영원히 사는 것(김송), 신작로(곽하신), 지하수(임옥인)
변종하	실존무(김동리)
우경희	비극은 없다(홍성유), 낙서족(손창섭)
윤석원	광장(최인훈), 마술사(이병주)
이봉상	표류도(박경리)
이순재	자매계보(유주현), 자살미수(박영준), 승방비곡 54년판(최독견), 여성전선(정비석), 오분간(김성한)
이승만	만월대(박용구), 역류(이무영), 황진이(정한숙),
이신자	이 하늘 밑, 별빛 속의 계절(이상 한말숙)
이우경	부부(손창섭)
이종학	사반의 십자가(김동리)
이주홍	탈선춘향전(이주홍), 김유신(윤승한), 낙일홍(김정한)
이준	갯마을(오영수), 태양의 유산(유주현)
이충근	독목교(곽학송)
정규	거룩한 새벽(전영택 外), 하얀 길(신지식)
조병덕	색지풍경(정비석), 독초안에서(김안재), 사랑손님과 어머니 54년판(주요섭), 마심불심(김내성), 애인후편(김내성), 오분간(再)(김성한), 불꽃(선우휘), 일대의 유업(염상섭)
천경자	피안앵(고은), 불신시대(박경리)
한봉덕	애정지대(정한숙), 백지의 기록(오상원)
한홍택	월남전후(임옥인)
홍순문	도회의 정열(정비석), 비 오는 날(손창섭)
홍종명	학마을 사람들(이범선)
황염수	실비명(김이석)

1950년대는 전쟁으로 인한 파괴, 이별, 가난의 시기였지만 역설적으로 예술과 문학은 꽃을 피우기도 하였다. 남으로 내려온 이중섭은 다방에 앉아 그림 그릴 천이나 종이가 없어서 담배 은박지에 은지화를 그리며 가족을 그리워했고, 북으로 올라

간 정현웅, 손영기 등은 고구려고분벽화를 되살려내었다. 한국의 대표 화가 수화 김환기는 1956년 프랑스로 가기 전까지 작가들과 주고받은 마음을 책의 표지로 남겼으니 예쁜 옷을 입은 소설책에게는 어찌 보면 행복한 시대였을 것이다. 이 시기 표지화의 특징이라면 이전 시기에 비해 추상화의 표현이 많아졌다. 김환기, 문학진, 박고석, 변종하, 윤석원, 이신자, 이종학 등의 작품이 이에 해당한다. 장정가들을 그룹별로 보면, 권영우, 김창렬, 김환기, 문학진, 박고석, 박래현, 변종하, 이봉상, 이종학, 천경자, 한봉덕, 홍종명, 황염수 등 정통 화가들부터 한홍택, 조병덕, 홍순문, 우경희 등 산업미술가들, 그리고 김영주, 김호성, 백영수, 이승만, 이주홍 등 삽화가, 김용환, 김의환 형제 만화가에 이르기까지 다양한 화가들이 소설책 장정에 참여하였다.

도록 외에 추가하여 『귀환장정』, 『곡예사』, 『카인의 후예』, 『학』, 『자유부인』, 『사반의 십자가』, 『풍차』 들의 표지를 소개하였다. 한국전쟁 이후의 작품들은 앞으로도 감상할 수 있는 기회가 적지 않을 것이다. 해방 후 대표적인 삽화가라 할 수 있는 김영주의 작품과 한국에서 가장 작품값이 비싼 화가가 된 수화 김환기의 작품들, 이종학의 『사반의 십자가』를 소개하는 정도에서 그쳤다.

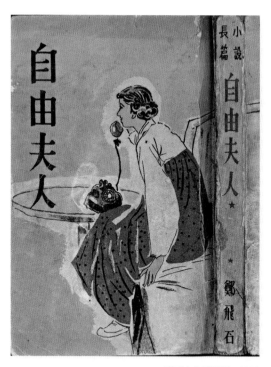

김동리, 『귀환장정』, 1951

정비석, 『자유부인』, 1954

김동리, 『사반의 십자가』, 1958

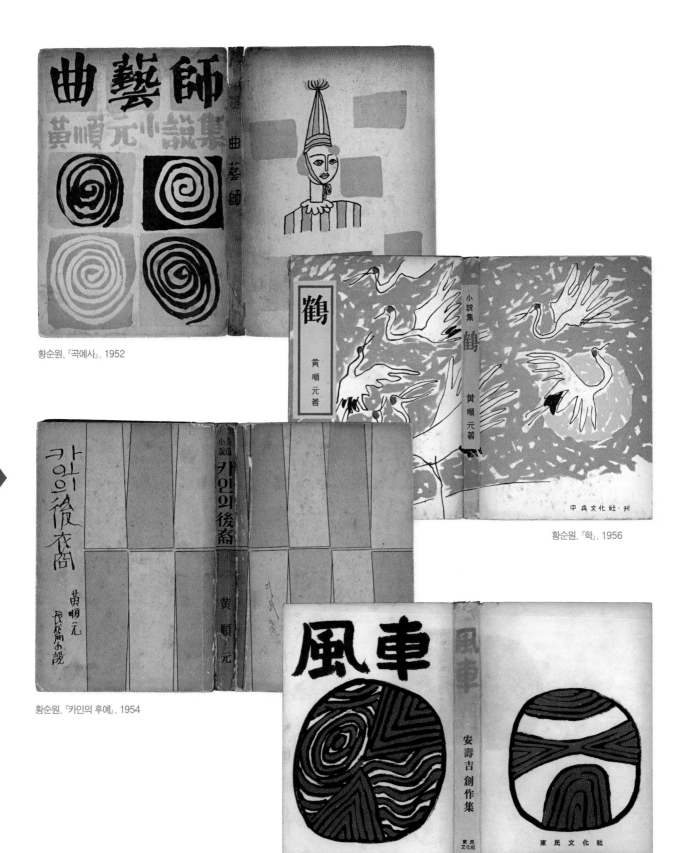

황순원, 『곡예사』, 1952

황순원, 『학』, 1956

황순원, 『카인의 후예』, 1954

안수길, 『풍차』, 1963

V. 맺으며

한국소설책 115년을 크게 세 시기로 나누어 작품집 목록과 표지 이미지를 중심으로 살펴보았다. 처음으로 소설책이 출현하고 얼마 되지 않아 일제에 나라를 빼앗겨 무단통치를 겪은 1920년까지는 시집은 간행되지 않았으니 소설책의 시대라고 할 수 있지만, 출판에 있어서는 장정 개념이 정립되지 않은 시기였다. 다만 번역소설과 딱지본을 중심으로 회화적 성격을 띤 표지화가 등장하였다. 이 시기 근대출판을 대표하는 최남선의 신문관 출판물들은 서책의 이미지 구축이라는 측면에서 추가적 연구가 필요하다고 생각한다.

1921년부터 1945년을 거쳐 1950년에 이르기까지 불과 30년 동안 한국소설은 '신생-성장-다양화'의 과정을 거쳤다. 1920년대 들어 새로운 신문과 잡지의 창간은 물론이고 다양한 출판물이 발행되었고, 출판사의 상호 경쟁을 통해 출판문화도 발전하게 되었다. 나혜석으로부터 출발한 소설책의 장정은 1920년대 안석영, 1930년대 이후 1950년까지는 정현웅을 만나 꽃을 피웠다. 물론 이들 외에도 근원 김용준, 수화 김환기, 길진섭 등 일본 유학 화가들과 이승민, 이주홍, 홍우백 등 선문 삽화가들의 손을 거쳐서 이룩된 소설책의 표지는 독자들의 마음 속에서 작품을 영원히 기억하게 하는 아우라로 자리 잡고 있을 것이다.

끝으로 전시회의 공백을 보완하며 약간의 볼거리를 추가하려 마련한 이 글이 오히려 성긴 그물질이 되지 않았을까 염려가 앞선다. 읽는 분들의 해량海諒을 바랄 뿐이다.

한국 근대소설의 도정

『혈의누』에서 『광장』까지

정종현(인하대 한국어문학과 부교수)

소설이란 무엇일까? 이 질문에 당신은 잠시 망설이다가 '이야기'라고 대답할지도 모른다. 혹시 학교에서 배운 것이 기억난다면, '개연성 있는 허구'라고 말할 수도 있다. '이야기'와 '허구'라고 답한 당신은 이미 소설의 본질을 꿰뚫고 있는 셈이다. 인물과 사건들로 짜여진 '이야기', 현실에 상상력을 가미해 창출한 '허구'라는 답만큼 소설을 더 잘 설명하기란 쉽지 않기 때문이다.

소설과 이야기는 자주 혼동된다. 당신은 어머니나 할머니로부터 한 번쯤 이런 말을 들어봤을 것이다. "내가 겪은 일을 소설로 쓰면 책 몇 권은 될 거야." 실제로 우리들 모두는 각각의 이야기를 가지고 있다. 그렇지만 우리 모두가 소설가가 되는 것은 아니다. 즉, 소설은 우리들이 체험한 재료만으로 되는 것이 아니라 그 재료를 표현하는 어떤 솜씨를 필요로 한다.

소설을 '허구'로 받아들이는 인식도 익숙한 것이다. 불과 얼마 전 아들의 병역 문제를 비판하는 국회의원에게 당시 법무부장관은 "소설 쓰고 있네"라고 빈정거려 논란이 되었다. 급기야 소설가협회장이 소설 비하에 대해 항의하는 해프닝도 있었지만, '소설=허구=거짓'이라는 이러한 인식은 실제 대중에게 널리 퍼져 있는 것이기도 하다.

하지만 지난 100년 동안 소설은 '아무나 쓸 수 있는 거짓말' 이상의 특별한 무엇이었다. 소설은 대중들의 심금을 울렸고 힘든 현실을 견디는 힘을 주었다. 소설은 한국 사회의 현실을 진단하고 그 해결을 모색하는 사회적 역할을 했을 뿐만 아니라 그 자체로 완성된 미적 예술 작품으로 사랑받았다. 이제부터 『혈의누』에서 『광장』까지 근대소설이 걸어온 길을 함께 따라가 보자.

1. 새로운 新소설이 등장하다

−1906~1910

소설을 하찮은 '작은 이야기'로 보거나 사실(진실)과 다른 '거짓말'로 치부하는 인식은 동아시아에서는 아주 뿌리 깊고 오래된 것이다. 『논어』의 「술이述而」 편에서 공자는 성현의 말을 '기술하기만 할 뿐 지어내지 않았다述而不作'라며 자기 저술의 기본 자세를 밝혔다. 유교적 관점에서 소설은 성현의 말씀과는 거리가 먼 지어낸 거짓말이자 저잣거리의 이야기에 불과했다. 이처럼 천대받던 소설이 갑자기 가장 값진 예술로 신분 상승하는 일이 생겼다.

소설의 급격한 지위의 변동은 서양이 동아시아를 본격적으로 위협한 19세기에 일어났다. 중국의 개혁가들은 서양의 발전이 그 문학에서 비롯되었다고 생각했다. 량치차오梁啓超는 서양의 부국강병의 원동력이 소설(문학)에 있으며, 중국의 퇴보는 소설을 천시하고 잘못된 문장을 숭상한 데 있다고 주장했다. 이런 인식 속에서 고문과 경전에 치중한 중국의 문文을 개혁함으로써 중국을 근대화시키자는 '문학계(소설계) 혁명'이 일어났다.

일본도 마찬가지였다. 메이지 일본의 화두는 서구 따라잡기였다. 이를 위해 그들은 서양의 개념과 제도를 번역했다. 개인, 사회, 존재, 권리, 자유, 미, 연애, 자연, 근대, 대학 등 우리가 익숙하게 사용하는 개념어는 십중팔구 이 시기에 일본에서 만들어진 번역어다. 소설도 예외가 아니다. 서구에서 로맨스romance를 제치고 새롭게 등장한 노블novel을 유사해 보이는 천대받던 장르인 소설小說로 번역하면서 동아시아의 근대소설이 출발했다.

우리의 경우도 별반 다르지 않았다. 조선 왕조는 내부적으로 봉건 체제가 붕괴하고 있었고, 외부적으로 서양과 일본 등 외세에 의해 독립이 위협받고 있었다. 당시 조선 사회의 시대적 소명은 반제 · 반봉건의 동시적 달성을 통해 근대적 독립 국가를 수립하는 것이었다. 이를 실현하기 위해 조선의 지식인들도 문학의 역할을 중요하게 생각했다. 이 시기의 대표적 소설 양식은 '신소설'과 '역사전기물'로 문명개화와 자주독립국가 건설이 그 중요 내용이었다.

신소설의 출발인 이인직의 『혈의누』1906는 이러한 시대적 과제가 담긴 작품이다. 이 소설은 청일전쟁으로 미아가 된 여주인공 옥란이 일본인 군의관에게 구원되어 일본을 거쳐 미국 유학을 통해 신여성으로 거듭나는 이야기를 중심서사로 한다. 이 작품은 조선의 봉건 체제를 비판하고 신교육과 신문명을 통해 자주독립을 추구하며 자유연애 사상을 강조한다는 점에서 근대적이었다. 인물들이 이동하는 소설의 배경 역시 세계로 확장되었다.

이 시기의 신소설들은 협소하고 비현실적인 공간과 봉건적 가치관에서 탈피하여 현실적인 세계 지리를 배경으로 새로운 가치를 제시했다. 이해조의 『구마검』[1908]은 무속과 미신에 휘둘리는 한 가정의 풍파를 통해서 거꾸로 근대적이고 합리적인 사고의 중요성을 설득했다. 지식층 남녀의 애정문제를 그린 최찬식의 『추월색』[1912]도 조선과 도쿄, 만주, 런던 등의 세계를 활보하는 주인공들을 통해 신교육과 자유결혼을 주장하며 근대적 지향을 보여주었다.

국내외 민족의 영웅과 국난 극복의 사례를 보여주는 '역사전기물'도 왕성하게 출판되었다. 스위스의 자주 독립을 쟁취한 영웅 '빌헬름 텔'의 일대기를 번역한 박은식의 『서사건국지』[1907], 잔 다르크 이야기를 번역한 장지연의 『애국부인전』[1907], 러시아의 근대화를 이끈 표트르 대제의 전기를 번역한 김연창의 『피득대제』[1907] 등이 출판되었다. 신채호는 우리 역사의 영웅인 『을지문덕』[1908]과 『이순신전』[1908] 등을 통해 애국심을 고취했다.

2. 근대소설이 출발하다

−1910~1919

1910년대는 서구로부터 온 박래품인 근대소설이 본격적으로 자리 잡은 시기이다. 소설은 기존에 전승되어온 서사 관습과 교섭하며 정착했다. 이를테면 이해조의 『옥중화』[1912]는 그 사례이다. 이 작품은 구술성이 강한 『춘향전』을 활자 읽기 중심의 텍스트로 재창조하여 〈매일신보〉에 연재한 후 단행본으로 출간된 것이다. 이 작품을 비롯하여 1910년대 내내 〈매일신보〉에 연재된 신소설들은 독자들의 취향과 읽기 관습을 서서히 변모시켰다.

전통적인 서사 관습과 함께 한국 근대소설의 형성에 끼친 번역의 역할에도 각별히 주목할 필요가 있다. 오자키 고요尾崎紅葉의 『곤지키야샤金色夜叉』를 번안한 조중환의 『장한몽』[1913]은 그 사례이다. 이 작품은 원작의 줄거리를 따르면서도 시대적 배경과 인명·지명을 조선의 풍토에 맞게 바꾸어 썼다. 이 소설은 자본주의에 진입한 조선

사회를 배경으로 물질적 욕망과 사랑의 갈등을 새로운 기독교적 윤리를 통해 봉합하는 결말을 취하고 있다.

알렉상드르 뒤마의『몽테크리스토 백작』의 일본어 번역인『암굴왕』을 다시 중역한 이상협의『해왕성』[1916], 최초의 단편소설집으로 평가받는 안국선의『공진회』[1915]도 번안물들이다. 최근의 연구는 동물을 의인화하여 인간을 풍자한 애국계몽기의 우화소설인 안국선의『금수회의록』과『공진회』에 실린 단편「인력거꾼」등이 번안물일 가능성을 제기하고 있다. 혹시 이런 사실을 듣고 우리의 근대소설이 부끄럽게 여겨지는가?

하지만 본디 문학과 문화란 이동하고 뒤섞이는 것이다. 일본의 메이지 문학도 서양의 근대 작품을 번역하고 모방하면서 만들어진 것이었다.『곤지키야샤』는 영국 여류 작가인 버서 클레이의『여자보다 약한』을 모방한 것이고,『금수회의록』이 영향받은 사토 구라타로佐藤藏太郎의『금수회의 인류공격』도 동물이 등장하는 서양 작품을 모방했을 가능성이 크다. 이처럼 동아시아 사회에서 전승과 결합된 번역과 모방은 근대소설 형성의 중요한 한 경로였다.

최초의 근대소설로 평가되는 이광수의『무정』[1917]이야말로 그 증거라 할만하다. 이 작품은 당대 독자들에게 익숙한 옛이야기로부터 출발했다. 처음에 이광수는 옥에 갇힌 아버지를 구하기 위해 기생이 되는 서사를 중심으로「박영채전」을 쓰려고 했다. 기생 영채 이야기는 당시 인기있던 염정소설『채봉감별곡』의 평양 기생 술이의 사연을 빼박았다. 하지만 이광수는 더 이상 효孝와 열烈의 윤리만으로는 해결되지 않는 시대의 변화를 감지했다.

명민한 이광수는『무정』을 이형식을 중심으로 하는 새로운 내용의 소설로 바꾸었다. 이 과정에 외국 문학이 개입했다. 이광수는 자신이 읽은 나쓰메 소세키의『우미인초』에서 도쿄근대와 교토전통라는 장소성과 결부된 두 여성 사이에서 갈등하는 남성 주인공의 구도를 선영경성과 영채평양 사이의 이형식의 구도로 변형시켰다. 삼랑진 여관방에 모두를 모은 뒤 갈등을 단번에 해결하는 결말도『우미인초』로부터 영향받은 것이다. 이처럼 전승과 번역은 한국 근대소설을 만든 동력이었다.

한국 근대소설의 형성에서 큰 역할을 한 여성 작가들에 대해서 주목해야만 한다.『청춘』의 현상공모에 당선된 김명순의「의심의 소녀」[1917]는 봉건적인 제도와 애정관을 비판한 작품이다. 실감나는 공간 묘사와 어색함이 없는 언문일치의 차원에서도 선구적이었다. 나혜석의「경희」[1918]도 관습에 대항하며 자아에 충실하고자 하는 주체적 신여성을 그리고 있다. 이들은 한국 근대소설을 개척한 여성'작가'로서 기억될 필요가 있다.

3. 조선의 현실을 자각하고 사실대로 그리다

−1919~1925

3·1운동이 없었다면 한국의 근대사는 얼마나 초라했을까. 그런 생각이 들만큼 3·1운동은 근대 한국을 만든 결정적인 사건이었다. 3·1운동은 식민지배에 저항한 독립 운동이었을 뿐만 아니라 동시에 사회혁명의 성격을 가진 봉기였다. 상해에 만들어진 임시 정부가 '민주공화정'을 표방한 것은 그 단적인 증거이다. 왕의 목을 자른 프랑스 대혁명과는 분명 다르지만, 애도와 함께 고종을 장사지내며 결과적으로 '군주제'도 역사 속에 파묻은 셈이다.

3·1운동은 한국 사회에서 근대를 추동하는 엔진과도 같은 역할을 했다. 3·1운동 이후 각 부문에서 근대적 조직과 제도가 만들어졌다. 그 중 문학과 관련해 특별히 언급할 것은 신문과 잡지 등 조선어 언론매체의 대두와 교육 기관의 확대이다. 3·1운동에 놀란 제국 정부는 '불을 때는 데 굴뚝이 없으면 솥이 파열한다'며 조선어 신문을 허용했다. 1920년에 〈조선일보〉와 〈동아일보〉가 창간되고 앞다투어 다양한 종류의 조선어 잡지들이 등장했다.

조선어 미디어의 등장은 작가들에겐 각별한 의미를 가지는 사건이었다. 작품을 발표할 지면이 생겼기 때문이다. 우리는 한국 근대소설이 한글로 이루어진 것을 당연하게 생각한다. 하지만 그것은 생각처럼 그렇게 당연한 일은 아니다. 한국 근대문학의 선구자들은 일본 유학생 출신들이었으며 대부분 이중언어가 가능했다. 그들은 일본어로 번역된 서구문학과 당대 일본문학을 탐독하며 문학적 자아를 형성했고 일본어로도 습작했다.

이광수의 첫 단편은 「愛か」[1909]라는 일본어 창작이었다. 김동인은 자신의 작품을 머릿속에서 일본어로 먼저 떠올린 뒤 한글로 번역해서 옮겼다고 회고했다. 아름다운 노랫말로도 유명한 「고향」의 시인 정지용은 유학 시절 일어로도 시를 썼다. 근대소설의 문체를 결정한 3인칭 대명사와 과거형 종결어미도 일본어소설의 '피皮/피녀皮女'와 종결어미에서 영향을 받았다. 조선의 작가들도 타이완의 작가들처럼 일본어를 문학어로 선택할 수도 있었다.

그렇지만, 3·1운동의 감격을 겪으며 식민지 조선의 (문학)청년들은 민족이라는 공동체를 발견했고 새로운 주체로 태어났다. 또한 3·1운동은 그들에게 작품을 발표할 수 있는 조선어 매체를 선물했다. 글을 발표할 지면과 그것을 읽어줄 교육받은 독자는 작가에게 생명과 같은 존재이다. 한글 매체와 독자가 없었다면 문학에 뜻을 둔 조선 청년들은 일본어로라도 작품을 썼을 것이다. 그런 점에서 3·1운동의 역할은 한국 근대문학의 성립에도 결정적이었다.

3·1운동은 근대소설의 내용에도 영향을 끼쳤다. 염상섭의 「만세전」[1924]은 그 제목부터 의미심장하다. 이 작품은 추상적 근대성에 대한 낭만주의적 동경의 자세를 보였던 도쿄유학생 이인화가 "구더기가 들끓는 공동묘지"와 같은 식민지 현실을 자각하고 새로운 주체로 성장할 것을 암시하며 마무리되는 소설이다. 염상섭은 그 서사적 시간대를 군이 '만세전萬歲前'이라 강조함으로써 역설적으로 주인공의 변화를 '만세후'와 결부하여 환기시키고 있다.

김동인은 「감자」[1925]에서 복녀의 타락의 서사를 통해 봉건적인 질서와 가치가 자본주의의 물질주의로 변화한 양상을 압축적으로 보여준다. 김동인이 부정적으로 그리는 복녀의 저 내면이야말로 쾌락과 욕망의 근대와 관련된 것일지도 모른다. 「타락자」[1922]와 「운수좋은 날」[1924] 등을 통해 힘겹게 살아가는 지식인과 노동자·농민의 궁핍한 삶을 그린 현진건, 「물레방아」[1925]와 「벙어리 삼룡이」[1925] 등을 통해 여전히 지속되는 주종관계나 가난의 문제를 치밀하게 묘사한 나도향 등도 사실주의 소설의 개척자들이었다.

4. 리얼리즘과 모더니즘으로 만개하다

−1925~1935

조선프롤레타리아예술가동맹카프을 빼놓고 1920~30년대의 한국문학을 설명하기란 어려운 일이다. 카프는 1925년에 『백조』 동인 출신인 김기진, 박영희 등 신경향의 문학 노선을 표방했던 이들의 머리 글자를 딴 '파스큘라PASKYULA' 그룹과, 문학을 통한 사회주의 선전을 주창했던 송영, 이적효 등의 '염군사焰群社' 그룹이 연합하여 조직한 단체이다. 1935년 경기도 경찰부에 해산계를 제출할 때까지 10년 동안 지속되었다.

앞서 설명했듯이, 3·1운동 이후 염상섭, 현진건, 나도향 등의 작가들은 그 이전의 이광수류의 계몽주의적인 소설에서 벗어나 민족 현실을 직시하는 사실주의 작품들을 선보이기 시작했다. 그렇지만 이들 소설들은 물질적·정신적으로 궁핍한 식민지 현실은 드러냈지만, 대안이 부재한 세계를 보여줄 뿐이라는 비판에 직면했다. 1920년대 중반 무렵 이러한 한계를 타개하려는 새로운 소설적 경향이 등장했다.

문학사에서는 이를 '신경향파'라고 부른다. 카프가 조직된 비슷한 시기에 등장한 신경향파 소설을 대표하는 작가가 바로 최서해이다. 「탈출기」, 「홍염」 등 그의 소설 속 주인공들은 현실에 좌절하기 보다는 참혹한 현실을 바꿔내려고 적극적인 행동에 나선다. 그렇지만 현실 변화의 계기가 주인공 개인의 원한과 울분에서 시작된다는 점, 방화와 살인 등 극단적인 행동으로 나아가는 점 등에서 그 한계가 지적되기도 한다.

1920년대 후반부터 카프가 주도한 리얼리즘 문학의 성과작들이 발표되기 시작했다. 조명희의 「낙동강」[1927]은 그 중에서도 맨 앞에 서 있는 작품이다. 이 소설은 박성운이라는 한 혁명가의 일생을 통해 식민지 조선의 사회운동을 조망했다. 조명희는 이 작품을 통해 '우리'로부터 배제되었던 불가촉천민인 백정을 농민과 함께 민족의 구성원으로 호명한다. 나아가 삶의 터전이 무너진 원인을 식민통치로 지목하고 그에 맞서 싸울 것을 제시하고 있다.

1930년대에 들어서며 한국문학의 대표적인 장편 리얼리즘 소설들이 쏟아졌다. 염상섭의 『삼대』[1931]와 이기영의 『고향』[1933], 강경애의 『인간문제』[1934]와 한설야의 『황혼』[1936] 그리고 채만식의 『탁류』[1937] 등은 1930년대뿐만 아니라 한국 근대소설사 전체를 풍요롭게 한 작품들이다. 각각 농촌과 방직공장, 경성과 미두장 등을 배경으로 삼아 식민지 자본주의가 초래한 현실의 다양한 문제와 그를 타개해가는 주체들의 고투를 그렸다.

1930년대 초반 무렵부터 카프의 도식적이고 반영론적인 문학론에 대해 반발하며 새로운 감각과 기법을 실험하는 모더니즘 계열의 작가들이 등장했다. 「비오는 길」[1935], 「심문」[1939] 등을 통해 시대의 위기와 지식인의 불안을 섬세하게 그린 최명익과 '단층'파는 평양의 모더니즘을 주도했다. 경성에서는 이태준, 박태원, 이효석 등 구인회 동인들이 활동했다. 한국 모더니즘의 성좌를 수놓은 작가들 중에서도 이상은 특히나 빛나는 존재이다.

이상의 「날개」[1936]는 식민지 모더니즘의 한 극점을 보여준 작품이다. 주인공 '나'는 매춘부 아내에 기생하여 외부세계와 단절된 채 골방에서 권태롭게 살아간다. 어떤 생산적인 활동도 하지 않고 '돈'(은화)에 대한 무관심을 통해 화폐의 위력을 무화시킨 다는 점에서 '나'야말로 반자본주의적 삶을 실행하는 인물인지도 모른다. 단자화된 자 본주의적 소외를 상징하는 골방에서 '박제'된 삶을 살던 주인공 '나'는 소설의 결말에 서 미쯔코시 백화점 옥상에 오른다.

정오의 사이렌이 울리고 사람들은 "네 활개를 펴고 닭처럼 푸드덕거리는 것 같고 온갖 유리와 강철과 대리석과 지폐와 잉크가 부글부글 끓고 수선을 떨고 하는 것 같 은 그야말로 현란을 극한 정오"에 나는 다시 한번 비상의 '날개'를 꿈꾼다. 고정되고 불 변할 것 같았던 모든 단단한 질서가 유동하는 근대처럼, 온갖 것이 들끓어 오르는 경 성의 복판에서 비상의 '날개'를 꿈꾸는 이 장면이야말로 식민지 모더니즘이 도달한 한 정점이라 할 만하지 않을까.

5. 현실의 압박과 소설의 행로를 모색하다
−1935~1945

그러나 비상을 꿈꾸던 이상은 중일전쟁이 일어난 1937년 도쿄에서 죽는다. 유작 「실화」에서 이상은 군복 입은 악대가 도쿄의 극장 앞에서 공연하는 모습과 그곳 어디 에선가 잃어버린 꽃이 짓밟힌 장면을 교차하면서 예술이 파시즘의 선전물이 되어버린 엄혹한 현실을 그렸다. 그래도 이상은 진짜 지옥을 경험하지 않고 죽은 행복한 '천재'였 을지 모른다. 그의 문우들은 이후 친일 작품의 창작과 문인 단체 가입으로 모더니즘의 이상을 더럽혔기 때문이다.

미래에 대한 전망이 막혔을 때, 작가는 무엇을 할 수 있을까? 엄혹한 파시즘의 계 절, 자본주의적 근대를 넘어서려는 전망을 상실하고 현실을 타개할 주체의 위치가 불 확실해졌을 때 해산된 카프의 작가들은 자신들의 현재를 만든 가까운 역사적 과거로 시선을 돌렸다. 이 즈음에 창작된 김남천의 『대하』[1939], 이기영의 『봄』[1940], 한설야의 『탑』[1940] 등은 조선 사회의 역사적 과거를 통해 주체 재건의 가능성을 모색한 리얼리즘 소설들이다.

김남천의 『대하』는 그 자신이 제시한 '가족사·연대기 소설'이라는 창작방법론을 구체적으로 실천한 작품이다. 이 소설은 근대이행기를 배경으로 자수성가한 박씨 집안 의 가족사를 중심으로 전개된다. 봉건적인 신분질서와 가치들이 역동적으로 변화하고 있던 이 시기에 신분적 한계를 가지고 태어난 서자 박형걸이 여러 장애를 뛰어 넘으며 성장하는 서사를 통해 근대의 가능성을 탐색하려 시도한 작품이지만 아쉽게도 미완으로 그치고 말았다.

더 먼 과거를 배경으로 '조선'이라는 주체성을 구성한 소설도 있다. 벽초 홍명희의 『임꺽정』[1939]은 16세기를 배경으로 하층민 의형제들이 모인 청석골 화적패의 활동을 그린 작품이다. 이 작품은 백두에서 한라에 이르는 조선의 전 지역을 아우르고, 궁중과 양반사대부가의 언어는 물론 백정의 말에 이르기까지 모든 계급의 언어를 능숙하게 구사하며 조선의 풍속을 재현했다. 소설은 이를 통해 '조선'이라는 문화적 주체성을 구성하는데 성공하고 있다.

1930년대 후반에는 근대주의 자체에 문제를 제기하는 소설적 흐름이 대두했다. 이태준은 「복덕방」[1937]에서 근대화의 흐름에 적응하지 못한 세대의 좌절과 비애를 그렸고, 「패강냉」[1938]에서 근대화의 소용돌이 속에서 사라진 전통과 문화를 아쉬워하고 있다. 김동리는 「무녀도」[1936]와 「황토기」[1939] 등의 작품에서 조선과 동양의 전통에 토대한 비합리성의 서사적 세계를 제시함으로써 서구의 근대적 합리성에 맞서고자 했다.

이 시기 한반도 밖으로 이주한 작가들이 빼어난 문체의 외국어로 자신의 정체성과 관련한 작품을 발표하여 고평 받은 사실도 각별히 강조할 필요가 있다. 강용흘과 이미륵은 3·1운동 이후 쫓기는 몸이 되어 미국과 독일로 망명한 뒤에 각각 『초당*The Grass Roof*』과 『압록강은 흐른다』를 발표했다. 아름다운 자연을 배경으로 전통적인 문화를 가꾸며 살아가는 한국인들의 소박한 삶과 그것이 식민지배에 의해 어떻게 황폐해졌는가를 제시했다.

일본인-조선인 혼혈의 문제를 소재로 식민/피식민의 폭력적 구별짓기를 다뤄 아쿠타가와상 후보에 오른 김사량의 일본어소설 「빛 속으로光の中に」, 김창걸·박영준·안수길 등 재만주조선인 작가 7인의 단편소설을 모으고 염상섭의 서문을 붙여 출판한 『싹트는 대지』 등은 조선인의 생활권이 확장된 현실을 반영하고 있는 작품들이다. 이 두 작품은 해방 이후 각각의 지역에서 전개될 재일조선인문학과 중국조선족문학을 예고했던 것인지도 모른다.

6. 해방 후 현실을 담다

-1945~1950

해방 직후 소설의 중심 주제는 귀환이었다. 해방기의 담론은 식민지라는 부끄러운 기억과 경험, 제도를 청산하고 새로운 민족국가를 건설하는 데 집중되었다. 이때 '새로운' 민족국가를 건설하기 위해 '민족적인 것'으로 '돌아간다'는 역설적인 담론이 생성된다. 만들어지지 않은 미래의 민족국가와 민족문화를 상상하면서, 그것이 식민지 이전에 존재했던 '민족적인 것'으로의 귀환을 통해서 가능하다는 역설이 성립한 것이다.

이러한 민족으로의 귀환의 서사는 사상, 제도, 역사, 언어 등 문화의 전 분야에서 이루어진 것이지만, 그것이 일차적으로 가시화된 것은 문학에서의 지리적인 귀환이다. 식민지 시절 일본의 세력권은 만주와 중국, 남양 등지로 확장되었다. 이렇게 확장된 일본의 세력권으로 식민지 조선인들이 살 길을 찾아 이주하거나 강제 징용과 징병으로 끌려갔다. 중국과 만주, 일본과 남양 등지로 건너갔던 수백만 명의 조선인들이 해방과 더불어 한반도로 돌아왔다.

많은 작품들이 외지로 나갔다가 귀환하는 조선인들의 삶을 형상화했다. 해방의 감격과 만주로부터 조선으로의 귀환을 담은 염상섭의 「해방의 아들」[1946], 규슈 탄광에 징용되었다 귀환한 자신의 경험을 담은 안회남의 창작집 『불』[1947], 인간애의 한 정점을 보여주는 허준의 「잔등」[1946], 애매한 경계에 놓여 있던 재만주 지식인의 귀환과 해방 공간에서의 고뇌를 다룬 김만선의 단편집 『압록강』[1948] 등이 이 시기의 대표적인 귀환소설들이다.

지식인의 자기 반성과 새로운 주체성의 모색은 이 시기 소설의 또 다른 주제였다. '조선문학가동맹'이 제정한 해방기념 조선문학상의 수상작으로 선정된 이태준의 「해방전후」[1946]는 그 대표적인 작품이다. 이 소설에서 작가는 시국과 거리두기라는 소극적 태도로 자기 보존만을 도모했던 과거와 결별하며 새로운 주체로 거듭날 것을 암시했다. 이후 이태준은 조선문학가동맹 부위원장을 거쳐 월북한 뒤 숙청 전까지 북한 문단의 중심에서 활동하게 된다.

「해방전후」와 조선문학상을 다투었던 또 다른 후보작인 지하련의 「도정」[1946] 역시 지식인의 반성 및 새로운 출발과 관련된 소설이다. 「도정」의 주인공은 식민지 시기 억압에 굴복하여 전향한 뒤 시골에 칩거했던 사회주의자이다. 해방 이후 그는 나약하고 비겁했던 자신의 과거를 반성하고 새로 조직되고 있던 공산당의 가입 서류에 소속 계급을 '소부르주아'라고 적는다. 소설은 주인공이 계급적 주체로 거듭나기 위해 공장 지대로 향하며 마무리된다.

이 시기는 경제난과 이념 대립으로 크게 혼란스러웠다. 계용묵의 「별을 헨다」는 낭만적 제목과는 다르게 노숙하는 '귀환전재민' 일가의 막막한 처지를 통해 이 시기의 암울한 현실을 그렸다. 허세덩어리인 주인공이 권력에 줄을 대려고 가산을 탕진해가는 과정을 그린 이무영의 「굉장씨」[1946]는 좌우 이념 대립의 극심한 혼란상을 보여준다. 토지개혁 문제를 다룬 조선문학가동맹의 소설집 『토지』[1947]에서는 좌익 문인들의 당대 인식을 확인할 수 있다.

채만식은 「민족의 죄인」을 통해 식민지 시기 친일의 과오를 고백했다. 또한 그는 해방 직후 한국 사회의 다양한 정치 사회적 문제에 대한 통찰을 담은 작품을 남기고 있다. 미군정 하 통역 정치의 폐해를 그린 「미스터 방」[1946], 당대 대중들의 최고의 관심사였던 토지 문제를 다룬 「논 이야기」[1946] 등을 통해 해방기의 사회상을 비판하고 있다. 채만식은 「낙조」[1948]에서 좌우와 남북의 갈등이 결국 한국전쟁으로 이어질 것을 예감하고 있었다.

7. 전후 새로운 시대에 대응하다

−1950~1960

한국전쟁은 삶의 터전은 물론 기존의 사회 구조 등 모든 것을 파괴하고 휩쓸어 뒤죽박죽으로 뒤섞어 버렸다. 문학적으로 엄청난 소재를 만났지만, 작가들은 그 체험을 작품으로 쓸 처지가 못 되었다. 생명을 보존하고 생활을 유지하는 것만으로도 벅찼기 때문이다. (남성)작가들 대부분은 육해공군 종군작가단으로 전선 혹은 후방에 배치되어 군인으로 살아야 했다. 작품 발표 지면도 『전선문학』이나 『문예』 등에 한정되었고, 출판시장도 급격히 축소되었다.

직접적인 생존의 위협에서 벗어난 휴전 즈음부터 작가들은 본격적으로 이 전쟁에 대한 형상화를 시작했다. 손창섭의 「비오는 날」[1953], 장용학의 「요한시집」[1955], 서기원의 「암사지도」[1956], 박연희의 「증인」[1956], 이범선의 「오발탄」[1959] 등은 개인이 그를 둘러싼 폭력적 상황인 전쟁과 그 폐허에서 인간의 본질과 실존을 붙잡고 어떻게 고뇌하는가에 주목했다. 소설사는 이를 '전후문학'이라 부르고 그 경향을 '실존주의'라 일컫는다.

한국인들의 삶은 1930년대 이래 크고 작은 전쟁 속에 놓여 있었다. 한국전쟁 체험은 불과 5년 전에 끝난 '아시아-태평양전쟁'의 체험과 연결하여 이해될 필요가 있다. 아시아-태평양전쟁에서 불구가 된 아버지와 한국전쟁에서 상이군인이 된 아들의 대를 이은 수난을 형상화한 하근찬의 「수난이대」[1957]는 두 전쟁의 관계를 환기시킨다. 서로의 발과 손이 되어 주는 이들 부자처럼 한국의 민중들은 서로를 의지하며 역사의 거센 격랑을 헤쳐 나갔다.

1950년대의 문학이 한국전쟁과 실존주의로만 일관한 것은 아니었다. 이를테면 정비석의 『자유부인』[1954]에서 불과 1년 전까지 지속되었던 전쟁의 흔적은 거의 찾아보기 어렵다. 전후의 기묘한 활기와 정치적 부패상을 생생하게 그린 이 작품이 대중문학이라는 이유로 문학사에서 소홀히 취급되는 것은 아쉬운 일이다. 국어학 대학교수의 부인이 바람이 나서 집을 나간다는 자극적인 내용에 가려져 있지만 이 작품은 다분히 정치적인 메시지를 담고 있었다.

이 소설은 민족적인 교양을 갖춘 남편을 중심에 두고 자유를 방종으로 오해한 여성들은 물론 시민성에 미달한 남성 엘리트들도 비판한다. 특히 이승만 정권의 특권층의 치부와 정경유착 및 여당의 선거 행태 등 총체적인 '정치 부패'를 고발한다. 왕족과 귀족을 등장시킨 정치적 포르노와 프랑스 혁명의 관계에 주목한 프랑스 사학자들의 견해를 빌자면, 관능적 서사 속에서 정치적 부패를 폭로하는 『자유부인』은 4·19혁명의 텍스트였는지도 모른다.

4·19혁명의 상징이 된 최인훈의 『광장』의 서사가 정작 한국전쟁 이후 남한 사회의 부패와는 큰 관련이 없다는 사실은 무척 흥미롭다. 이 작품의 서사는 식민지와 해방기를 거쳐 한국전쟁까지를 시간적 배경으로 하고 있다. 특히 이 소설이 식민지 시기와 밀접히 연관되어 있다는 사실은 종종 간과된다. 소년 이명준은 만주를 거점으로 좌익운동을 펼친 혁명가 아버지를 따라 신경, 하얼빈, 연길 등의 중국 도시에서 유년기를 보냈다.

이 소설은 이런 이명준을 내세워 이데올로기에 대한 강한 환멸을 그리고 있다. 하지만 그러한 환멸이 식민지-해방기의 좌익 세력의 역사적 실재를 아울러 함께 서사화한 뒤에 도달한 결론이라는 점에 주목할 필요가 있다. 냉전적 반공 이데올로기가 옥죄고 있던 1950년대의 남한 사회에서 남북한 모두를 비판하며 중립국행을 선택하는『광장』의 서사는 발표되기 어려웠다. 작가의 말마따나 이 작품은 "빛나는 4월이 가져온 새 공화국"의 산물이었다.

코로나19 팬데믹 시대의 소설 읽기

『혈의누』에서『광장』까지 한국소설이 걸어온 길을 함께 거닐어 보았다. 이제 현실로 눈을 돌려보자. 끝이 보이지 않는 코로나19 팬데믹의 나날이 이어지고 있다. 많은 이들이 타인과의 접촉을 두려워하며 물리적으로도 심리적으로도 점차 고립되고 있다. 어쩌면 감염병 그 자체보다도 위축된 우리네의 마음과 사람 사이의 끊어진 관계가 더 무서운 것일지도 모르겠다.

우리 사회가 감염병으로 고통을 겪는 건 사실 이번이 처음은 아니다. 한국소설들은 지난 세기에 우리가 겪었던 두 차례의 감염병의 환란을 상기시킨다. 그 첫 번째는 바로 '스페인 독감'으로도 불리는 1918년의 인플루엔자의 대유행이다. 김동인의 「마음이 옅은 자여」나 전영택의 「생명의 봄」 등의 작품이 그 재앙을 기록하고 있다. 염상섭의 「만세전」에서도 인플루엔자는 이인화가 응시하는 식민지 풍경 속에 죽음의 감각과 결부되어 내재해 있었다.

그 두 번째는 해방 직후 동아시아를 휩쓸었던 콜레라의 창궐이다. 만주에서 신의주를 거쳐 삼팔선을 향하는 귀환자들의 모습을 담은 염상섭의 단편 「삼팔선」에는 그 상황이 남아 있다. 이들 귀환민들은 콜레라를 확산시키는 감염자로 인식되고 이동이 제약되는 등 시달림을 당한다. 염상섭은 방역 권력에 들볶이는 중에도 이 초라한 귀환의 무리들이 인간애로 서로를 보살피고 북돋우며 한반도를 가로질러 내려오는 과정을 인상깊게 그리고 있다.

「삼팔선」에서는 요즘의 코로나 예방 접종 증명서처럼 '호열자 예방주사 접종 증명서'가 있어야만 이동이 허락되는 상황이 제시되어 있다. 하지만 초라해 보이는 귀환자 무리들이 생명을 지키며 무사히 삼팔선의 경계를 넘을 수 있었던 힘은 그런 증명서에서 생긴 것이 아니다. 두려움에 맞서며 서로를 보살피고 의지했던 그들의 연대야말로 그들의 귀환을 가능케 한 것이었다. 이처럼 자신을 보존하는 것과 사회적 연대는 따로 떨어져 있는 것이 아니다.

근대소설은 개인을 전제로 하며 그러한 개인들이 어우러져 만들어낸 사회를 재현한다. 소설을 읽음으로써 우리는 존엄하고 독립적인 존재로서 자신을 확립하는 동시에 등장인물에 자신을 이입해 봄으로써 타자와 연대할 수 있는 사회적 공감 능력을 기를 수 있다. 소설 읽기야말로 자아를 위축시키고 타자를 두려워하게끔 만드는 이 팬데믹의 시대에 마음의 근육을 키우는 좋은 방편이 아닐까?

1906~1910 새로운 新소설이 등장하다

연번	단행본/작품명	저편역자	발행처	발표년/출판년
1	혈의누	이인직	광학서포	1906/1908(재판)
			신문 〈만세보〉	1906.10.10
2	금수회의록	안국선	황성서적업조합	1908(재판)
3	구마검	이해조	이문당	1908/1917
4	서사건국지(국한문본)	박은식(역)	대한매일신보사	1907
	서사건국지(한글본)	김병현(역)	박문서관	1907
5	피득대제	김연창(역)	광학서포	1908
6	애국부인전	장지연(역)	광학서포	1907
7	을지문덕	신채호	광학서포	1908
8	걸리버유람기	–	신문관	1909

1910~1919 근대소설이 출발하다

연번	단행본/작품명	저편역자	발행처	발표년/출판년
9	추월색	최찬식	회동서관	1912/1921(16판)
10	장한몽(상)	조중환	회동서관	1913/1925(6판)
	장한몽(중)		조선도서주식회사	1913/1930(7판)
	장한몽(하)		조선도서주식회사	1913/1921(4판)
	시나리오 〈장한몽〉	김화랑 · 김진섭(감독)	동성영화공사	1964
11	해왕성(상)	이상협	회동서관	1916/1925(재판)
	해왕성(하)			
12	옥중화	이해조	보급서관	1912/1913(재판)
13	심청전(육전소설)	–	신문관	1913
14	공진회	안국선	안국선	1915
15	무정(6판)	이광수	홍문당서점	1917/1925(6판)
	무정(7판)		박문서관	1917/1934(7판)
	무정(8판)		박문서관	1917/1938(8판)
	시나리오 〈무정〉	이강천 감독	신필림	1962
16	생명의 과실 / 「의심의 소녀」	김명순	한성도서주식회사	1917
17	「경희」	나혜석	잡지 『여자계』 2호	1918.3

1919~1925 조선의 현실을 자각하고 사실대로 그리다

연번	단행본/작품명	저편역자	발행처	발표년/출판년
18	목숨 / 「목숨」	김동인	창조사	1921/1923
19	감자 / 「감자」	김동인	한성도서주식회사	1925/1935
20	타락자	현진건	조선도서주식회사	1922
21	「표본실의 청개구리」	염상섭	잡지 『개벽』	1921.8
22	「물레방아」	나도향	잡지 『조선문단』	1925.9
23	향일초	홍난파	박문서관	1923
24	만세전	염상섭	고려공사	1922/1924
			수선사	1922/1948

1925~1935 리얼리즘과 모더니즘으로 만개하다

연번	단행본/작품명	저편역자	발행처	발표년/출판년
25	현대조선문학전집 단편집 / 「탈출기」	최서해	조광사	1925/1946
26	「사냥개」	박영희	잡지 『개벽』	1925.4
27	낙동강	조명희	건설출판사	1927/1946(재판)
28	「복수」	유진오	잡지 『조선지광』	1927.4
29	고향(상)	이기영	한성도서주식회사	1933/1936
	고향(하)			1933/1939(4판)
30	인간문제	강경애	연변인민출판사	1934/1979(재판)
31	황혼	한설야	영창서관	1936/1940
32	삼대(상)	염상섭	을유문화사	1931/1947
	삼대(하)			1931/1948
33	탁류(상)	채만식	민중서관	1937/1949
	탁류(하)			
34	삼인장편전집 / 태평천하(천하태평춘)	채만식	명성출판사	1938/1940
35	달밤	이태준	한성도서주식회사	1934
36	소설가 구보씨의 일일	박태원	문장사	1938
37	천변풍경	박태원	박문서관	1936/1941(재판)
38	「날개」	이상	잡지 『조광』	1936.9
	시나리오 〈이상의 봉별기〉	남상진(제작)	보람영화	1995〈금홍아 금홍아〉
	시나리오 〈1934 슬픈 이상〉	김동명(감독)	대방영화주식회사	-
39	「메밀꽃 필 무렵」	이효석	잡지 『조광』	1936.10
	시나리오 〈메밀꽃 필 무렵〉	이성구(감독)	세기상사(주)	1967
40	장삼이사 / 「심문」	최명익	을유문화사	1939/1947
41	흙	이광수	한성도서주식회사	1932/1938(8판)
42	「봄봄」	김유정	잡지 『조광』	1935.12

연번	단행본/작품명	저편역자	발행처	발표년/출판년
43	상록수	심훈	한성도서주식회사	1935/1936
44	흙의 노예	이무영	조선출판사	1944
45	백화	박화성	덕흥서림	1932/1943
46	아리랑	문일(편)	박문서관	1930(재판)
47	승방비곡	최독견	향문사	1927/1952(재판)
			계문출판사	1927/1954

1935~1945 현실의 압박과 소설의 행로를 모색하다

연번	단행본/작품명	저편역자	발행처	발표년/출판년
48	유진오 단편집 / 「김 강사와 T교수」	유진오	학예사	1935/1939
49	대하	김남천	백양당	1939/1947
50	봄	이기영	잡지 『인문평론』	1940.11
51	탑	한설야	매일신보사	1940/1942
52	무녀도	김동리	을유문화사	1947
	시나리오 〈무녀도〉	최하원(감독)	태창영화	1971
	시나리오 〈황토기〉	조문진(감독)	대영흥행	1971
53	福德房	이태준	モダン日本社	1941
54	임꺽정	홍명희	조선일보사출판부	1928/1939~1940
55	남생이	현덕	아문각	1947
56	천맥 / 「인맥」	최정희	수선사	1948
57	The Grass Roof	강용흘	Charles Scribner's Sons	1931
	초당(상)		금룡도서주식회사	1948
58	Der Yalu Fließt	이미륵	R.PIPER&CO.	1946
	압록강은 흐른다		입문사	1959
59	光の中に(빛 속으로)	김사량	小山書店	1940
60	싹트는 대지	안수길 외	만선일보사출판부	1941
61	찔레꽃(상)	김말봉	문연사	1937/1952(11판)
	찔레꽃(하)			1937/1952(12판)
62	순애보(상)	박계주	박문출판사	1939/1948(48판)
	순애보(하)			1939/1949(49판)
63	마인(범죄편)	김내성	해왕사	1939/1948(19판)
	마인(탐정편)			
64	파경	박화성 외	중앙인서관	1939

1945~1950 해방 후 현실을 담다

연번	단행본/작품명	저편역자	발행처	발표년/출판년
65	압록강	김만선	동지사	1948
66	토지	조선문학가동맹	아문각	1947
67	조선소설집	조선문학가동맹	아문각	1947
68	40년	박노갑	육문사	1948
69	산가 /「굉장씨」	이무영	민중서관	1946/1949
70	해방전후	이태준	조선문학사	1946/1947
71	불	안회남	을유문화사	1947
72	해방문학선집 /「논 이야기」	채만식	종로서원	1946/1948
73	해방의 아들	염상섭	금룡도서주식회사	1949
74	잔등	허준	을유문화사	1946
75	도정	지하련	백양당	1948
76	별을 헨다	계용묵	수선사	1949
	목넘이 마을의 개	황순원	육문사	1948
77	시나리오 〈카인의 후예〉	유현목(감독)	동양영화흥업	1968년 김진규·문희 주연 영화로 개봉
	시나리오 〈소나기〉	고영남(감독)	남아진흥	1978 개봉
	시나리오 〈나무들 비탈에 서다〉	최하원(감독)	한국영화	1968년 이순재·문희 주연으로 개봉
78	『사랑 손님과 어머니』	주요섭	수선사	1948

1950~1960 전후 새로운 시대에 대응하다

연번	단행본/작품명	저편역자	발행처	발표년/출판년
79	청춘극장 1~5	김내성	문성당	1949/1957
	드라마 대본 〈청춘극장〉	전세권(연출)	KBS TV	1981.1 〈TV문학관〉으로 방영
80	자유부인(상) 자유부인(하)	정비석	정음사	1954
81	비 오는 날	손창섭	일신사	1957
82	갯마을	오영수	중앙문화사	1956
83	실존무	김동리	인간사	1958
84	묘안묘심 /「전황당인보기」	정한숙	정음사	1955/1958
85	「요한시집」	장용학	잡지『현대문학』	1955.7
86	「암사지도」	서기원	잡지『현대문학』	1956.11
87	「증인」	박연희	잡지『현대문학』	1956.2
88	창포 필 무렵	손소희	현대문학사	1959
89	끝없는 낭만	최정희	신흥출판사	1956/1958

연번	단행본/작품명	저편역자	발행처	발표년/출판년
90	오분간	김성한	을유문화사	1957
91-1	불꽃	선우휘	을유문화사	1959
91-2	시나리오 〈불꽃〉	유현목(감독)	남아진흥㈜	하명중·김진규 주연 1975.12 개봉
92-1	「쑈리킴」	송병수	잡지『문학예술』	1957.7
92-2	시나리오 〈쑈리킴〉	조문진(각본)	태창흥업	-
93	백지의 기록	오상원	동학사	1958
94	신춘문예당선소설집 /「수난이대」	하근찬	신지성사	1957/1959
95	불신시대	박경리	동민문화사	1963
96	북간도 제1부	안수길	춘조사	1959
97	오발탄	이범선	신흥출판사	1959
98	나무들 비탈에 서다	황순원	사상계사	1960
99	젊은 느티나무	강신재	잡지『사상계』	1960.1
100-1	광장	최인훈	잡지『새벽』	1960.11
100-2			정향사	1961

한국 근현대소설 앤솔로지

연번	단행본/작품명	저편역자	발행처	발표년/출판년
1	금공작의 애상	노자영(편)	창문당서점	1930
2	현대명작선집(원고본)	김낭운·최서해(편)	–	1926
3	여명문예선집	나도향 외	여명사	1928
4	캅프작가칠인집	이기영 외	조선프롤레타리아예술가동맹문학부(편)	1932
5	농민소설집	이기영 외	별나라사	1933
6	조선명작선집	김동환(편)	삼천리사	1936
7	현대조선여류문학선집	강경애 외	조선일보사출판부	1937(재판)
8	현대조선문학전집 단편집(상·중·하)	이태준 외	조선일보사출판부	1938~1939
9	신인단편걸작집	정비석 외	조선일보사출판부	1939(재판)
10	여류단편걸작집	박화성 외	조선일보사출판부	1939
11	조선문학선집 1~3	장혁주(편)	赤塚書房	1940
12	조선소설대표작집	신건(편역)	教材社	1940
13	조선국민문학집	조선문인협회(편)	동도서적주식회사	1943
14	방송소설명작선	김동인 외	조선출판사	1943
15	반도작가단편집	유진오 외	조선도서출판주식회사	1944
16	신반도문학선집 1~2	최재서(石田耕造)(편)	인문사	1944
17	방송소설걸작집	박태원 외	선문사	1946
18	조선단편문학선집	이무영 외	범장각	1946
19	현대조선문학전집 단편집(상·중·하)	이상 외	조광사	1946
20	조선소설집	조선문학가동맹 소설부 위원회(편)	아문각	1947
21	해방문학선집	염상섭 외	종로서원	1948
22	사병문고 단편소설집	김동리 외	육군본부 정훈감실	1951
23	전시문학독본	장덕조 외, 김송(편)	계몽사	1951
24	농민소설선집	황순원 외	대한금융조합연합회	1952
25	전시소설집	최독견 외	해병대 정훈감실	1955
26	한국기독교문학선집	한국기독교문학인클럽 (편)	대한기독교서회	1955
27	현대한국문학전집 1~18	오영수 외	신구문화사	1965
28	한국전후문제작품집	이호철 외	신구문화사	1963

한국근대문학관 기획전시

100편의 소설, 100편의 마음 『혈의누』에서 『광장』까지

전시기간 |
2022년 9월 8일 ~ 2023년 4월 30일

전시장소 |
한국근대문학관 기획전시관

주최 | 인천문화재단 한국근대문학관
주관 | 한국근대문학관, 근대서지학회
총괄 | 오영식 · 함태영
기획 | 이연서
진행 | 이정원 · 이지석
자문 | 박진영 · 송은영 · 정종현
자료출납 | 이연서
시공 | (주)디투씨

국립중앙도서관 식민지역사박물관 연세대학교학술문화처도서관
한국학중앙연구원 현담문고

권두연 김명주 김병길 김연갑 김승은 김윤식 김종태 노창우 문종필 박경섭 박보연
박천홍 서영란 유춘동 유석환 이경림 이경훈 이동구 이세인 이여진 이현진 이화진
정용서 한상언